講談社文庫

# 女神の骨格

## 警視庁殺人分析班

麻見和史



講談社

目次

# 女神の骨格

## 警視庁殺人分析班

◉おもな登場人物

〈警視庁刑事部〉

如月《きさらぎ》塔子《とうこ》……捜査第一課殺人犯捜査第十一係　巡査部長
鷹野《たかの》秀昭《ひであき》……同　警部補
早瀬《はやせ》泰之《やすゆき》……同　係長
門脇《かどわき》仁志《ひとし》……同　警部補
徳重《とくしげ》英次《えいじ》……同　巡査部長
尾留川《びるかわ》圭介《けいすけ》……同　巡査部長
手代木《てしろぎ》行雄《ゆきお》……捜査第一課　管理官
鴨下《かもした》潤一《じゅんいち》……鑑識課　警部補
河上《かわかみ》啓史郎《けいしろう》……科学捜査研究所　研究員

成瀬《なるせ》祐三《ゆうぞう》……洋館の所有者
菅沼《すがぬま》……成瀬宅の近隣住民
緑川《みどりかわ》達彦《たつひこ》……飲食店チェーン社員
緑川《みどりかわ》法子《のりこ》……達彦の妻
栗橋《くりはし》……飲食店チェーン営業部長
古谷《ふるや》理恵子《りえこ》……元美術商
古谷《ふるや》宣一《せんいち》……理恵子の父
古谷《ふるや》利明《としあき》……理恵子の弟
北浜《きたはま》洋次《ようじ》……家具メーカー社員
松波《まつなみ》赳《たけし》……美術商
佐久間《さくま》健吾《けんご》……元美術商
佐久間《さくま》康人《やすと》……宝飾品販売会社経営者
戸田《とだ》靖江《やすえ》……成瀬の同居人
豊崎《とよさき》英輔《えいすけ》……内装工事会社社員
八坂《やさか》……豊崎の知人
池西《いけにし》早苗《さなえ》……フードコーディネーター
岡部《おかべ》祥一郎《しょういちろう》……パチプロ
三宅《みやけ》悦子《えつこ》……元栄養士

# 第一章　ヴンダーカンマー

1

■200×年9月3日（土）

今日、とても嬉《うれ》しいことがあった。

まるで子供のようだと笑われそうだが、私は午後の間それを何度も思い出し、幸せな気分に浸っていた。

晩酌の間もその出来事が頭を離れず、ウイスキーをいつもの倍ぐらい飲んでしまった。いい気分になって食事を済ませると、私は秘密の部屋に向かった。今日体験したことを、忘れないうちに日記に書いておこうと思ったのだ。

私は子供のころから日記をつけているが、目的があるのとないのとでは大違いだ。

高校生のころは、クラスのどの女子が可愛いとか、今日あの子に話しかけられたとか、そんなことを熱心に書き綴《つづ》っていた。内容はともかく、当時はそういう記録を残すことが楽しくて仕方なかったのだ。それがいつの間にか、今日何を買ったとか、いくら税金を払ったとか、そんな事務的なことばかりになってしまった。私は惰性で日々の記録をつけていた。

だが今日、私には目的が出来た。

私は日記をつけるため、この部屋にやってきた。隠された場所にある、私だけの部屋。床の上には大好きな趣味の品が、所狭しと並べてある。

南国のジャングルに住んでいた、青い鳥の羽根。ごつごつした岩石の間に顔を覗《のぞ》かせている、真っ白な水晶。まだ天動説が信じられていたころの天体運行図。ヨーロッパの商人たちが使っていたという、頑丈な錠前とじゃらじゃらした鍵。貴族が愛用していた置き時計や、ドイツ製の医療器具。

数多くのコレクションに囲まれて、私は日記を書き始める。その目的は、美しい彼女の姿を思い出し、ここに記録することだ。

今日の午後二時、彼女が私の家にやってきた。

私は見知らぬ人と会うのが苦手だったから、少し話をしたら帰ってもらうつもりだった。だがその人をひとめ見て、考えが変わった。大袈裟《おおげさ》な言い方かもしれないが、私は何か運命的なものを感じたのだ。どうぞ、と私は彼女を家に招き入れた。

話を聞くうち、私は自分の直感が正しかったことを確信した。彼女とは初対面だというのに、まったくそんな気がしなかった。この人と親しくなりたい、と私は思った。仕事のことなどではなく、彼女自身のことをもっと聞かせてほしかった。そして、できることなら私という人間に興味を持ってもらいたかった。

だが、それが実現する可能性はいくらもなかった。彼女から見れば、私などは恋愛の対象にはなり得ない人間だろう。魅力など、どこにもないのだ。

いや待てよ、と思った。今私は、一生では使い切れないほどの財産を持っている。彼女にそれを伝えたらどうだろう、という考えが頭に浮かんだ。

しかし——。金を使って他人の気持ちを引きつけたとして、私は満足できるだろうか？

たぶん無理だ。そんなことで、私の心が満たされるはずはない。

世の中には、直接的な快楽を得るため、夜の町に出かけていく者もいる。派手に金を使う客は、水商売の女性たちから大事にされるに違いない。だが、私が望むのはそういう関係ではなかった。

私にとって彼女は、展示ケースの中で輝いている宝石のようなものなのだ。取り出して触れてみたい。だが迂闊《うかつ》に触れたら、たちまち汚してしまうに違いない。

だからケースを開くわけにはいかないのだ。

■200×年9月10日（土）

あれから一週間がたち、今日、彼女が再びやってきた。私は柄《がら》にもなく浮かれてしまって、それを顔に出さないようにするのが大変だった。

私たちは三時間ほど仕事の話をした。そのあと夕食の準備ができるまで休むようにと、彼女に勧めてみた。私は、掃除をしておいた部屋へと彼女を案内した。そこは古い柱時計の掛かった部屋で、机と椅子、ベッド、作業用のテーブルなどが用意されている。その部屋を自由に使ってもらい、時間が許すなら泊まっていってもらうことにした。

柱時計の部屋を出ると、私はすぐさま、この壁裏の通路にやってきた。秘密の部屋に通じる、薄暗い抜け道だ。

足場を使って高い位置に上り、壁に開けられた小さな穴から、隣の部屋を覗き込む。

そこには彼女がいた。蛍光灯の明かりの下、美しい光沢をみせる黒髪。カーディガンに包まれた華奢《きゃしゃ》な背中。やわらかく温かそうな肌。

この気持ちを本人に伝えることは無理だろう。私はただ、彼女のうしろ姿を見つめていることしかできない。

だが、これだけは断言できる。今、私以上に彼女を大切に思う人間は、この世にいないはずだ。私にとって、彼女は女神にも等しい存在だった。

2

二月二日、午前八時十分。国分寺《こくぶんじ》消防署の消防司令補・杉森《すぎもり》は、通報のあった火災現場に到着した。

東京都国分寺市並木町《なみきちよう》の一画だ。ポンプ車から降りると、前方に白い煙が見えた。燃えているのは、この辺りには珍しい洋館だった。広い畑の中にぽつんと建つ家だから、近隣に延焼するおそれはないだろう。サイレンの音を聞きつけて、周辺の住民が集まりつつあった。畑の中の道に、人だかりが出来ている。

「消火の妨げになります。下がってください！」

スピーカーから、がなるような声が聞こえた。近隣住民たちが慌てて道を開けた。

隊長の指示を受け、杉森は同僚たちとともに放水の準備をした。

面体《めんたい》と呼ばれるマスクをつけ、洋館に接近していく。耐熱性の装備は一式で四十キロ近い重さになるが、現場ではしばしばそれを忘れてしまう。炎と煙の中での活動は、わずかな時間も無駄にできない。神経を研ぎ澄まし、逃げ遅れた人がいないかチェックする。一分でも早く火を消し止める。それ以外のことは何も考えられないのだ。

最初の隊員が窓ガラスを割ると、屋外の空気が建物の中へ流入した。新鮮な空気を得て、爆発的に炎が大きくなった。

ごう、と音がして窓から煙が噴出する。先ほどまでの薄い白煙と異なり、真っ黒な煙が一気に吐き出されていた。冬空にもうもうと立ち昇る煙を見て、野次馬たちが驚いている。

隊員たちは放水を始めた。ぱちん、と何かが爆《は》ぜる音がする。消防無線からひび割れた声が聞こえてきた。応援の車がサイレンを鳴らして駆けつけるのが見えた。

あちこちから放水が行われ、やがて火勢は弱まっていった。

どうやら、半焼程度で済んだようだ。杉森たちは屋内に進入した。

中は薄暗い。煙のせいもあるが、もともと窓が小さいため外光が入りにくいのだろう。人がいそうな場所に声をかけていったが、逃げ遅れた住人は見つからなかった。階段はないから、二階で誰かが倒れているという心配もない。

ほっと胸をなで下ろしながら、杉森は無線で報告を行った。

完全に鎮火したあと、あらためて屋内を調べることになった。いずれ警察を交えた現場検証が実施されるが、その前に、消防で見落としたことがないか、チェックする必要がある。

水のしたたり落ちる屋内を、杉森たちは隅々まで確認していった。

まずは居間。カーテンの陰にも、隠れている人はいない。台所も無人だ。広いリビングルームの隣に個室があった。そこは柱時計のある部屋で、壁際にベッドが置かれている。もちろん、誰も横たわってはいない。

廊下から声が聞こえた。若手の吉井《よしい》だ。

「杉森さん、納戸があります」

「どこだ。見せてくれ」胸騒ぎを感じながら、杉森は声のしたほうに歩いていく。

廊下の奥、鉤《かぎ》の手に曲がったところにわかりにくいドアがあった。吉井が中を覗き込んでいる。電灯のスイッチを押したが反応はない。

薄暗いスペースに、杉森はハンドライトの明かりを向けた。畳二枚ほどの収納場所で、古い家電製品や脚立、大工道具などがしまい込まれている。その向こうには段ボール箱が積み上げてあった。

ひとめ見て、段ボール箱の位置が気になった。なぜあそこに積んである箱は、壁に対して斜めになっているのだろう。杉森は納戸の中に入り、段ボール箱のうしろを覗き込んだ。

そこには鉄製のドアがあり、五センチほど開かれた状態だった。杉森はノブに手をかけ、手前に開いた。内部は真っ暗だ。

「誰かいるかもしれない。確認しよう」

背を屈めるようにして、杉森は中に入った。吉井もあとからついてくる。

幅六十センチほどのスペースがあった。ライトを向けると、まっすぐ奥へ続いていることがわかった。断熱や防音の目的だとしたら、少し広すぎる。通路として造られた可能性が高い。

十メートルほど進むと、遮光性のカーテンが掛かっていた。ためらうことなく、杉森はそれを開いた。

カーテンの向こうには、窓のない部屋があった。常夜灯の明かりが、ぼんやりと辺りを照らしている。設備の系統が別なのか、ここは電気が通じているようだ。

壁を探り、スイッチを押すと蛍光灯が点《つ》いた。

四畳半ほどの部屋だった。床の上に大量の品物が置かれている。鳥の羽根や石ころ、古い絵画、大量の鍵、時計、医療器具。ほとんどは、がらくたのように思われた。

部屋の奥に寝床のようなものが見えた。何か嫌な予感がした。近づいていって、杉森は古い毛布を取りのけた。

「これは……」

杉森は息を呑《の》んだ。吉井も大きく目を見開いている。

敷き布団の上に、白骨が横たわっていた。

身長は百六十センチほどだろうか。猿などではなく、人間の骨に間違いない。

「火災とは無関係ですよね？」吉井が真剣な顔で尋ねてきた。「もしかして、ここで何か事件が……」

「落ち着け」杉森は吉井の言葉を遮った。「まずは報告だ」

杉森は無線を使って、白骨遺体が見つかったことを伝えた。それが済むと、あらためて遺体を見下ろした。

——この人は、なぜこんな場所にいたんだ？

暗く落ちくぼんだ眼窩《がんか》を見つめながら、杉森はひとり考え込んだ。

3

腕時計の針は午前十一時ちょうどを指している。

ＪＲ赤羽《あかばね》駅の改札口付近で、如月塔子《きさらぎとうこ》はきょろきょろと辺りを見回していた。

十一時に改札口で、と約束していたのだが、待ち合わせの相手はまだ現れない。塔子は普段、北赤羽駅を利用しているが、今日は先方の最寄り駅である赤羽まで出てきたのだ。

ここ数日、かなり寒い日が続いている。今日はところにより一時雪かもしれない、とテレビで言っていた。

近くに鏡があったので、そっと覗いてみた。塔子は厚地のコートを着てマフラーを巻き、その上にショルダーバッグを斜めに掛けている。百五十二・八センチと背が低く、おまけに童顔だから、よく学生と間違われる。若く見られるということは、たいていの場合、軽くあしらわれるということだ。以前は悔やしく思うこともあった。だが最近はすっかり慣れてしまった。

鏡を見ながら髪を整えていると、うしろから声をかけられた。

「待った？　塔子」

振り返ると、ジーンズにダウンジャケットという恰好《かっこう》で、知り合いの女性が立っていた。高校時代、同じクラスにいた石川朋絵《いしかわともえ》だ。

「ごめんごめん、寝坊しちゃってさ」

「ううん」塔子は首を振ってみせた。「私も今来たところ」

朋絵は髪が短めで、ボーイッシュな印象がある。職業柄、塔子は化粧を薄めにしているのだが、朋絵の場合は化粧っけがないと言ったほうがいいだろう。それでいて肌はきれいだし、唇の色艶《いろつや》もいい。

「とりあえずランチにしよう。私、お腹すいちゃって」朋絵はすたすた歩きだした。

――本当に、この子はマイペースだなあ。

塔子はくすりと笑った。

イタリアンの店に入って、窓際の席に腰を落ち着けた。注文はランチセットにした。

「昨日ちょっと飲み過ぎちゃってさ。日本に戻って疲れもとれたから、中学んときの友達と会って……」

「先週帰国したんだっけ。どこに行ってたの？」

「イタリアを中心に三週間ぐらい、あっちこっち回ってた」

朋絵は昔から旅行が好きで、旅費を稼ぐために働いているといっても過言ではない。縛られるのは嫌だからと、ずっと派遣の仕事をしている。金が貯まると海外旅行に出かけ、資金がなくなると戻ってくる。

そういう自由な生活を続けている人だから、こうやって平日に会うことができるのだ。じつは昨年のクリスマスごろ会わないかと誘われていたのだが、塔子は仕事が忙しくて無理だった。

「地中海、よかったよ。特にマルタ島」朋絵はデジタルカメラを取り出し、ボタンを操作し始める。「すごいんだよ。島の人口より猫のほうが多いんだって。何十万匹もいるらしいの。写真撮ってきたけど」

「見せて！」

塔子は大の猫好きで、猫カフェに出かけることもある。いずれ自宅で飼いたいと思っているが、まだ母がうんと言ってくれない。

朋絵からカメラを受け取り、画像を見せてもらった。町なかでのんびりしている猫、港で釣り人をじっと見ている猫、餌をくれる人に群がる猫など、まさに猫づくしの画像だ。

「あとでこのデータ、送ってあげるよ」

「本当に？　やった！　持つべきものはやっぱりトモちゃんだよ」

調子がいいなあ、と朋絵は笑った。コップの水を一口飲んでから、彼女はこう尋ねた。

「最近どうなの？　仕事のほうは」

「忙しいよ。でも、だいぶ慣れてきた」

塔子は警視庁の捜査第一課殺人犯捜査第十一係に所属している。この身長、この童顔で刑事だと言うと、たいていの人が怪訝《けげん》そうな顔をする。

高校卒業後は警視庁に入る、と話したとき、朋絵もかなり驚いていた。ただ、亡くなった塔子の父が警察官だったことを知っているから、事情は察してくれたようだ。頑張りなよ、と言ってくれた。

料理を食べながら近況を伝え合う。気の置けない友達というのは、やはりいいものだ。

「ところで、尚美《なおみ》が結婚するって聞いた?」

「聞いた聞いた」塔子はうなずいた。「びっくりしたよ」

尚美も高校時代の同級生で、一緒に行動することが多かった。卒業後も、三人で食事をしたことが何度かある。

「六月に式だから、今度招待状を出すって言ってたよ。それでね、先にお祝いの品を贈ろうと思うんだけど、塔子も一緒にどう?」

「あ、いいねえ。そうしよう」

グラスや皿がいいか、それとも鍋などのほうがいいかと、ふたりで話し合った。このあと店を覗いて、何か探してみようということになった。

食後のコーヒーを飲みながら、塔子は高校時代のことを思い出していた。

「あの尚美が結婚とはねえ。……トモちゃんはまだ大丈夫だよね?」

「え、何? 気にしてるの?」

「だって、包囲網がどんどん狭まる感じだから」

「塔子の職場、男の人がたくさんいるんでしょう？　よりどりみどりじゃない」

そう言われて、先輩たちの顔を思い浮かべた。だが、どうもぴんとこない。

「うーん。そういう感じじゃないんだよねえ」

「いいこと教えてあげようか」いたずらっぽい顔をして、朋絵は言った。「適当なところで手を打っておかないと後悔するって言ってたよ、猫好きなマルタ島の漁師が」

それは説得力があるな、と塔子は思った。猫が好きな人に、悪い人はいない。

塔子はメモ帳を開いて、カレンダーのページをぱらぱらとめくった。テーブルの向こうから、朋絵が身を乗り出してくる。彼女は塔子の手元を覗き込んでいたが、そのうち「あ」と小さな声を上げた。

「塔子、もうすぐ誕生日じゃん」

はっとして、塔子はカレンダーを手で隠した。朋絵はなぜだか嬉しそうな顔をしている。

「そうだそうだ。『二月十日生まれで如月塔子です。なんて嘘《うそ》でーす。じつは九日生まれでした』って、いつも受けを狙ってたもんね」

「いや、別に受けを狙ってたわけじゃ……」

「塔子は早生まれだから、まだ二十六だったのか。くそう、羨ましいな」朋絵の誕生日は七月だ。「でもここから先、三十歳まではあっという間だって言ってたよ」

「マルタ島の漁師が？」

「いや。ローマで知り合った、陽気なピザ屋のお兄ちゃんが。写真見る？」

塔子はひとり考え込んだ。二十六歳になるときには、それほど抵抗はなかったように思う。しかし二十七歳になろうとしている今、妙な焦りのようなものがある。友達が結婚すると聞いたから、よけいそう感じるのだろうか。

携帯電話の着信音が聞こえてきた。塔子はバッグを覗いて、電話を取り出した。液晶画面を見て、あ、と思った。

幸い、近くにほかの客はいない。ちょっとごめん、と朋絵に断ってから通話ボタンを押した。

「如月です」

「鷹野《たかの》だ。久しぶりの休みだが、どうだ、のんびりしているか」

「ええ、まあ……」

「雪の予報は、はずれたようだな。如月、今からちょっと出てこないか」

「えっ？」塔子はまばたきをした。

もしかして、どこかでお茶でも飲もうということだろうか。それとも美術館か博物館に行こうという誘いか。たしか鷹野は、そういう場所が好きだったはずだ。

「すみません、今友達と食事をしていまして……」

気配を察したのか、朋絵が興味深そうにこちらを見ている。いいよいいよ、行っておいで、というジェスチャーをした。

「ええと、少し待っていただければ行けるかも。場所はどこですか？」

「国分寺だ。詳しい場所はメールで送る。足下がぬかるんでいるそうだから、滑らない靴を履いてきてくれ」

どういうことだろう。鷹野はどこへ行こうとしているのか。

「あの、それはいったい……」

「死体遺棄事件だ。うちの係が捜査に当たる」

「え？　あ、仕事ですか」

「それ以外の、何だと思ったんだ？」

「そ……そうですよね」塔子はうなずいた。「準備をして、すぐに向かいます」

「悪いな。現場で待っている」

電話は切れた。

いくらか落胆したが、同時にほっとしたような気分もあった。鷹野はやはり、いつもどおりの鷹野だった。

「ごめん、トモちゃん。急に仕事が入っちゃって」塔子は財布を取り出した。

「なんだ、仕事の話だったのか。つまんないの」

「一旦《いったん》家に戻って、準備してから現場に行かないと……。尚美の結婚祝いは私も調べておくから、今度また相談ってことで」

「まあ、仕事じゃ仕方ないね。頑張って」

「ありがとう。今日は話ができてよかったよ」

テーブルの上に、塔子は紙幣と小銭を置いた。それから、立ち上がってコートを羽織る。朋絵がマフラーを手渡してくれた。

「気をつけてね。塔子は危なっかしいところがあるでしょう。私、心配だよ」

塔子はゆっくりと首を振ってみせた。

「大丈夫。私だって、もう捜査のプロなんだから」

4

十二時半ごろ、塔子を乗せたタクシーは国分寺市並木町に到着した。

領収証をもらって車を降りると、空気の冷たさが身に染みた。現場に行くときはマフラーや厚地の手袋を外すようにしている。これは先輩たちを見習ってのことだ。

住宅街が途切れた場所に、畑が広がっている。その中にぽつりと建っている洋館が見えた。近くに民家はなく、もっとも近い家でも五十メートルは離れている。

洋館のそばには何台もの車が停まっていた。普段見ている現場と違うのは、警察車両のほかに、消防の赤い車両が交じっていることだ。

敷地に近づいてみて、鷹野が話していたことが理解できた。消火作業が行われたため、辺りは水浸しになっているのだ。洋館の前庭にも、あちこちに水溜《みずた》まりが出来ている。

門の横には《成瀬《なるせ》》という表札が出ていた。

築二、三十年になるのだろうか。塔子はその家を見て、観光地にある古いペンションを思い出した。普通の住宅に比べると、どっしりとして丈夫そうだ。尖《とが》った屋根や玄関ポーチ、張り出した飾り窓などには、お洒落《しゃれ》なイメージがあった。

忙しく動き回る捜査員の中で、盛んにデジタルカメラのフラッシュを焚《た》いている男性がいた。身長百八十三センチ、ひょろりとした体格をしているから、どこにいてもよく目立つ。十一係で塔子とコンビを組んでいる、鷹野秀昭《ひであき》警部補だった。

「鷹野主任、遅くなりました」声をかけながら、塔子は近づいていった。

「あ、如月。そこは……」

言われたときには、もう遅かった。地面に落ちていた板きれを踏んだら、ばしゃんと水が撥《は》ねた。下に水溜まりがあったのだ。塔子は体のバランスを崩しそうになったが、どうにか踏ん張った。

「そこは危ないぞ、と言おうとしたんだ。俺ならそんな水溜まりは、ひとまたぎなんだが」

塔子は体が小さいから歩幅も狭い。普段から鷹野の一・五倍ぐらいの歩数で、あちこち歩き回っている。おかげでずいぶん足腰が鍛えられた。

「お、如月の到着か」

玄関のそばで、活動服を着た鑑識課員が手を振っていた。癖《くせ》っ毛の上に帽子をかぶった、主任の鴨下潤一《かもしたじゅんいち》警部補だ。十一係の塔子たちとは、事件現場でよく一緒になる。

「お疲れさん。ろくに休みもとれなくて、大変だな」

「今回は死体遺棄だと聞きましたが、殺しではないんですか？」

塔子は尋ねた。すると、鴨下が返事をする前に、別の声が聞こえてきた。

「殺しかどうかはまだわからないそうだ。入念な検視作業が必要だろう」

眼鏡《めがね》をかけた男性が、塔子たちのそばにやってきた。十一係のリーダー、早瀬泰之《はやせやすゆき》係長だ。持病の胃弱が悪化したのか、今日も顔色が冴《さ》えない。

「まだ俺も遺体を見ていないんだ。じきに鑑識の作業が終わるから、一緒に確認しよう」

「火事の通報があったのはいつです？」消防隊員をカメラで撮影しながら、鷹野が訊《き》いた。

早瀬は胃の辺りをさすりながら、腕時計を見た。

「今朝八時五分ごろ、消防に火災の通報があった。電話をかけたのは近所の主婦だ」

「近所といっても、五十メートル以上離れていますね」

「周辺一帯が住宅地になるはずだったが、地主とトラブルがあって、こんな形になってしまったそうだ。電気、ガス、水道は通っているから生活に支障はないだろう」

「住人は無事だったんですか」

「空き家だったらしい。ただ、ときどき誰かがやってきて、窓を開けていたという目撃証言がある。家が傷まないよう、空気を入れ換えていたんじゃないだろうか」

「不動産会社の人間でしょうか」

「いや、それは考えにくい。近隣住民の話では、この洋館は成瀬という人物がずっと所有していて、売りに出された物件ではないということだ」

なるほど、と鷹野はつぶやいた。それから、またカメラのシャッターを切った。

「火元はどこです？」

塔子が尋ねると、早瀬は振り返って建物の一角を指差した。

「一階の台所だ。出火原因はまだわかっていない。ガス漏れなのか、あるいは家電の配線が古くなっていて埃《ほこり》に引火したのか……」

「放火という可能性もありますよね」と塔子。

「そうだな。否定はできない」眼鏡のフレームを押し上げながら、早瀬はうなずいた。

鴨下主任の案内で、洋館の中を見せてもらうことになった。塔子はバッグから、捜査用の白い手袋を取り出した。

放水が終わったばかりとあって、内部の床は水浸しだ。天井から、ぽたりぽたりと水滴が落ちてくる。あちこちに黒く焼け焦げた跡が見える。

足下の悪い中、一同は玄関ホールから家の奥へと進んでいった。屋内には消防関係者の姿が多かった。いつもの捜査とは雰囲気が違って感じられる。

火元の台所では、警察と消防が合同で現場検証を行っていた。鴨下はさらに廊下を進み、鉤の手に曲がった部分で足を止めた。そこに納戸があって、ドアは大きく開かれている。

「この中です」

鑑識が持ち込んだのだろう、照明装置が置かれ、内部は明るく照らされていた。

「狭いですから気をつけてください」

鴨下は段ボール箱の隙間を抜けていく。驚いたことに、納戸の奥にドアがあり、その先に暗い通路が造られていた。

鴨下、早瀬、塔子、鷹野の順で薄闇の中を進んでいく。両手で左右の壁に触れながら、塔子は足を進めていった。うしろから鷹野の声が聞こえた。

「こういうとき如月は有利だな。どこにでも楽に入っていける」

「小さい小さいって言われますけど、たまにはいいこともあるんですよ」

「その点、俺のように背が高いと……」ごつ、と大きな音がした。「まったく、どういうつもりだ。明らかに設計ミスだろう、この通路」

ぼやきながら、鷹野は頭をさすっていた。一部、天井の低いところがあるらしい。

前方に明かりが見えた。鴨下が遮光カーテンをめくり上げたのだ。

鴨下、早瀬に続いて塔子は通路を抜け、四畳半ほどの部屋に入った。コンクリート打ちっ放しの、飾り気のないスペースだ。窓はなく、天井には蛍光灯が点いている。先に入っていた若い鑑識課員たちが、こちらに会釈をした。

挨拶を返したあと、塔子は床に目をやって驚いた。部屋の中はがらくたでいっぱいだった。足の踏み場もない、とはこういうことだろう。

それらは、ただのごみというわけではなさそうだった。化石らしきものや何かの部品、鍵、医療器具、古い世界地図や油絵などが無造作に置いてある。

「何なんだ、ここは」捜査経験の長い早瀬も、この光景には驚いていた。

「これが答えだと思います」鴨下は、壁に掛けてあったパネルを指差した。

厚い板に《Wunderkammer》という文字が刻んである。

「ウ……ウンダーカマー？」

塔子が首をかしげていると、鷹野が前に出てパネルを見つめた。

「ヴンダーカンマーだ。そうか、ここは『驚異の部屋』なのか！」

「は？」塔子はまばたきをする。

「ドイツ語だよ。中世のヨーロッパで造られていた博物陳列室だ。自然のものでも人工のものでも、とにかく珍しい品がたくさん集めてあったそうだ」

「博物館みたいなものですか」

「そう、今の博物館の原型だと言われている。大航海時代と関係があると思うが、当時、貴族たちの間でこういう品を集めるのが流行したんだ。凝《こ》った造りのヴンダーカンマーは隠し部屋のようになっていたと、何かで読んだことがある」

がらくたをまたいで、鷹野は部屋の奥に進んだ。塔子たちもあとに続く。

床に敷かれていた布団を覗き込んで、みな絶句した。

そこには白骨遺体が横たわっていた。死亡してからどれぐらいたっているのだろう。誰かが手入れをしたのか、組織片などはすっかり取り除かれて、きれいな状態だった。

白骨には、もちろん表情などはない。だが塔子には、その人物が天井をじっと睨《にら》んでいるように感じられた。

「先ほど調べましたが、骨折の痕などは見つかりません」鴨下がこちらに近づいてきた。「事件なのか事故なのか、まだ何とも言えない状況です」

早瀬は腕組みをした。

「もし洋館の住人だったとすると、ここで生活しているうち病気か怪我で死亡したのかもしれない。だが、事件性なしとは言えないな」

「そうですね」鷹野は遺体のそばにしゃがみ込む。「この遺体は衣服を脱がされています。姿勢を正すように寝ているのも不自然だし、第一、この布団の上で白骨化したのなら、もっと汚れていなくては変です」

「つまり、白骨化した遺体を、誰かがこの布団に寝かせたということになる」だとしたら、殺人・死体遺棄事件かもしれない。

「あの……」塔子は右手を挙げた。「もしかしたら、これは祭壇じゃないでしょうか」

「祭壇？」早瀬と鴨下が、同時にこちらを見た。

「そういう言葉が適当かどうかわからないんですが、その何者かは、白骨を放置しておけなかったんじゃないかと思うんです。骨を布団に寝かせて、わざわざ毛布までかけたわけですから、大事に扱っていたと考えられますよね」

「しかし遺体を大事に思うのなら、普通は埋葬するだろう」鴨下が異を唱えた。「一般的には火葬だが、それが無理だとしても地面に埋めるなり何なり、するんじゃないか？」

「……鷹野はどう思う？」早瀬が振り返った。

「まあ、こうして布団に寝かせているわけですから、少なくとも死者を冒瀆《ぼうとく》するような意図はなかったと思いますね」

そうだな、とつぶやいたあと、早瀬は鴨下のほうを向いた。

「カモさん、ほかに何か気になることはあったか？」

「ちょっとここを見てもらえますか」

鴨下はみなを手招きした。遮光カーテンのある入り口近くの床に、奇妙な仮面が置かれていた。微笑を浮かべた、強化プラスチック製のものだ。女性だろうか、美しく整った顔を再現しているのだが、全体が真っ赤に塗られているのが異様だった。目の部分には覗き穴が開いているものの、実際こんなものをかぶる人がいるかどうかは疑問だ。実用性はあまりなく、むしろ室内の装飾品として使うべきものかもしれない。

「この仮面の下から写真が一枚見つかりました。これです」

バッグを探って、鴨下は透明な証拠品保管袋を取り出した。早瀬がそれを受け取り、鷹野と塔子が横から覗き込む。

その写真は正方形に近い形だった。

「インスタントカメラの写真ですね」ひとめ見て、鷹野が言った。

「撮ってすぐ写真が見られるという、あれですか」と塔子。

「そう」鷹野はうなずく。「その場でプリント可能だし、デジタルカメラのデータと違って不正加工できないのが長所だ。……今ではもうカメラは生産されていないらしいが、大事に保管していたのなら撮影できると思う」

撮影場所は屋内だろう。椅子に腰掛けた、三十歳前後と見える女性が中央に写っている。紺色のカーディガンを着て、首に青いネックレスをかけていた。

その女性は撮影者のほうを向いて、にこやかな表情を浮かべている。作り笑いという雰囲気ではなく、ごく自然な笑顔だった。目が大きく、鼻筋が通っていて、唇はやや厚めだ。全体的にパーツがはっきりしたところが特徴だと言える。

可愛い人だな、というのが塔子の抱いた印象だった。ドラマで主役を張るようなタイプではないが、バラエティー番組のタレントに、こういう人がいそうな気がする。誰からも好かれて、周りを和《なご》ませることのできる人物だ。

——もしかしたら、この写真の女性が……。

黙ったまま、塔子は白骨遺体をじっと見つめた。

「小金井《こがねい》署に特別捜査本部が設置される。ここにあるがらくた——いや、『蒐集品《しゅうしゅうひん》』

は、あとでじっくり調べることにしよう」早瀬は鴨下に尋ねた。「家の中を見せてもらってもいいか？」

「どうぞ。消防の人間がいますので、声をかけてみてください。私はもう少し、この隠し部屋を調べてみます」

鴨下は、部下に指示を出し始めた。


早瀬を先頭にして、塔子たちは再び狭い通路を歩いた。納戸に抜けるとき、鷹野はドアを調べていたようだ。何か気になることがあるのだろうか。

三人は、火元となった台所に移動した。テーブルや椅子、壁などに焦げた跡が残っている。流しのそばに消防関係者が集まっていた。早瀬は彼らに話しかけた。

「警視庁の捜査一課です。消防さんの中で、あの隠し部屋に入った方は？」

はい、と答えて消防官のひとりが近づいてきた。

「国分寺消防署の杉森です。消火作業にあたりました」

普段から鍛えているのだろう、がっちりした体格の男性だった。

「現時点で、この家の住人はひとりも見つかっていないんですよね？」

「ええ。あとで確認しましたが、玄関のドアや窓は、どこも施錠されていました」

「あの隠し部屋を、どうやって見つけたんですか」

「鎮火したあと、残っている人がいないか確認して回ったんです。納戸を調べたとき、段ボール箱の向こうに鉄のドアが見つかりました。少し開いていましたね」

どういうことだろう、と塔子は思った。先ほどドアに触れてみた感じでは、自然に開くような造りではなかった。誰かがあの隠し部屋に入ったあと、閉め忘れたのではないだろうか。もしそうだとしたら、その人物はいつ、何の目的であの部屋に入ったのか。そして今どこにいるのか。

「隠し部屋の明かりは、点いていましたか」

「最初は常夜灯だけが点いていました。スイッチを押して蛍光灯を点けたんです」

「火災のあと、誰かがこの家から出てきたということはありませんか」

「いえ。少なくとも我々消防官は、そういう人物には気がつきませんでした」

早瀬はしばらく思案していたが、やがて別の質問をした。

「出火の原因はどうです？」

「冷蔵庫の裏がひどく燃えていますから、配線が古くなっていて、そこから出火した可能性があります。報告書には『漏電による出火』と書かれると思います」

漏電があって、しかもドアや窓に鍵がかかっていたのなら放火の可能性は低い。不慮の災難だと考えるべきだろう。

だが、家の所有者にとっての不幸は、建物が燃えたということだけではなかった。

この火事のせいで、今まで隠していたであろう死体遺棄事件が明らかになってしまったのだ。

「ちょっと、冷蔵庫の中を見せてもらってもいいですか」

塔子のうしろから、鷹野がそう尋ねた。ドアを開けて中を覗き込む。

冷蔵庫は空だった。ここしばらく、人が生活していなかったことは明らかだ。

礼を述べてから、塔子たち三人はほかの部屋を調べることにした。

5

この家には十畳ほどのリビングルームと、洋室が三つあった。洋室にはそれぞれベッドや机などが置かれていて、個室として使われていたようだ。

鷹野は各部屋の写真を撮りたいらしい。最初は、玄関のそばにある部屋に入った。

「埃が積もっていますね」ベッドの布団を調べながら、塔子は言った。「最近、誰かが寝ていた形跡はありません」

「如月、クローゼットの中はどうなっている？」早瀬が尋ねた。

扉を開けると、ジャケットや背広、スラックスなどが掛かっているのが見えた。

「この部屋には男性が住んでいたようです」

机の引き出しや棚をチェックしてみたが、身元がわかるものや手紙、書類などは見つからない。

次に三人は、西向きの個室に入った。ここのベッドにも埃が積もっている。

鷹野がクローゼットを開き、塔子も首を伸ばして覗き込んでみた。ハンガーに掛かっているのはどれも女性用の衣類だ。

クローゼットの床に段ボール箱があり、三十枚ほどの鏡が入っていた。ホームセンターで扱っているような大きいものから、百円ショップで売っているような小さい品まで、さまざまな種類がある。だが、そのほとんどが割れてしまっていた。箱の底には大量の破片が散らばっている。

「不燃ごみの箱でしょうか」塔子はつぶやいた。「でも、どうしてこんなに鏡が……」

段ボール箱の奥に、紙バッグが置かれていた。鷹野は手を伸ばしてそれを引っ張り出し、中をあらためた。

黄色のセーターや、オレンジ色のカーディガンが入っている。そのほか、何枚かのタオルが見つかった。

「主任、このタオル……」

手袋を嵌《は》めた手で、塔子はタオルを広げた。何ヵ所かに、茶色い染みが付いている。

「血痕だな」鷹野も気がついたようだ。

「隠し部屋の調査が忙しくて、鑑識はまだここまで調べていないのか」早瀬は室内を見回した。「あとでカモさんに伝えておこう」

鷹野はクローゼットから離れて、壁際にあった鏡台を開いた。

「鏡がない……」

彼の言うとおりだ。三面あるはずの鏡がすべて取り外されている。

「全部割れてしまったんでしょうか」段ボール箱のほうを見ながら、塔子は首をかしげた。

「女性の部屋のはずだが、どうも妙だな」

鷹野はデジタルカメラで、衣類やタオルを念入りに撮影した。

三人が最後に入ったのは、柱時計のある部屋だった。ベッド、机と椅子、大きなテーブルなどが置かれている。ドアの反対側にある壁には、飾り棚が作り付けられていた。クローゼットの中は空だ。

「ここに住んでいたのは女性でしょうか、それとも男性？」

「わからない。あまり痕跡がないからね」写真を撮りながら、鷹野は答える。

早瀬は腕組みをして、廊下のほうへ目をやった。

「ベッドが三つということは、この家には三人が住んでいた可能性があるな」

表札には成瀬とあった。かつてここにはその一家が住んでいたと考えられる。

「ちょっと変なことを思いついたんですが」塔子は早瀬に話しかけた。「ひょっとしたら、ここには四人の人間が住んでいたんじゃないでしょうか」

「でも、ベッドは三つしか……」そこまで言って、早瀬ははっとしたようだ。「そうか。あの隠し部屋にもうひとりか」

「ええ。布団がありましたし、個室としても充分な広さでしたから。……あそこに誰かが閉じ込められていた、ということはないでしょうか」

塔子の言葉を聞いて、早瀬は表情を曇らせた。

「監禁されていた、ということか？」

「いや、それはないと思うぞ、如月」横から鷹野が口を挟んだ。「納戸の奥の秘密のドアは内側、つまり隠し部屋のあるほうから施錠するようになっていた。中に閉じこもることはできても、外から誰かを監禁するのは無理だ。仮に、段ボール箱を積み上げてドアを塞いだとしても、閉じ込めておけるのはせいぜい数十分というところだろう」

うーん、と塔子は考え込む。

鷹野はカメラの液晶画面を確認していたが、やがて飾り棚のある壁を見つめた。

「この棚の裏が、さっきの通路じゃないか？」

彼は右手の拳《こぶし》で、クロスの張られた壁を叩《たた》き始めた。部屋の端から端まで、ノックしながら移動していく。

「たぶんこの先が、遮光カーテンのある場所だ。……どうです、係長？」

早瀬も、飾り棚のある壁に沿って歩いた。

「そうだな。およそ十メートルという感じだったから、ちょうどそのへんか」

鷹野はしばらく顎《あご》を掻《か》いていたが、突然、何かに思い至ったようだ。足早に部屋を横切り、廊下へ出ていこうとする。

「主任、どこへ行くんです？」

「如月じゃないが、ちょっと妙なことを思いついた」

塔子と早瀬は、ふたりで顔を見合わせた。それから鷹野のあとを追った。

鷹野は納戸の中に入り、鉄製のドアから先ほどの通路に踏み込んでいく。塔子は彼についていったが、数歩先で背中にぶつかってしまった。薄闇の中で鷹野が立ち止まっていた。左側を向いて、壁を手探りしているようだ。

「おい、どうした。なんで進まないんだ」

後方から早瀬が問いかけてきた。塔子は体をひねって、うしろを向いた。

「鷹野主任が何か始めました」

「え？　この狭いところで何をやっているんだ」

前に向き直ると、鷹野が大きく伸び上がるのがわかった。壁に突起が付いているらしく、そこを足場にして、三十センチほど高い位置に上る。

「あった！　思ったとおりだ」

暗い通路の中に、鷹野の声が響いた。足場から下りると、彼は腰を屈めて少しずつ進んでいく。そのうち、また鷹野の声がした。

「ここにもある。なるほど、納得だ。そのために飾り棚が作ってあったわけだ」

「主任、どういうことです？」

塔子が尋ねると、鷹野は方向転換してこちらに戻ってきた。

「如月、ここに足場があるから乗ってみろ」

「ええと……はい、ありますね。ここに乗るんですか」

「そうすると、顔の位置に覗き穴が見えるだろう」

「どこですか？　見えませんけど」

「しまった、身長が足りないのか。……もう少し上だ。わずかだが明かりが見えるはずだ」

壁にへばりついたまま、塔子は顔を上に向けてみた。鷹野の言うとおりだ。頭上に、蛍光灯の明かりが射しているのが見える。

思いきり、塔子は背伸びをしてみたのだが——。

——と、届かない……。

「すみません」つま先立ちをしながら、塔子は言った。「あと一息なんですけど」

「あ、悪かった」鷹野の声が聞こえた。「その上にもうひとつ窪《くぼ》みがある。あと一段、高いところに上れるぞ」

「それを早く言ってください」

靴の先で壁を探ると、たしかに窪みがある。そこにつま先を差し込んで体を上げると、光が目に入った。

「見えました！　こんな仕掛けになっていたんですね」

望遠鏡の接眼部ほどの穴がある。ガラスかプラスチックが嵌め込まれているようだが、その向こうに、柱時計のある個室が見えた。

「俺はさっきの部屋に行く。如月は、ここからどう見えるか確認してくれ。早瀬係長もそのままで」

鷹野は通路から出ていった。塔子が部屋を覗いていると、じきに彼の姿が見えた。

「如月、どこにいる？」くぐもった声が聞こえた。

「ここです」塔子は壁をノックする。

鷹野は椅子を持って壁に近づいてきた。一度見えなくなったが、次の瞬間、彼の顔がアップで現れた。あまりにも近かったので、塔子はのけぞりそうになった。

——び、びっくりした！

これほどの至近距離で、鷹野の顔を見たのは初めてだ。

「なるほど、ここか」鷹野は納得の表情をしていた。「飾り棚でうまくカムフラージュしているな。よほど注意しない限り、この部屋からは気がつかない」

「あの、主任……。そちらから私の顔は見えないんですか？」

「如月のいるほうが暗いから、ここからはまったく見えない。奥の隠し部屋には明かりが点くが、遮光カーテンがあるから光が漏れないんだ」

よかった、と塔子は胸をなで下ろした。先ほどの仰天した顔を、鷹野に見られていなかったのは幸いだ。

鷹野は椅子から下りて、別の方向に歩いていく。

「早瀬係長、どこですか」

「ここだ」同じように、早瀬が壁を叩いた。

「ありがとうございます。……これでわかりました。納戸の奥に長い通路があるのは、家の構造の問題ではなかったんです。隠し部屋の主は、壁裏の通路を造ることで、柱時計の部屋を監視できるようにしていたんですよ」

それを聞いて、塔子ははっとした。

「監視されていたのは、あの写真の女性じゃありませんか？」

「断定はできないが、可能性はあるな」壁の向こうで鷹野はうなずく。

もし、あの女性を監視するために覗き穴を作ったのだとしたら、その目的は絞られてくる。そこには歪《ゆが》んだ欲望が関係していたのではないか。

写真に写っていた女性の顔を、塔子は思い出した。誰からも好かれそうな容貌だった彼女は、かつて何者かに狙われていたのではないだろうか。同じ女性として、塔子はあの女性の身を案じていた。彼女が巻き込まれたかもしれない凶悪犯罪を想像し、慄然《りつぜん》とした。

――誰かがこうして、部屋を覗いていたんだ。

何ヵ月前なのか、あるいは何年前、何十年前か。とにかく、この通路を使っていた人物は、ひそかに柱時計の部屋を観察していた可能性がある。薄闇の中、息を殺してじっと覗いていたのではないだろうか。

そろそろと足を伸ばして、塔子は床に下りた。今でもまだ、覗き穴から見た光景が頭に残っている。心臓の鼓動が速くなってきた。

そのときだった。暗い通路の奥、隠し部屋のほうから鴨下の声が聞こえた。

「早瀬さん、そこにいますか？」

「ああ、ここにいる。どうした、カモさん」

「ちょっと来てもらえますか。この白骨遺体、おかしいんです。早く来てください！」

鴨下がこれほど慌てた声を出すのは珍しい。何かまた、よくないことが判明したのではないか。塔子の中に、嫌な予感が広がっていった。

鷹野を呼び、早瀬と三人で隠し部屋に入った。窓のない四畳半ほどのスペースで、鑑識課員たちが白骨を取り囲んでいる。

塔子たちは、そっと白骨遺体を覗き込んだ。何かとんでもないものが出てきたのかと思ったが、見た目は特に変わっていない。先ほどと違うのは、遺体のそばにメジャーや鑑識用の資料ファイルが置かれていることだけだ。

「この遺体がどうかしたのか」顔を上げて、早瀬が尋ねた。

「報告書を作るために、細かく調べてみたんです」鴨下は、遺体の腰の部分を指差した。「この骨盤は、恥骨下角《かかく》の特徴などから女性だとわかります。恥骨結合面の状態からみて、おそらく三十代でしょう。腕や脚、肋骨《ろっこつ》などの色合いも骨盤とよく似ていますから、体の骨はすべて同一人物、三十代の女性のものだと考えられます」

あの写真に写っていた女性と、条件が一致しそうだ。やはり彼女が、この白骨の主ということなのだろうか。

だが、鴨下は頭蓋骨《とうがいこつ》を見つめて、こう続けた。

「ところがです。頭蓋容積、眉弓《びきゅう》、側頭骨の乳様突起などから判断すると、この頭骨は男性なんですよ」

え、と塔子たちは声を上げた。

まったく予想外の報告だった。あまりに突拍子もない話だったため、その事実が何を意味するのか、咄嗟《とっさ》には判断がつかなかった。

「頭骨の年齢はどうです？」鷹野が尋ねた。

「切歯の摩耗度から推測して、五十代だと思われます。よく見ると頭骨だけは、体の骨と色合いが違っていることがわかります。明らかに別人の骨です」

体は三十代の女性。しかし頭は五十代の男性。これはどういうことなのか。

「不合理だ」首を振りながら鷹野はつぶやいた。「遺体を白骨化させるだけでも、相当な手間がかかる。それなのに、死体遺棄犯は白骨を二体用意して組み合わせた。その行為にどんなメリットがあるというんだ？　理解できない」

鷹野の言うとおりだった。これは、まったく労力に見合わない犯罪だ。目的がわからないから、ひどく不気味な行為だと感じられる。

――いや、目的なら、ひとつ考えられることがある。

塔子は部屋の中を見回した。

床を埋め尽くすように置かれた、奇妙な蒐集品。一般的な見方をすれば、これらはがらくた同然だが、この部屋の主は根気よく品々を集め続けたのだ。周囲の人たちには価値のないものでも、本人にとっては大事な宝だったのかもしれない。

その人物独自の価値体系に従えば、この白骨遺体も何かの意味を持つのではないか。自分たち捜査員には、それが理解できていないだけなのかもしれない。

「鷹野。臨場している捜査員を、玄関前に集めてくれ」早瀬が言った。「家の内外をくまなく調べよう。この部屋には女性の体と男性の頭がある。ということは、女性の頭と男性の体が、どこかに隠されている可能性がある」

「すぐに集合させます。……如月、一緒に来てくれ」

「わかりました」

鷹野と塔子は壁裏の通路を抜けて、納戸に向かった。

6

手の空いている捜査員が集合し、洋館の内外を詳しく調べていった。

一時間ほどのち、再度集まって結果を報告し合ったが、あらたな白骨が見つかったという情報は出てこなかった。

早瀬は思案の表情を浮かべていたが、やがてみなに告げた。

「仕方ない。白骨の捜索は一旦打ち切ろう。君たちには、このあと周辺地域で聞き込みをしてもらう」

所轄の刑事が、資料を配付し始めた。コンビニなどでコピーをとってきたのだろう。

「人員の組み合わせは、その資料に書いてある」早瀬は続けた。「なお、屋内で女性の写真が発見されたので、そこに載せておいた。まだ被害者だと決まったわけではないが、近隣住民に見せて、目撃したことがないかチェックしてほしい」

担当地域を確認したあと、捜査開始となった。

塔子の相棒となるのは、いつものとおり鷹野だった。一般には捜査一課と所轄の刑事がコンビを組むのだが、塔子は「女性捜査員に対する特別養成プログラム」によって、同じ捜一の鷹野と行動することになっている。

鷹野は捜査一課の中でも、特に注目されている存在だった。いつも飄々《ひょうひょう》としていて、現場ではひたすら写真撮影をするなどマイペースな人だ。そのため昼行灯《ひるあんどん》などと言われることもあるそうだが、検挙率は捜査一課でもトップクラスだという。だから彼と一緒に行動していれば、自然に捜査テクニックが身につくことになる。刑事部長もそうした効果を期待して、塔子と鷹野を組ませているのだろう。

早瀬は鷹野組を呼んで、こう指示した。

「いつもの殺人事件と違って、今回は一筋縄ではいかないかもしれない。鷹野と如月は遊撃班として、事件の全体像を探ってもらいたい。従来の役割分担には関係なく、二名だけで臨機応変に情報を集めてくれ」

「了解です」

鷹野と塔子は、これからの活動方針について相談した。まず、この洋館の住人を捜す必要がある。もし五十代の男性や三十代の女性が住んでいたのなら、彼らが被害者だという可能性が高くなる。

所轄の刑事課長を見つけて、鷹野は現在までの捜査状況を尋ねた。

「この家の住人を近くで見たことがある、という人はほとんどいないようです。唯一、昔のことを知っていると話していたのが……」刑事課長は道路の先を指差した。「庭木のある家が見えますよね。あそこに住んでいる菅沼《すがぬま》という女性です」

塔子たちは畑の中の道を進んでいった。遮るものがない場所だから、風がまともに吹き付ける。体を震わせながら、塔子は歩いた。

洋館から五十メートルほど離れた場所に、菅沼の家はあった。庭に何本かの木が生えていたが、手入れをされている様子はない。夏は日よけになるかもしれないが、今はすっかり葉が落ちてしまって寒々しい状態だ。

インターホンを鳴らして警察の者だと伝えると、女性の声が応じた。

「すみません、中に入ってきてもらえますか。ちょっと足が悪いものですから」

塔子は門扉《もんぴ》を開け、敷地に入った。軽くノックをしてから玄関のドアを開ける。

廊下の奥から、壁づたいに住人がやってきた。髪をショートカットにした、四十代半ばと見える女性だ。フレームがピンク色の、お洒落な眼鏡をかけている。

鷹野と並んで靴脱ぎに立ち、塔子はドアを閉めた。背後で、風の音が小さくなった。

「警視庁の如月と申します」言いながら、警察手帳を呈示する。

「ごめんなさい。座らせてもらいますね」

菅沼は、上がりがまちに置かれていた丸椅子に腰を下ろした。

「成瀬さんの家で火事があったんですが、その件についてお聞かせいただきたいんです」

「ああ……。今朝《けさ》から刑事さんが何度もやってきましたよ。あれこれ質問されました」

「繰り返しになってすみませんが、話を聞かせてください。菅沼さんは、成瀬さんとお会いになったことがありますか」

ええ、と菅沼はうなずいた。

「十年ぐらい前かしら、何か水道関係のトラブルがあったらしくて、お宅はどうですかって成瀬さんが訪ねてきたの。うちの主人が見にいったんですけど、結局、成瀬さんの家だけの問題だったみたいで」

「成瀬さんがあの家を建てたのはいつなのか、ご存じですか」

「私が病気で何日か入院した年だから……今から二十一年前ですね。ちょっと珍しい洋風のお屋敷でしょう。なんだか別荘みたいですよね」

「どんな感じの方でしたか。身長とか顔の特徴とか、何か覚えていませんか」

「そうですねえ。身長は私と同じぐらいだったと思うから、百六十センチ程度かしら。髪の毛が長くてぼさぼさで、ちょっと目にかかっているような感じでしたよ。ほら、そういう犬、いますよね？　髪で隠していたけど、どっちだったかな……そう、右目の周りに傷があったのを覚えています。私より十歳か、もう少し年上だったのかしらねえ」

　すると、横から鷹野が口を挟んだ。

「失礼ですが、菅沼さんは今おいくつなんですか」

「まあ！　女性に歳を訊くの？」

「いや……菅沼さんの年齢を訊かないと、成瀬さんの年齢がわかりませんので」

　鷹野が顎を掻いていると、菅沼はくすくす笑った。

「今、四十五ですけどね。……二十一年前だから、当時私はまだ二十四歳だったのよね。そのとき成瀬さんは三十代後半ぐらいに見えました」

「すると、成瀬さんの現在の年齢は五十五歳から六十歳ぐらいですか」

　鷹野は何か考え込む顔になった。その横で、塔子は質問を続けた。

「成瀬さんについて、ご存じのことはありませんか。仕事とか、出身地とか」

「いえ、話したのは水道トラブルのときだけでしたからね。仕事は……何をしていたのかしら。ずっと家にこもりきり、という感じでしたけど」

「ほとんど外出していなかったわけですか。車で出かけたということは？」

「車は持っていたようですけど、頻繁には乗っていなかったみたいです」

　妙ですね、と塔子はつぶやいた。

「三十代後半からほとんど家にこもりきりだったというのは、不思議じゃありませんか。養ってくれる親御さんがいたわけじゃないんですよね？」

「たぶんあの方、資産家だったのよ。だってお金持ちでなければ、あんな場所に風変わりな洋館を建てたりしないでしょう？」

「その男性のほかに、誰かが一緒に住んでいたと思うんですが」

「そうね。奥さんがいたみたいです」

　資料ファイルの中から、塔子は写真のコピーを取り出した。あの人なつこそうなネックレスの女性を、菅沼に見せてみた。

「この人じゃありませんか?」

菅沼は、紙をじっと見つめる。眼鏡のフレームに指先を当てていたが、じきに首を振った。

「顔ははっきり見ていませんけど、雰囲気ってなんとなくわかりますよね。この人じゃないと思います」

「では、成瀬さんの奥さんについて、何か覚えていらっしゃることは?」

記憶をたどる表情になって、菅沼は答えた。

「成瀬さんもこもりがちでしたけど、奥さんはそれに輪をかけて外に出ない人だったようですよ。……月に一度ぐらいかしら、ふたりで車に乗って外出するのを見かけるぐらいでしたね。そのとき奥さんは、太い黒縁の眼鏡をかけて、マスクをしていました」

「なんだか、有名人がお忍びで出かけるときみたいな恰好ですね」と塔子。

ここで、鷹野がポケットからデジタルカメラを取り出した。ボタンを操作し、液晶画面を菅沼のほうに向ける。

「こんな洋服を着ていませんでしたか」

画面には、先ほど撮影したクローゼットの洋服が映されていた。鷹野が表示を切り替えていくと、あ、と菅沼が画面を指差した。

「これ、オレンジ色のカーディガンかしら。私、何度か見ましたよ。たぶんこの服だと思います」

そうだとすると、西向きの部屋に住んでいたのは、マスクの女性だったということになる。

塔子は話題を変えた。

「ここしばらく、あそこは空き家のようになっていましたよね？」

「そうなんです。七年ぐらい前から、成瀬さんも奥さんも見かけなくなってしまったんですよ。でも、ときどき窓が開いているのが見えるんです。誰かがやってきて、空気の入れ換えをしていたんじゃないかしら。それが誰なのかはわからないんですけどね」

何者かが定期的に訪問して、家のメンテナンスをしていたのだろうか。

「ちょっと妙なことを訊きますが」前置きをしてから、塔子は尋ねた。「あの家にもうひとりかふたり、誰かが住んでいた気配はありませんでしたか」

「え？」菅沼は驚いた様子だ。「あの夫婦以外にも誰かいたってこと？　この二十一年間、そんな人は見たことがありませんけど」

洋館には最大で四人が寝泊まりできたと思うのだが、目撃された住人はふたりだけだった、ということらしい。

「眼鏡とマスクの女性を最後に見たとき、何歳ぐらいに思えました?」

「そうねえ。遠かったたし、向こうは車の中だったし、顔も隠していたから……」

「三十代に見えましたか」

「ごめんなさい、そこまではわからないわねえ」

今五十代後半ならば、七年前、成瀬は四十代の終わりか、五十代前半だったはずだ。その妻が当時三十代の、ネックレスの女性だったということは考えられるだろうか。

歳の差はあるが、可能性がないわけではない。

だが直感に従えば、白骨の頭部は成瀬であり、体のほうはネックレスの女性ではないかという気がする。そうなると、怪しいのはマスクの女性だ。

——やはりネックレスの女性は、監禁されていたのでは?

壁裏の通路につながる秘密のドアは、外から施錠できるタイプではなかった。しかし、だからといって、あの部屋が監禁に使えないと決まったわけではない。鉄のドアを抜けても納戸があるから、そこを塞いでしまえば外には逃げられないだろう。

もしあの家で拉致《らち》、監禁という犯罪が行われたのなら、覗き穴や隠し部屋のことが説明できそうに思えた。

近隣の家を回ってみたが、ほかの住民たちは成瀬宅にほとんど興味を持っていなかったようだ。中には、あの家はすでに廃屋になっていると誤解している者もいた。

携帯電話に着信があったので、塔子は液晶画面を確認した。早瀬係長からだ。

「お疲れさまです、如月です」

「今どこだ？　まだ現場の近くにいるのか」

「はい、近隣で聞き込みをしています」

「さっき情報が入ったので伝えておく。この洋館の不動産登記を調べさせた。二十一年前に成瀬祐三《ゆうぞう》という人物が建てたもので、現在も所有者はその男性だ。住民票の生年月日から計算すると成瀬は今、五十八歳のはずだ」

菅沼の話では、成瀬は今五十代後半ではないかということだった。同じ人物だと考えて、間違いなさそうだ。

「ただ、その成瀬の居場所がつかめない」早瀬は続けた。「住民票ではこの家が現住所になっているが、さっき見たとおり、ここしばらく人が住んでいた形跡はなかった。生きているのなら、どこか別の場所に潜伏しているんだろう」

「こちらも情報を入手しました。七年ほど前から、ずっと成瀬さんの姿が見えないそうです」

塔子は、菅沼から聞いた内容を手短に話した。

「……七年前から誰も住んでいなかったということか？　妙だな。確認したんだが、住民税や固定資産税はきちんと納められているんだ。一度も滞納していない」

「ときどき窓を開けに来ていた人物が、税金関係も含めて、あの家を管理していたんじゃないでしょうか。もしかしたら、成瀬祐三の親族なのでは？」

「それは考えにくいな。成瀬には近しい縁者がいないんだ。九州の出身だそうだが、まだひとりも親戚が見つかっていない」

「成瀬さんには奥さんがいたはずですが……」

「いや、成瀬は結婚していないぞ」

「え？」

ということは、菅沼が見た眼鏡とマスクの女性は内縁の妻だったのだろうか。いずれ結婚するつもりでいたが、ずるずる引き延ばしているうち、成瀬の身に何かトラブルが起こってしまったのか。そのトラブルというのは、もしかしたら成瀬の死だったのかもしれない。

その場合、結婚していない彼女には遺産を相続する権利がないことになる。それがわかっていながら彼女は七年間も税金を払い、あの家を維持し続けてきたのだろうか。それも不可解な話だ。

通話を終えたあと、今の話を鷹野に伝えた。

「ますます訳がわからないな。いったい、あの家で何があったんだ？」

さすがの鷹野も、首をかしげるばかりだった。

まだ情報が少なすぎるのだ。早く手がかりを集めて、あの家が造られた経緯、住んでいた人物の内訳、家が無人になった理由などをはっきりさせなくてはならない。

冷たい北風が吹いた。頰《ほお》にかかった髪をはらって、塔子はうしろを振り返った。

道路の先に、成瀬の洋館がぽつりと建っている。四方を畑に囲まれたその家は、近隣住民との関わりを強く拒絶しているかのように見えた。

## 7

午後三時から、小金井警察署で捜査会議が開かれた。

小金井署はＪＲ武蔵《むさし》小金井駅から一キロほどの場所にある。都心部の警察署に比べると電車の便はあまりよくない。

捜査一課の管理官、小金井署長の紹介などを済ませると、早瀬係長は事件の概要を説明した。それから各員に指示を与え、すぐ捜査に取りかかるよう命じた。慌ただしい雰囲気の中、捜査会議は終了した。

郊外での移動が多くなることを見越して、今回、早瀬は覆面パトカーを用意してくれた。鍵を受け取り、塔子と鷹野は署の駐車場に向かう。割り当てられたのは、型の古い紺色のセダンだった。

「なんだか古めかしい車だが、大丈夫かな」

助手席に乗り込んで、鷹野は車内のあちこちをチェックしている。

「普通に走れる車なら、それでＯＫですよ。バスやタクシーに比べたら、ずっと便利ですから」

言いながら、塔子は運転席のシートを前にずらした。背が低いので、こうしないとうまく運転できないのだ。一方の鷹野は、長い手足を縮めるようにして助手席に収まっている。

「さて、どういう方針で行きましょうか」と塔子。

「如月はどう考えている？」

「調べることはたくさんありますよね。成瀬祐三とはどんな人物なのか、今どこにいるのか。成瀬と一緒に暮らしていたマスクの女性は誰だったのか。それから、写真に写っていたネックレスの女性も調べる必要があります。あの洋館が造られた経緯も知りたいし、隠し部屋に残されていた蒐集品のことも……」

鷹野は、特捜本部から配付された地図を開いた。赤ペンでいくつかチェックマークを付けていたが、そのうち顔を上げた。

「せっかく捜査の足が出来たんだ。有効に使わせてもらおう」

鷹野の指示で、塔子は面パトをスタートさせた。

国分寺の洋館から車で十分ほどのホームセンターに入り、店長を呼んでもらった。髪が長くて右目の周りに傷のある男性、眼鏡とマスクをつけた女性を見たことがないか尋ねてみる。残念だが、これといった情報は得られなかった。

塔子にも鷹野の考えていることがわかってきた。

「月に一度、ふたりは車で外出していた。買い物に出かけていたんじゃないか、ということですね」

「そう。可能性があるとすれば、ホームセンターかスーパーだと思ったんだ」

洋館を中心とした地域で店に当たっていったが、なかなか成果が出ない。

続いて鷹野は、病院やクリニックをピックアップしたようだ。信号待ちでブレーキを踏んでいた塔子に、横から話しかけてきた。

「その女性が、顔を隠していたというのがどうも気になる。整形外科か形成外科に通っていたんじゃないだろうか」

「眼鏡をかけていたから眼科かもしれませんね。あ、皮膚科や歯科という線もあるでしょうか」

「皮膚科や歯科？」

「マスクで口元を隠していたのなら、皮膚の炎症があったのかもしれません。あるいは、歯列矯正をしていたのかも」

「なるほど……」鷹野は感心したような顔で塔子を見た。「それは思いつかなかった。如月も、なかなか鋭いところを突いてくるな」

ありがとうございます、と頭を下げてから、塔子はアクセルペダルを踏んだ。

総合病院や個人の診療所などを訪問し、成瀬とその連れが来ていなかったかを尋ねてみた。しかし今の時点では、そのふたりは単なる参考人でしかない。塔子たちは令状を持っているわけではないから、守秘義務を盾に回答を拒否されるケースがあった。いつもの殺人捜査と違って、どうもやりにくい。

洋館から近い商業施設や医療施設は、あらかた回ってしまった。このあとどうしようかと考えていると、鷹野の携帯電話が鳴りだした。

「はい、鷹野です。……ええ……ああ、なるほど。了解です」

通話を終えると、鷹野はこちらを向いた。

「早瀬さんからだ。如月、高速道路を使っていいから、警視庁本部に向かってくれ」

「本部に？　何かを取りに行くんですか」

「いや、行き先は科捜研だ」鷹野は電話をポケットにしまった。「女性の写真があっただろう。あれの分析結果が出たらしい」

現場に出ていないとき、塔子たちは警視庁本部六階の「大部屋《おおべや》」にいる。そこに自分の机もあるのだが、いざ事件となれば所轄署に出かけていって、毎日特捜本部に詰めることになる。だから、大部屋はいつも閑散としている。

建物は別だが、同じ六階に科学捜査研究所があった。塔子たちは今、渡り廊下を歩いてその部屋へ向かっている。

「お待ちしていました、如月さん」

塔子と鷹野が入っていくと、顔見知りの研究員が出迎えてくれた。調査でいつも便宜《べんぎ》を図ってくれる、河上《かわかみ》だ。彼は真面目を絵に描いたような人物で、黒縁の眼鏡をかけ、ぱりっとした白衣を着ている。

「どうぞ、こちらのテーブルへ」

河上は打ち合わせ用のスポットに案内してくれた。

塔子たちに椅子を勧めたあと、自分も腰を下ろして、河上はノートパソコンを操作し始めた。何かのデータを見せてくれるのだろう。

そのうち、河上はこんなことを訊いてきた。

「如月さんはブログとか、やっていないんですか」

「はい？」塔子はまばたきをした。「いえ、やっていませんけど」

「そうですか。じつは私、ブログで日記を書いているんです。姉夫婦が猫を飼っているものですから、その写真を載せたりしていて……」

「猫ですか！」思わず塔子は身を乗り出していた。「あの、ここにサイトのアドレスをお願いします」

塔子はメモ帳を差し出した。河上はパソコンの画面から顔を上げる。

「あ、如月さん、猫が好きなんですか？　いやいや、それは知りませんでした」

河上は一瞬、笑顔になった。それを見て、なぜだか鷹野が顔をしかめていた。

メモ帳にウェブサイトのURLを書いてもらった。タイトルは《Kのブログ》というらしい。

「Kというのは名前の頭文字です。私、啓史郎《けいしろう》というもので」

「河上さん、啓史郎ってお名前なんですか。今日、初めて知りました」

予想外と言っては失礼だが、文学者か何かのような響きだったので驚いた。

「祖父がつけてくれた名前なんですが、その理由がなかなか凝っていまして……」

「河上さん。そろそろ仕事の話をお願いしますよ」

鷹野が促すと、ああ、そうですね、と河上は言った。パソコンの画面をこちらに向ける。

「隠し部屋で発見されたという写真を、分析してみました。ご覧のとおり若い女性が被写体で、本人はカメラを意識して笑顔を作っています。現場には覗き穴があったと聞いていますが、距離やカメラの露出などを考えると、その通路から撮られたものではありません。……鑑識から資料をもらってチェックしたところ、壁や置物の位置から、写真が撮影されたのは、この個室だとわかりました」

河上は洋館の見取り図を表示させた。三つある個室のうち、河上が指しているのは、例の柱時計がある部屋だ。

「女性が座っていたのは、部屋の中央にあるテーブルのそばです。そしてカメラがあったのはここ、壁際の机の位置だと考えられます。次に、テーブルの上なんですが、いくつか見えている棒のようなものは、スパチュラといって塑像を作るのに使う道具だそうです」

「塑像制作の道具？」塔子は首をかしげた。

「これですね」河上がマウスを操作すると、画面に金属の棒が映し出された。「彫刻は原石を削って作りますが、塑像は先に原型を作って、その周りに粘土などを盛っていくそうです。表面に細かい溝を彫ったりするのに、へらを使います。それがスパチュラです」

「あ……。そういえば、私も高校の美術の時間に、塑像を作りましたよ」

塔子が言うと、河上は深くうなずいた。

「塑像のほうが形を整えやすいですよね。だから学校でも教えるんだと思います」

「俺は作った覚えがないけどなあ」鷹野がぼそりと言った。

その声を無視して、河上は続けた。

「それからここ、写真のフレームから外れてしまってよく見えませんが、テーブルの隅に何かが置いてあります。拡大して分析したところ、これじゃないかと気がつきました」

画面が切り替わった。そこに表示されたのは、国分寺の隠し部屋にあった仮面だ。美しい顔を象《かたど》った、真っ赤な仮面だった。

「調べてみました。十年ほど前、アメリカのブロードウェイで『ヘルマフロディトス』というお芝居が上演されまして、その劇中で使われたのがこの仮面なんだそうです。向こうではけっこう流行《はや》って、ファンの人たちのために商品化されたようですね。しかし日本国内には少数しか存在しないはずです。誰かが個人的に買ってきたか、そうでなければ輸入雑貨店などで手に入れたのかもしれません」

「そのヘルマなんとかというのは、どういうお芝居なんですか」と塔子。

「ギリシャ神話をモチーフにしているようです。ヘルマフロディトスというのは、ヘルメスとアフロディーテの息子だったんですが、ある事情から女性と合体し、両性具有になってしまうんです」

両性具有と聞いて、塔子ははっとした。

「隠し部屋で見つかった白骨遺体は、頭が男性で体が女性でしたよね。そのことと、この仮面とは何か関係があるんでしょうか」

「可能性はありますね。あの奇妙な白骨遺体を作った人物は、神話に出てくる両性具有者を強く意識していたのかもしれません」

河上は再び、ネックレスの女性を画面に表示させた。

「仮面の場所が気になるな」鷹野が画面を指差した。「写真が撮影されたとき、仮面はこの部屋のテーブルの上にあった。それが、今日発見されたときには隠し部屋にありました。誰かが持っていった、ということになります」

そうですね、と河上はうなずく。

「仮面については如月さんたちに調べていただくとして、今私が想像できるのは、この女性が美術に関係あるんじゃないかということです。三十歳前後に見えますから、美術大学の助手か大学院生だったのかもしれません。あるいは美術家だったか、市民サークルなどで活動している人だった可能性もあります」

鷹野は画面の写真を見つめていたが、やがて塔子に話しかけた。

「撮影したのは、あの家に住んでいた人物だろうか」

「そう思います。成瀬さんか、同居していたマスクの女性じゃないでしょうか」

「だとすると、ひとつ腑《ふ》に落ちないことがあるんだ。この若い女性は、誰か親しい相手に笑いかけているように見えるだろう？」

塔子はあらためて写真を観察した。たしかに、彼女には警戒している様子がない。知り合いにカメラを向けられ、自然に笑顔になったという感じだ。

「如月も嫌な想像をしているはずだ。たとえば成瀬とマスクをした女が、ネックレスの女性を監禁した挙げ句、殺害したのではないか。……だがそう考えると、この笑顔が引っかかる」

「それは簡単に説明できます」河上が言った。「最初、成瀬祐三たちは親切な態度でこの女性に接していたんでしょう。でもこの写真を撮影したあと、彼女を監禁したんです。狡猾《こうかつ》な犯罪者というのは、まず善人のふりをして被害者に近づくものです」

「そうかなあ……」鷹野は腕組みをする。

話題を変えようと、塔子はメモ帳のページをめくった。

「現場には大量の証拠品が残されていました。鷹野主任はあそこを驚異の部屋と呼んでいましたが、河上さんはご存じですか？」

「ヴンダーカンマーですね。知っています」

資料の下から、河上は雑誌を取り出した。付箋を貼ったページを開くと、そこには驚異の部屋に関する特集が掲載されていた。

「十五世紀から十八世紀ごろにかけて多く造られた、私設博物館のようなものです。動物、植物、鉱物のサンプルから医学の標本まで、幅広いジャンルの品が集められていたらしいですね。美しい鳥の羽根があるかと思うと、錬金術の本が置いてあったりする。値段がつくかどうかは別にして、蒐集者が『これは珍しい、面白い』と思えば、何でも集めていたようです。

もともと人間には物を集めたいという欲求があるし、集めれば人に見せたいという気持ちになります。それを同時に満たしてくれるのが、驚異の部屋だったんでしょう。私はこれをノスタルジーと結びつけて考えていて、なつかしさが加わることで、ますます蒐集に拍車がかかったのではないかと分析しています」

こういうことが好きなのだろう、今日の河上はいつになく饒舌《じょうぜつ》だ。

「証拠品の写真を見て、何か気がついたことはありましたか」

塔子が質問すると、河上は資料の次のページを開いた。そこに、あの隠し部屋を撮影した写真があった。

「スペースが狭いせいで本格的なヴンダーカンマーには及びませんが、この部屋を造った人物はかなり多趣味な人ですね。ここに医学模型が写っていますが、昔ドイツで作られていたものだと思います。この瓶は、手術で切り取った臓器などをホルマリン漬けにしたものでしょう」

ホルマリン漬け、などと聞いて塔子は落ち着かなくなった。犯人はふたり分の骨で、何か神秘的な存在を作り出そうとしていたのではないか。そんな考えが頭に浮かんだ。もしそうだった場合、はたして塔子たちに犯人の行動は理解できるのだろうか。宗教的あるいは呪術的な理由で行われたことを、警察の論理で読み解くことはきわめて困難だ。

「壁裏の通路には覗き穴もありましたよね。この事件には何か異様なものが隠されているように思います」河上は言った。「如月さん、気をつけて捜査をしてください」

両性具有者を摸《も》した仮面。そして、男性と女性が組み合わされた白骨遺体。わざわざそんなものを、あの隠し部屋に残したのはなぜなのか。

犯人の意図が、まったくわからなかった。

## 8

寒いなあ、と話しながら捜査員たちが特捜本部に戻ってきた。

それぞれコートを脱いで自分の席に腰掛け、資料を開いたり、メモ帳をチェックしたりする。立ち話をする者、携帯電話で通話する者などもいて、辺りはざわついていた。

「あ、戻ってたのか、如月」

うしろから声をかけられ、塔子は振り返った。ブランドものの背広を着た、若い男性が近づいてくる。刑事にしては少し髪が長めで、ベルト代わりにいつもサスペンダーを使っている。先輩の尾留川圭介《びるかわけいすけ》だった。

「お疲れさまです。ブツの捜査はどうですか？」

塔子は軽く会釈をした。階級は同じ巡査部長だが、尾留川は四つ年上の三十歳だ。

「倉庫の中を整理しているようなものだからね。数が多くて大変だよ」

尾留川は持っていた資料を掲げてみせた。厚さが三センチほどもある。

「蒐集品の点数は、どれぐらいあったんだ？」

横から鷹野が訊くと、尾留川はうーん、と唸《うな》った。

「細々《こまごま》したものまで含めると、二百点以上になりますね。持ち主が見つからないので、まだ運び出す段取りはできていないんですが、写真の撮影だけは終わりました」

尾留川は資料ファイルを開いた。中にはさまざまな蒐集品の画像が印刷されている。まるで博物館の収蔵品カタログのようだ。

「これは何の骨だ？」鷹野があるページを指差した。

「フェレットか何かじゃないでしょうか。骨格標本ですね」

「こっちは化石だろうか」

「ええ、サンゴの化石です。科捜研の調べで、ウニや二枚貝の化石も見つかりました。周りに石灰岩が付着しているそうです。それから、こんなメモ書きがありました」

化石らしいものを収納したビニール袋の写真があった。袋の中に紙のカードが入れてあり、日付とともにメモが記されている。

《鳥の巣》《コテージより徒歩十五分》

日付は今から二十一年前のものだ。採集した日と、場所の情報を書き記したのだろうか。二十一年前といえば、成瀬が国分寺の家を建てた年と同じだった。

「これ、鳥の巣の化石なんでしょうか。……ほかにサンゴなんかがあったということは、昔海だった場所で出来たわけですよね。何かヒントになりませんか？」

塔子がそう言うと、鷹野は首を振った。

「そんな場所が日本中にどれぐらいあると思っているんだ？　いや、もしかしたら日本で発掘されたものじゃないかもしれない」

「サンゴとかウニとかを調べたら、どのへんに生息していたかわかるんじゃないでしょうか。あるいは、付着していた石灰岩を分析するとか……」

「調査は科捜研が進めてくれているよ」尾留川が答えた。「なぜだか知らないけど、河上さんがやけに張り切っていた」

それを聞いて、鷹野が顔をしかめた。

「これ全部、尾留川さんの組が調べるんですか」と塔子。

「もう一組いるから四人だよ。……本当は鷹野さんたちにも手伝ってほしかったんですけど、今回は遊撃班なんですよね？」

ああ、と鷹野はうなずいた。

「そう命じられている。時間がとれたら手伝おう」

「あまり期待しないようにしますよ」

じゃあ、と言って尾留川は去っていった。


午後八時。警視庁小金井警察署の講堂で、夜の捜査会議が始まった。

司会を務めるのは、午後三時に開かれた会議と同じく、十一係の早瀬係長だ。

「最初に、私のほうから最新の情報をお伝えします」眼鏡のフレームに指先を当てながら、早瀬は言った。「まず、本日朝、国分寺市並木町の火災現場で発見された白骨遺体について。マスコミに対しては『損壊された男性と女性の白骨遺体が発見された』とだけ発表しましたが、実際には男女の骨が組み合わされていました。法医学的な調査の結果、頭部は五十代の男性、体は三十代の女性だとみられます」

これは、鑑識の鴨下が予想したとおりだった。

「骨になってしまっているため、死因については特定が難しいということです。ふたりの身元もまだわかっていません。ただ、あの洋館に住んでいた成瀬祐三が行方不明となっており、彼が白骨の頭部である可能性が高くなってきました。また、三十歳前後の女性の写真が見つかったことから、その人物が白骨の体のほうではないかと疑われます。もちろん断定はできませんが、現段階ではその線で捜査を進めるのが妥当かと思います」

「ちょっといいか」

幹部席から声が聞こえた。捜査一課の管理官、手代木《てしろぎ》行雄《ゆきお》が、神経質そうな顔で早瀬を見ていた。

「死因だが、骨折の形跡があれば、外傷を負ったことがわかるだろう。たとえば頭骨に傷があれば、頭を殴られて昏倒したと推測できるはずだ」

「調べてみましたが、明らかな骨折の痕はありませんでした」

「昔手がけた事件で、骨に毒物が残っていたケースがあった。調べているのか？」

「現在、科捜研で調査中です」

手代木は腕組みをした。

「死因が不明なのは仕方ないとして、いつ白骨化したか、わからないのか。骨になってからどれぐらいの期間が経過しているんだ？　科捜研は何と言っている？」

「白骨遺体を調べても、いつ骨になったかは特定が難しいそうです。死後一年以内なら組織片などが手がかりになりますが、今回は推測不能という回答です」

手代木は黙り込んだ。そのまま仏像のようにじっとして、早瀬の顔を見つめている。これは手代木が何かを考えるときの癖で、部下からの返事を待っているわけではなかった。そういう事情を知らないと、見つめられた相手はひどく居心地の悪い思いをする。塔子も最初はそうだった。

十秒ほどしてから手代木はこう尋ねた。

「骨の状態だが、すべて分断されていたか？　それとも、組織片などでつながっていた部分があったか？」

「骨はすべて分断されて、組織などはなくなっていました。きれいなものですよ」

「だとすると、犯人はふたりの遺体を白骨化させたあと、その部屋へ運んだんだな。すべてばらばらの骨になってしまえば移動も簡単だ。部品のように運んできて、布団の上に骨を並べたんじゃないだろうか。……パーツの位置に間違いはなかったんだよな？」

「ええ。現場で全身の写真も撮りましたし、白骨を搬出するときも、注意して持っていきました。骨の並べ方に異状があったとは聞いていません」

「いや、異状はあっただろう？　男と女の骨が交じっていたじゃないか」

そう言って、手代木は蛍光ペンの先を早瀬のほうに向けた。これは、相手の失言や失態を責めるときの癖だ。

「おっしゃるとおりです」

「説明は正確にな」

普段、手代木は鑑識の鴨下をよく叱責するのだが、今日のターゲットは早瀬係長だったようだ。珍しいな、と塔子は思った。なぜだろうかと考えるうち、気がついた。

今日は、手代木の上司である神谷《かみや》捜査一課長が不在なのだ。神谷はこの「帳場」を手代木に任せて、より重要度の高い事件の捜査指揮に当たっているのだろう。

手代木はこの捜査を一任されている。そのことを強調するため、十一係のリーダーである早瀬に注意を与えたのではないだろうか。

——手代木管理官は本当にわかりやすいな。

権威主義者というべきか、手代木は部下に対して厳しく当たることが多い。どちらが上の立場かはっきりさせ、相手の反抗心を抑え込むのがいつものやり方だ。

長年のつきあいでこうしたことにも慣れているのか、早瀬は気にする様子もなかった。捜査員たちのほうを向いて、彼は議事を進めた。

指名を受けて、鑑識課の鴨下が立ち上がる。

「洋館の内部で採証活動を行ったところ、複数の箇所で血液反応が出ました。もっとも多かったのは、柱時計のある個室です。覗き穴から見えるようになっていた場所ですね。次が廊下。あちこちに少量ずつ残っていまして、負傷者または遺体を移動させた際に付着したのだと思います。納戸や壁裏の通路にも、血液の痕がありました」

「血痕は、見た目にはわからないよう拭き取られていたんだな？」早瀬は鴨下に尋ねた。

「はい。……で、その血液反応ですが、ふたり分見つかりました。A型とO型です。ふたりは柱時計のある個室で刺され、あとで隠し部屋に運ばれたんじゃないでしょうか」

続いて、捜査員たちが今日の捜査内容を報告していった。

現場周辺で情報を集める「地取り」、関係者から話を聞く「鑑取り」、そして物品の出どころを調べる「ナシ割り」の各班から説明が続いたが、白骨の身元特定につながるような情報は出てこない。

ネックレスの女性の写真をコピーして、地取り班は現場周辺を回ったという。だが、その人を見たという証言は出ていないらしい。

報告を聞いたあと、早瀬はみなの顔を見回した。

「その女性は美術の関係者だった可能性が指摘されています。都内の美術大学や専門学校に勤務していたのかもしれない。社会人をやめたあと学生になったということも考えられる。それを意識して聞き込みを行ってください」

「早瀬、過去のデータも調べたほうがいいな」手代木が言った。「三十代の女性の頭だけが発見された事件はなかったか。あるいは、五十代の男性の体が発見された事件はなかったか。切断された遺体だったかもしれないし、骨になっていたかもしれないが……」

そうか、と塔子は納得した。もしそちらが先に発見されていて、特捜本部が出来ていたとすれば、今回の「国分寺事件」とセットで捜査しなくてはならない。塔子は今まで、この事件が始まりだとばかり思っていた。そうではなく、以前見つからなかった遺体の残りが今見つかった、という可能性もあるのだ。

早瀬は資料に目を落とした。

「明日の予定ですが……地取り班はこのまま捜査を継続。鑑取り班は、この地域で行方不明になった人物がいないか調べてください。家の所有者である成瀬が見つからないため、洋館の建築を請け負った業者を調べること。証拠品捜査班は鑑識、科捜研と連携して、隠し部屋に残されていた蒐集品の調査を進めてほしい。所有者が不明なので、蒐集品を持ち出すことはできませんが、写真を見て品物の正体を調べるように」

最後に、早瀬は幹部席のほうを振り返った。ひとつうなずいてから、手代木管理官がみなに発破《はっぱ》をかけた。

「第一報を受けたときは、単なる死体遺棄かと思った。だがここまでの捜査で死体損壊、死体遺棄の複合事件だとわかり、さらに猟奇殺人という線も浮かんできた。今は、何が手がかりになるかわからない。些細《ささい》なことも見逃さず、確実に情報を集めてきてくれ。この事件を解決するのは自分だという、強い気持ちで捜査してほしい。以上だ」

起立、と早瀬が言った。

捜査員たちは素早く立ち上がり、かけ声に従って礼をした。

9

午後十時半、塔子は先輩たちと食事に出かけた。尾留川のリサーチで、この時刻、署の近くには開いている店がないとわかっていた。十数分かかるが、武蔵小金井駅まで出ることにした。

だが、歩き始めて塔子はひどく後悔した。二月の夜風は想像以上に冷たい。

「さ……寒いですね」塔子は隣を歩く鷹野を見上げた。

「一時雪という予報が出ていたからな。結局、降らなかったが」

「車だったら暖かいし、時間もかからないんですけど……」

「車だと運転手が必要で、運転手はビールを飲むことができない。誰が貧乏くじを引くかとなれば、それは若い者に決まっている」

「私、ですよね」

「そうだ。でも、それでは気の毒だと思うから、みんな寒いのを我慢して歩いている。感謝してもらいたい」

「はい、感謝しています。ありがとうございます」

塔子が神妙な顔で答えていると、うしろから声が聞こえた。

「気にすることはないぞ、如月」

振り返ると、リーダー格の門脇仁志《かどわきひとし》警部補が笑っていた。鷹野より少し身長は低いが、昔ラグビーをやっていたというスポーツマンで、がっちりした体形をしている。過去何十人もの犯罪者を取り押さえてきたという、肉体派の刑事だ。

「食事に行こうと誘ったのは俺だ」門脇は言った。「一日の仕事を終えて旨いものを食い、旨いビールを飲む。ストレスを翌日に残さないのが、この仕事を長く続ける秘訣《ひけつ》だ」

門脇は後輩の面倒見がいいことで有名だ。特捜本部に詰めていても、仕事に支障がない限りは仲間とともに軽く一杯やる。その際、事件に関する情報交換を行うのだが、それが翌日の捜査に役立つことが多かった。門脇の仲良しクラブなどと揶揄《やゆ》されることもあるらしいが、成果を挙げているから、今まで面と向かって文句を言われたことは一度もない。

駅のそばで、尾留川がいくつかの居酒屋をチェックした。三軒目の店から出てきて、「当たりですよ。ここにしましょう」と彼は言った。塔子たちはその店に入っていった。

奥に個室があったことが決め手になったようだ。ここなら、他人に会話を聞かれることもない。テーブル席なので、靴を脱ぐ手間がかからないのも便利だった。

「みなさん生ビールでいいですね」塔子はメニューを広げた。「門脇主任は、もつ煮込みと焼き鳥ですよね。トクさんは肉じゃがとほっけ、鷹野主任はサラダとフライドポテト、それから尾留川さんは……」

「カレイの唐揚げがあるな。でも残念。『カレイライス』はないのか」

「……え？」

「寄せ鍋もいいなあ。でも、やめておこうか。『よせ、鍋』なんて言われそうだから」

「はあ……」塔子はまばたきをした。

尾留川はひとり、にやにやしている。不思議に思いながら、塔子はオーダーを済ませた。

店員が立ち去ると、徳重英次《とくしげえいじ》巡査部長が尾留川のほうを向いた。穏やかな性格の徳重は、周囲から「トクさん」と呼ばれている。

「尾留川さん、今日はやけに飛ばしますね。どうかしたんですか」

「だってほら、先輩たちに気持ちよく飲んでもらいたいじゃないですか。場を盛り上げるのは若い者の役目ですよ」

「上機嫌の理由を当ててやろうか？」門脇がからかうような顔で言った。「おまえ、小金井署の総務課で、女性職員と何か話し込んでいただろう」

「見てたんですか？　門脇さんも人が悪いなあ」

「声をかけるなとは言わないが、少し周りの目も気にしたほうがいい。俺たちは仕事のために、小金井署に来ているんだぞ」

「もちろん仕事は最優先です。でも、誰かのために頑張れるって、いいことですよね」

「誰かのためって、おまえ、その女のために捜査をしてるのか？」

「総務課の彼女としては、今回の事件が心配で仕方ないらしいんですよ。地域の治安という問題もあるし、事件が解決できなければ小金井署の評価が下がるでしょう。俺は、なんとしても彼女の力になりたいんです」

「尾留川がそこまで入れ込むのも珍しい」鷹野が言った。「浅く広くつきあうのが、モットーじゃなかったのか？」

「何でしょうね、今回はぴんときたんです。いつもとは違うんですよ。もしかしたらこれ、運命的な出会いじゃないですかね」

うんうん、と尾留川はひとりでうなずいている。

「若い人はいいですねえ」徳重は太鼓腹をさすった。「人生、まだたっぷり残っているし、これから先、楽しいことがたくさんある」

徳重は今五十四歳で、成人した娘がいる。ときどき尾留川や塔子たちを「若い人」と表現することがあった。

「そんなふうに言うと、トクさんには楽しいことがないみたいに聞こえますよ」煙草《たばこ》に火を点けながら、門脇が言った。「いろいろあるでしょう？　旨いものを食べるとか、酒を飲むとか、趣味で盆栽をいじるとか」

「盆栽って、渋すぎませんか」と塔子。

そうですねえ、と徳重は考え込む。

「趣味といえば、私、ネットの掲示板をよく覗くんですが、どうも若い人たちと考え方が合わなくてね。最近困っているんです」

「というと？」

「私がよく書き込みをする掲示板で、今度オフ会をやろうという話が出まして……。みんなすごく乗り気で、じゃあ何月何日にどこに集合だ、とか盛り上がっているわけです。だけど相手の素性もわからないのに、いきなり会って大丈夫なのかな、と思うんですよね。ネットの書き込みだけを見て、この人はいい人だと判断するのは危険でしょう。なんでみんな、リアルの世界で会いたがるのかなあ。ネット上の人格が、本人と全然違うケースだってあるはずなのに」

そのとおりだ、と塔子は思った。徳重はネットの掲示板で、なぜだか二十代ということで通っているらしいのだ。

「でね、今度のオフ会、イタリアンの店でやろうって話になってるんですよ。私だったら中華の店を選ぶんだけど……」

「もしかして、ネットの仲間と会うつもりですか？」

「いえいえ、行きません。職業を隠さないとまずいのでね。ほかのことは……まあ、顔とか個人のメールアドレスなら、知られてもかまいませんけど」

「顔を知られたら、年齢の件もばれてしまいますよ」

「あ、そうか、それはまずいな。せっかく若い人たちと仲よくなれたんだから」徳重はポケットから携帯電話を取り出した。「最近、彼らに勧められてゲームをやっているんですが、これがなかなか面白くてね。行き詰まると、掲示板でヒントを教わるんです。みんな親切ですよ」

お、また書き込みがあった、と徳重は嬉しそうだ。

みなで生ビールを飲み、運ばれてきたつまみを食べた。料理はどれも美味しかったが、塔子は特に、だし巻き卵が気に入った。もつ煮込みを食べていた門脇も、これは旨いと喜んでいる。尾留川や徳重も満足そうだった。

ただひとり、不満げな顔をしているのは鷹野だ。

「なぜだ」サラダを指差して、鷹野はぼやいた。「俺はトマトが食べたいのに、どうしてプチトマトが入っているんだ」

「大きいか小さいかだけの違いでしょう？」

塔子が訊くと、鷹野は強く首を振った。

「おまえは何もわかっていない。俺はプチトマトなんて認めないぞ」

ぶつぶつ言いながら、それでも鷹野はサラダを食べ始めた。

食事が一段落したところで、門脇は空いた皿を片づけた。

「よし、打ち合わせをするぞ。如月、いつものノートを出してくれ」

「わかりました」

バッグを探って、捜査用のノートを取り出す。ここからは、事件に関する話だ。

門脇は一度ドアを開け、個室の外を確認した。午後十一時半を過ぎて、店内はだいぶ空いてきている。会話を聞かれることはないはずだ。

「よし、今回の事件の問題点を挙げていこう」彼はドアを閉めた。

門脇が口にしたことを、塔子はノートに書き込んでいった。

■国分寺事件

(一) 白骨遺体の頭部（男性・五十代）は誰か。体の部分（女性・三十代）は誰か。

(二) ふたりの死因は何か。いつ死亡したのか。

(三) 男女の白骨を組み合わせ、隠し部屋に遺棄したのは誰か。その目的は何か。

(四) 残りの骨はどこにあるのか。

(五) 隠し部屋に蒐集品を残したのは誰か。その意図は何か。

(六) 壁裏に覗き穴を作ったのは誰か。何に使っていたのか。

(七) 成瀬祐三は今どこにいるのか。★白骨の頭部？

(八) 成瀬と同居していたマスクの女性は誰か。今どこにいるのか。

(九) ネックレスの女性の写真を撮影したのは誰か。

(十) ネックレスの女性は誰か。今どこにいるのか。★白骨の体の部分？

(十一) 取り外された鏡と、クローゼットの割れた鏡は何を意味するのか。

「項番一が最大の謎だ。男の頭骨に女の体の骨……。いったいあれは何なんだ？」新しい煙草に火を点けて、門脇は唸った。「遺体が白骨化して発見されるケースは過去にもあったが、こんな奇妙な事件は初めてだ」

「最近、屋内で白骨遺体が見つかる事件がときどきありますね」塔子は記憶をたどった。「同居していた親が亡くなったけれど、葬儀の費用がなくて押し入れに隠しておいたとか、遺体をどうしていいかわからず、そのまま布団に寝かせておいたとか……」

「今回、白骨化した時期はわからないということだが、遺体が骨になるまでどれぐらいかかるんだろうな」

門脇が塔子のほうを見た。塔子は答えることができず、鷹野のほうを向いた。

鷹野が口を開いた。

「屋外で空気に触れた状態だと、夏なら数週間、冬でも数ヵ月で骨になるそうです。水の中だともう少し遅いし、土の中だともっと遅くなります。土中に埋められていた場合は五年ほどかかるようです」

「遺体に土は付着していなかった。地上か水の中で白骨化したと考えていいんだろう？」

「地面に埋まっていたものを掘り出して、きれいに洗ったのかもしれませんが……。でも、あの隠し部屋にずっと放置していた可能性もありますね。屋内だと、白骨化するまで一年ぐらいでしょうか」

なるほど、とつぶやいて門脇は煙を吐き出した。

「においはどうです？　遺体が腐敗すると、ひどい状態になりますが」と尾留川。

「俺もそのことは考えた」鷹野は指先でこめかみを掻いた。「アパートなどだったら、何かにおうぞとクレームが出るだろう。しかしあの洋館は畑の中の一戸建てで、五十メートル四方にほかの家はない。それに、隠し部屋は密閉度が高かったと考えられる。周囲に気づかれずに白骨化させることは可能だったと思う」

もしかしたら、と徳重が言った。

「犯人はそこまで見越して、あの隠し部屋を造ったんじゃないでしょうかね。準備が整ってから殺人を犯したのでは？」

「人を殺害して遺体を白骨化させるために、わざわざ家を建てたんですか？」塔子は目を丸くした。「そこまで面倒なことをするでしょうか。どう考えても、手間がかかりすぎます。いっそ山の中にでも埋めてしまったほうが楽なのでは？」

うん、と尾留川がうなずいている。

徳重はお茶をすすったあと、ゆっくりと首を振った。

「隠し部屋を造って奇妙な蒐集品を並べた人物が、現実に存在するんです。その人物が死体損壊犯だとすれば、もはや正常な心理状態ではなかった可能性があります」

「でも、あれだけの家を建てるには時間もお金もかかりますよね」

徳重は塔子のほうを向いた。

「時間もお金もある人物が、死体損壊を計画したんじゃないだろうか。私たちの常識からは理解できないようなことでも、その人の中では筋が通っていたのかもしれない。そういう人がいることは、如月ちゃんも知っているよね？」

たしかにそうだ、と塔子は思った。過去に自分が携わった事件のうち、犯人は逮捕されたが、すっきりしないまま捜査を終えたというものがいくつかあった。人間は理屈だけで動くものではない、ということだ。

「でも……」考えながら、塔子は言った。「それでも、何が事件のきっかけになったのかは、きちんと解明する必要があります。そうでなければ同じような犯罪を防ぐ努力もできないし、類似した事件が起こったときに対処できません」

「そういう姿勢が、如月ちゃんのいいところだと思うよ」徳重は微笑した。「だけど、どんな相手でも話せばわかると信じてしまうのは危険だ。それは覚えておいたほうがいい」

「……わかりました」

塔子は洋館の内部を思い出した。

薄暗い壁裏に設けられた、秘密の覗き穴。その穴を通して、何者かが柱時計のある部屋を観察していたのではないか。その人物は隠し部屋に大量のがらくたを集め、のちに白骨までコレクションに加えてしまったのだ。明らかに常軌を逸した行動だと言うべきだろう。

塔子たち十一係は今回そのような人物を捜し出し、追及しなければならないのだ。正攻法では立ち向かえない相手なのかもしれなかった。

「ところで如月。項番十一の、割れた鏡というのは何なの？」尾留川が尋ねた。

「西向きの部屋で、クローゼットから出てきたんです。三十枚ぐらいありましたが、ほとんど割れていました。同じ部屋にあった鏡台からは、鏡が取り外されていました」

「三十枚は多いな。これまでつきあってきた相手の中でも、そんなに鏡を持っている子はいなかった」

「新しいものを買うたびに、落として割ってしまったんでしょうか」

「それも不自然な話だよなあ」尾留川は頰杖《ほおづえ》をついて、ノートを見つめる。

門脇は低く唸ると、煙草を灰皿に押しつけた。

「やっぱり男女関係のもつれだろうか。成瀬という男とマスクの女、そしてネックレスの女。三人の間でトラブルが起こって、その結果ふたりが殺害されてしまったのか……」

「被害者は、成瀬とネックレスの女性だという可能性が高いですよね」尾留川が応じた。「そうなると犯人は、マスクの女ということでしょうか」

「成瀬は内縁の妻と暮らしていたんでしょうな」徳重はおしぼりを手に取った。「しかしあるとき、ネックレスの女性を拉致して閉じ込めてしまった。内縁の妻、すなわちマスクの女は、成瀬のすることに口出しできなかったんだと思います。少なくとも、最初のうちはね」

「ネックレスの女が被害者だったとなると……」

門脇は言いかけて、塔子のほうをちらりと見た。

嫌な話だった。だが今回の捜査は、その可能性を考慮せずに進めることはできない。塔子は視線を逸らすことなく、こう言った。

「女性が拉致され、殺害されたのだとしたら、性犯罪を視野に入れなくてはいけない。そういうことですね？」

黙ったまま、門脇はうなずいた。

ただ残酷なだけでなく、もっと陰惨で、重苦しい事実が掘り起こされる可能性がある。だが、そこから逃げてはいけないのだ、と塔子は思った。

# 第二章　ヘルマフロディトス

1

■2００×年9月16日（金）

彼女がやってくる明日が待ち遠しい。あの柱時計の部屋を彼女は気に入ったようで、先週の土曜は泊まっていってくれた。これからも遠慮なく宿泊してほしい、と私は思っている。

いい家ですね、と彼女はこの前、褒《ほ》めてくれた。こだわって建てた家だから、その言葉はとても嬉しかった。

私の家は畑に囲まれている。五十メートル以内に民家はないから、どの部屋にいても静かだった。そういう環境を好んで私はこの土地を買い、この家を建てたのだ。

新築するに当たって私にはいくつかの希望があった。それを具体的な形にしてくれたのは、ある建築家だ。もともと私は人づきあいが苦手だったが、数少ない知人の中に彼のような人物がいたのは幸いだった。

彼は私の希望を聞くと、面白いな、と言った。

「壁裏の通路に、隠し部屋か。いいじゃないか！　子供のころ憧れていた秘密基地みたいだ。まさかおまえが、そんな趣味を持っていたとはなあ」

「誤解しないでほしい」私は真面目な顔で説明した。「外国によくあるだろう。これは『セーフルーム』とか『パニックルーム』とかいう部屋だよ。強盗が侵入してきたとき、この中に逃げ込むんだ。だから、外からはわからないようにしたい」

「覗き穴は何に使うんだ」

「侵入者の様子を観察するんだ。外の様子がわからないんじゃ、いつになってもセーフルームから出られないだろう」

「納戸の奥にドアがあるんじゃ、気がつく奴はいないな。慎重で臆病なおまえらしいよ」

「臆病というのはよけいだ」

そんなやりとりがあったのを覚えている。

私がおおまかな絵を描き、彼はそれを設計図にしてくれた。彼が信頼できる業者を連れてきて、工事が始まり、やがてこの家は完成した。

仕上がりは完璧だった。私は納戸の奥にある鉄のドアを抜け、壁裏の覗き穴と、隠し部屋の状態を確認した。私は大いに満足した。

ただひとつ惜しまれたのは、完成を待たずに、設計者である彼が亡くなってしまったことだ。彼は自宅で倒れ、そのまま帰らぬ人となった。持病があるとは聞いていたが、とにかく急なことだった。

この洋館が彼の最後の仕事になったわけだ。しかし彼は私との約束を守って、この家を設計したことは口外していなかった。建築業者も、事情があってじきに廃業してしまったそうだ。おかげで壁裏の通路と隠し部屋のことは、私とユミさんだけの秘密になった。

ユミさんとは、その前の家にいたころからのつきあいだった。私の助手として働いてもらい、その合間に家事全般を頼んでいた。趣味は料理とパッチワーク、そして花壇の手入れ。きれい好きで、とても家庭的な人だった。

仕事をやりかけのまま、私がソファで仮眠していると、ユミさんはすぐにやってくる。

「そんなところで寝たら風邪をひきますよ。お願いですからベッドで休んでください。まったく、何度同じことを言わせるんです？」

わかったわかった、と私は起き上がり、顔を洗って仕事を続ける。しかし、そのうちまた睡魔に襲われて仮眠をとり、ユミさんに叱られるということを繰り返していた。

小言は多かったが、ユミさんはいい人だった。誰かと結婚する機会もあっただろうに、私の仕事をずっと助けてくれている。性別を超えた友情が成立するか、という問題には誰もが興味を持つだろうが、私にとってユミさんはかけがえのないパートナーだった。

ユミさんは私の考えをよく理解してくれていた。隠し部屋についても、よけいなことは言わず、静かに見守る立場をとっていたようだ。

私は子供時代を思い出して、通路の奥に驚異の部屋を作った。

それから十数年——。長らくコレクションの陳列室だった隠し部屋は、別の意味を持つ場所となった。これまで使わずにいた覗き穴が、今、重要な役目を果たすようになっている。当初の目的とはまったく違う用途で、私はその穴を使うことになったのだ。

■200×年9月17日（土）

待ちに待った週末、彼女が私の家にやってきた。

明るい洋室で、彼女は鼻歌を歌いながら、美術雑誌を読んでいる。

私は薄暗い通路から、彼女をじっと見つめている。息を殺し、気配を消して彼女を観察する。穴は飾り棚でカムフラージュしているから、彼女が気づく可能性はほとんどない。

ときどき彼女は洋室から廊下へ出ていった。私は緊張を解いて覗き穴から目を離す。遮光性のカーテンをくぐり、奥の隠し部屋で一息入れる。用意しておいた飲み物を飲み、先ほど観察した彼女の表情や独り言を日記帳にメモする。

日記帳のそばに、一枚の写真があった。撮ってすぐプリントできるインスタントカメラの写真で、そこには微笑を浮かべた彼女が写っていた。もちろん私自身が撮影したものではない。いくら彼女が好きでも——いや、好きだからこそ気軽に話しかけることなどできないのだ。

その写真は私の大切な宝だった。隠し部屋に並んでいる数多くのコレクションと比べても遜色のない、貴重な一枚だ。これから私は、彼女の写真を増やしていくつもりだった。

やがて洋室から、ドアの音が聞こえてきた。彼女が所用から戻ったのだ。その姿を見るため、私は再び壁裏の通路に向かう。

設計してもらった当初、壁裏の通路をこんな形で使うことになるとは思ってもみなかった。覗き穴がなければ彼女を観察することなどできなかったわけで、そう考えると、これは奇妙な巡り合わせだと言える。

心を弾ませながら私は足場に上り、壁の向こうを覗き込むのだ。

## 2

二月三日、午前九時二十八分。覆面パトカーは江戸川区《えどがわく》平井《ひらい》に向かっていた。塔子はサイレンを鳴らし、面パトを緊急走行させている。赤信号の交差点を直進して現場に急いだ。

「そこを左だ。バイクに気をつけろ」助手席で鷹野が言う。

後部座席には門脇と、相棒の所轄署刑事が乗っていた。ふたりとも、険しい表情を浮かべている。

先ほど、小金井警察署で朝の捜査会議が行われている最中に、警視庁本部から連絡が入ったのだ。平井にある廃倉庫で、男性の遺体が発見されたということだった。

最初にそれを聞いたとき、塔子は不思議に思った。十一係は今、国分寺事件の捜査に当たっているのだから、別の事件を調べる余裕はないはずだ。だが事情を聞くうち、自分たちに連絡が回ってきた理由がわかった。その情報がたしかなら、平井で起こった事件は、塔子たちと無関係ではない可能性がある。

住宅密集地を抜けたところに、倉庫と見える建物があった。周辺に警察車両が何台も停まっている。あれが事件現場だろう。

邪魔にならない場所に面パトを停め、塔子たち四人は車を降りた。

野次馬たちの間を抜け、倉庫に近づいていく。周囲にはぐるりと塀が巡らされていた。建物の正面、門の部分に黄色い立ち入り禁止テープが張ってあり、制服警官が立ち番をしている。

塔子たちは《捜一》と書かれた腕章をつけ、白い手袋を嵌めた。

「捜査一課です。現場に入ります」と鷹野。

警察官が敬礼をしたので、塔子たちは目礼を返した。テープをくぐり、塀の中に入っていく。

前庭は雑草で覆われ、あちこちに家電や錆《さ》びた自転車などが捨てられている。誰かがひそかに粗大ごみを投棄していったのだろう。それらが放置されているということは、この場所を定期的に見回る人などいないのかもしれない。

看板によると、ここは元家電メーカーの倉庫だった場所らしい。規模を縮小したのか、あるいは企業が倒産してしまったのか、人が出入りしなくなってから、かなり時間がたっているようだ。

二月の朝日は弱く、日なたにいても吐く息が白くなる。建物の陰に入ってしまうと、空気はますます冷たくなった。だが、そんなことを気にする人間はひとりもいない。背広姿の捜査員や、活動服を着た鑑識課員たちは、現場保存と証拠物件の収集、遺留品の発見などに全力を尽くしていた。

国分寺の洋館に続いて、この現場でも鑑識課の鴨下主任が指揮を執っていた。塔子たちは彼に近づいていった。

「警視庁本部から連絡を受けたんですが、現場で特殊な遺留品が発見されたとか……」

塔子が話しかけると、鴨下は深くうなずいた。

「たまたまうちの班が臨場したんだが、現場を見て驚いたよ。何か見えない力でも働いたんじゃないかと、真剣に考えてしまった」

鴨下に案内され、塔子たちは建物に入った。外からは完全な二階建てかと思われたが、半分ほどは吹き抜けのようになっている。吹き抜け部分は、一階の床から天井までかなりの高さがあった。何ヵ所かに階段が造られていて、二階に上れるようだ。

一階の床には、機械部品や鉄パイプなどの廃材が転がっている。その一角に、誰かが仰向けになって倒れていた。鴨下がシートをめくり上げ、塔子たちは横からその人物の顔を覗き込んだ。

――これはいったい……。

塔子は目を見張った。

グレーの背広に青いネクタイという服装だ。身長は百七十五センチ程度。おそらく男性だろう。

ただ一点、ひどく異様だったのは、その人物の顔に、赤い仮面がかぶせられていたことだった。美しい女性を象ったようなその仮面は、微笑を浮かべたまま天井を見つめている。

「国分寺の隠し部屋にあったものと同じでしょうか」

塔子が尋ねると、鴨下は資料写真をこちらに見せた。

「このとおり形状はそっくりだ。材質も同じ、強化プラスチックだとわかった」

「隠し部屋にあった仮面は、証拠品としてきちんと保管されていますよね？」

「もちろんだ」

つまり、ヘルマフロディトスの仮面がふたつあったということだ。ひとつは驚異の部屋のコレクションとして飾られ、もうひとつはこの事件現場で発見された。アメリカから仮面がいくつ持ち込まれたのかわからないが、単なる偶然とは思えない。

薄暗い廃倉庫で観察すると、その存在の奇妙さが際立《きわだ》って見えた。美しい顔なのだが、それがひどく不気味に感じられる。

鴨下は手袋を嵌めた手で、仮面を取り外した。顔の上に置かれていただけだったらしく、簡単に取りのけることができた。

その顔を見て、塔子はぎくりとした。三十歳ぐらいの男性だったが、彼は目を大きく見開き、宙を睨んでいたのだ。仮面が静の表情だとすれば、こちらは動の表情だと言えた。

髪はごく普通の黒だし、不潔な印象もない。一般の会社員というふうに見える。

「死因はわかっていますか?」鷹野が尋ねた。

「肩や手に打撲痕、擦過傷があるから、高所から転落したんだと思う」鴨下が答えた。「頸椎《けいつい》を骨折している。ほぼ即死だっただろうな」

塔子たちは頭上に目をやった。ここはちょうど吹き抜けになっている場所だ。手すりを越えて二階から落下し、運悪く首の骨を折ったということだろう。

「誰かに突き落とされたのか?」二階の手すりを見上げながら、門脇が言った。「あるいは逃げ出そうとして、誤って転落したか。夜中なら真っ暗だったはずだ。足下も悪かっただろうしな」

「そのあと、現場にいた何者かが遺体のそばにやってきた」鷹野は遺体を見つめた。「そしてこの男性に、赤い仮面をかぶせていった……」

「身元はわかっているんですか?」と塔子。

「ポケットに財布が残されていて、免許証が見つかった」鴨下はコピーを見せてくれた。免許証の顔写真は、この男性に間違いない。「緑川達彦《みどりかわたつひこ》、三十二歳。住所は平井で、ここから歩いてすぐだ」

辺りを見回していた門脇が、こちらを向いた。

「犯人は被害者の知り合いだった可能性が高いな。普通、見知らぬ人間と一緒に、こんな場所に入る奴はいない」

事件当時の状況を想像するうち、塔子は気がついた。

「たまたまこの現場に、こんな仮面があったとは考えにくいですよね。犯人はあらかじめ仮面を用意していたはずです。ということは、最初から緑川さんを殺害するつもりだったのでは……」

「そういうことだな」鴨下がうなずいた。

「そしてこの仮面は、国分寺にあったものと同じ種類だと思われます。犯人は国分寺の事件に関わっていた可能性がありますよね」

特捜本部にいる手代木管理官も、そう判断したのだろう。だからこそ、塔子たち十一係をこの現場に投入したのだ。

――この仮面は犯人からのメッセージなのかもしれない。

塔子はそう思った。動機が個人的な怨恨ならば、まずは被害者の周辺を調べる必要がある。鷹野や門脇と相談してから、塔子は早瀬係長に電話をかけた。

「鑑取りならトクさんを行かせたいところだが……」早瀬は言った。「あいにく今、国分寺事件の捜査で動けないんだ。緑川の家は、そこから近いんだよな？」

「はい。車なら五分ぐらいだと思います」

「だったら先に門脇組と鷹野組で、遺族から事情聴取しておいてくれ。このあと、平井の事件は門脇組メインで鑑取りをしてほしい」

「わかりました」

電話を切って、塔子は今の指示を門脇や鷹野に伝えた。

鑑識の鴨下に挨拶をしてから、塔子たち四人は覆面パトカーに戻っていった。

ＪＲ平井駅から続く商店街の外れに、その賃貸マンションはあった。外観から想像すると、単身者向けではなくファミリー向けのマンションだと思われる。

三階に上り、《緑川》という表札を見つけた。塔子が振り返ると、門脇と鷹野はうなずき合った。

「ここは如月に任せる」鷹野がささやいた。「できるな？」

「大丈夫です」塔子は表情を引き締めた。

チャイムのボタンを押して応答を待つ。家の奥からばたばたと足音が聞こえてきて、勢いよくドアが開いた。

出てきたのは普段着姿の、三十歳前後の女性だ。化粧をしていないせいもあるが、ひどく顔色が悪いように見えた。

「警察の方ですか？」勢い込んで、女性はそう尋ねてきた。

塔子は警察手帳を呈示した。

「警視庁の如月と申します。緑川達彦さんの件で、お話をうかがいたいんですが……」

「あの人の身に、何かあったんですか」

彼女はまばたきもせずに塔子を凝視している。どうやら機動捜査隊か所轄の刑事が、すでにこの家を訪れていたらしい。緑川が不在であることをたしかめ、服装などを聞いて戻っていったのだと思われる。まだ初動段階だったため、緑川らしき人物が死亡したことは知らせていないのだ。

彼女の様子は普通ではなかった。戻ってこない緑川の身を案じて、おそらく昨夜は寝ていないのだろう。悪いほうへ悪いほうへと想像が膨《ふく》らんでいったはずだ。

「緑川達彦さんの奥様ですか？」

「はい。法子《のりこ》といいます。うちの人は、今どこにいるんでしょうか」

塔子は戸惑っていた。何も知らない妻に、夫の死を伝えなくてはならないのだ。遺族はもちろんつらいだろうが、事実を伝える塔子もつらい。

うしろを向いて、鷹野と門脇の様子をうかがったが、ふたりとも目を逸らしてしまった。嫌な役だな、と塔子は思った。だが誰かがやらなければならないことだった。

おはようございます、と言って近くの部屋の住民が、塔子たちのうしろを通りすぎた。法子はそれを気にしたようで「どうぞ、入ってください」と言った。

塔子たち四人を居間に案内すると、法子は早口で喋り始めた。

「昨日あの人、帰ってこなかったんです。携帯に連絡しても電源が切られているみたいだし。こんなこと、今まで一度もありませんでした。出張に行ったときだって、出先から必ず電話をかけてくれる人なんですから。……さっき訪ねて来た刑事さんは、何も教えてくれなかったんです。あの人にいったい、何があったんですか」

慣れない仕事を前にして、塔子はどうしたものかと思い悩んだ。だが、このまま引き延ばしても仕方がない。深呼吸をしてから尋ねた。

「緑川達彦さんは昨日、グレーの背広に青いネクタイという恰好だったでしょうか」

「そうです。さっき来た刑事さんにもそう話しました。あの人はどこにいるんです？」

塔子は相手の目を見ながら、ゆっくりと言った。

「この近くにある廃倉庫で、男性の遺体が発見されました。ポケットの財布から、緑川達彦さんの免許証が見つかりました」

　法子は少しのけぞるような姿勢になって、そのまま動きを止めた。すう、と息を吸い込む音がした。十秒ほどのち、彼女の口が動いた。

「でも、免許証があったからといって……」

　できれば、はっきり言わずに済ませたかった。だが、それは逃げでしかないのだと、塔子は気がついた。今自分に与えられた役割は、事実をこの場できちんと伝えることだ。

「免許証の顔写真から、緑川さんに間違いないと思われます」

　法子は両手で顔を覆《おお》った。しばらくして、か細い声が聞こえてきた。

「そんな。どうして……」

「のちほど係の者がお連れしますので、ご確認いただきたいと思います」一呼吸おいてから、塔子は言った。「お気持ち、お察しします」

　法子は子供のように泣き始めた。若い刑事は、いたたまれないという顔をしている。門脇と鷹野は無表情のまま、じっと壁を見つめている。

　相手が落ち着くのを待ってから、塔子は声のトーンを落として問いかけた。

「こんなときに申し訳ありませんが、緑川さんについて少し質問させていただけないでしょうか」

「ひとりにしてもらえませんか」ハンカチで涙を拭きながら、法子は言った。「遺体を確認するにしても、うちの親と、あの人の実家にも連絡しないと……」

その気持ちはよくわかる。だがここで時間をおいたら、それだけ捜査が遅れてしまうのだ。なんとかして被害者の情報を入手しなければならなかった。

「つらいお気持ちはわかります。ですが、事件の犯人を逮捕するためにも、ぜひお話を聞かせてください。お願いします」

法子は険しい表情でこちらを見た。怒りと悲しみと絶望の入り混じった目をしていた。どうすればいいのだろう、と塔子は思った。鷹野や門脇だったら、この場面をどんなふうに乗り切るのか。遺族と接する機会の多い鑑取りの徳重であれば、どう対処するのか。

塔子は鷹野のほうをちらりと見た。それをギブアップのサインだと考えたのか、鷹野が口を開こうとした。待ってください、と塔子は手で合図をした。

──私だって捜査のプロなんだ。しっかりしないと。

塔子は部屋の中を観察した。何か話のきっかけになるものを見つけたかった。

棚に写真立てがいくつか置かれていた。法子の隣に、夫の緑川が写っている。どこかへ旅行したときの写真らしく、ふたりともリュックサックを背負っていた。

その横には風景写真が何枚かあった。青空をバックにして建つ東京都庁、夕暮れのバス乗り場、駅のプラットホームなどが撮影されている。

棚の隣にはOAデスクがあった。緑川が使っていたのだろうか、ノートパソコンとプリンターが置かれている。ほかにも、室内にはいろいろなものがあった。だが、塔子が探している品物は見当たらない。

「法子さん。緑川さんには、写真を撮る趣味があったんですね」そう訊いてみた。

目を伏せたまま、法子はじっとしている。塔子は続けて尋ねた。

「緑川さんのカメラは、今どこにあるんですか？」

法子は顔を上げ、室内を見回した。それからわずかに首をかしげた。

「いつもは、その机にデジタルカメラが置いてあるんですけど」

「ほかの部屋にあるんでしょうか。ちょっと調べてもらえませんか？」

「カメラがどうかしたんですか」

「もしかしたら、なくなっているんじゃないかと思って」

法子は怪訝そうな顔をしたが、腰を上げ、廊下に出ていった。

「大丈夫か？」鷹野が小声でささやいてきた。

「突破口を見つけたかもしれません」塔子も小声で答えた。「そこに賭けてみます」

ややあって法子が居間に戻ってきた。彼女はゆっくりと首を振った。

「見当たりません。鞄《かばん》もありませんから、あの人が持って出たんだと思います」

そうですか、と塔子は言った。

「事件現場に鞄は残っていませんでした。もちろんカメラも見つかっていません」

「誰かが持っていったということですか？」

「その可能性が高いですね」うなずいたあと、塔子は背筋を伸ばした。「法子さん。そのカメラにどんな写真が撮影されていたか、知りたいと思いませんか」

「……え？」

「外で撮影したものが多いと思いますが、中には、この家で撮った写真もあるんじゃないでしょうか。法子さんの写真だって交じっているかもしれません」

「どうして私の写真なんかが……」

「よく思い出してみてください。試し撮りでも何でも、法子さんの写真が一枚ぐらいはあるんじゃないですか？」

法子はひとり考え込む。それから、何度かうなずいた。

「そういえばあの人、今年のお正月に、私が作ったおせち料理を撮影していました。一緒に、私の写真も何枚か」

よかった、と塔子は思った。どこかのタイミングで一枚ぐらいは法子を撮影していただろう、と踏んでいたのだ。

「お正月に撮影したものなら、まだカメラの記録メディアに保存されているんじゃないでしょうか。今、その写真を持っているのは犯罪者かもしれません。法子さん、ご主人のカメラを取り戻したいとは思いませんか？　そのためにも、私たちの捜査に協力していただけないでしょうか」

法子は振り返って、棚に並んだ写真立てに目をやった。夫とふたりで撮影された写真を見つめていたが、そのうちハンカチを目に当てた。

また泣いてしまうのか、と塔子は心配した。だが法子は呼吸を整え、思いのほか、しっかりした声で言った。

「……私は、何をお話しすればいいですか？」

鷹野たちが、安堵《あんど》の息をつくのがわかった。

塔子はできるだけ穏やかな調子で、質問を始めた。

「緑川さんのお仕事を教えていただけますか」

「飲食店チェーンのＣＣＳコーポレーションに勤めています。勤務先は池袋《いけぶくろ》です」

「昨日もお仕事に出かけましたか？」

「ええ。普段、遅くても十時ごろには帰ってくるんですが、昨日は知り合いとお酒を飲むから、という電話がかかってきました。その連絡があったのは、たしか午後八時ごろだったと思います」

午後八時に池袋を出て、途中のどこかで犯人と会ったのだろうか。一杯やったあと、酔って判断力が低下した状態で平井まで戻り、あの廃倉庫に連れていかれたということか。すぐそばまで来ていたというのに、緑川は自宅に戻ることなく死亡してしまったわけだ。

「最近何かに悩んでいるようだったとか、頻繁に電話がかかってきていたとか、そういうことはなかったでしょうか」

「わかりません。少なくとも、自宅におかしな電話がかかってくることはありませんでしたけど……」

「この女性をご覧になったことは？」

塔子は資料ファイルを取り出し、一枚の紙をテーブルに置いた。そこに印刷されているのは、隠し部屋で見つかった、ネックレスの女性の写真だ。

「いえ、記憶にありません」

「緑川さんが国分寺に出かけていた、という話は聞いていませんか」

「そういう話は一度も出ませんでしたけど……」法子は、はっとした表情になった。「そういえば昨日、ニュースで見ました。国分寺で人の骨が見つかったんですよね。その事件と何か関係があるんですか？」

「まだ何とも言えませんが……。緑川さんが、赤い仮面に興味を持っていた可能性はないでしょうか」

「仮面？」

予想外の質問をされて、法子は驚いているようだ。

「『ヘルマフロディトス』というお芝居に使われた仮面です。こういう品です」

塔子は別の紙を取り出した。そこには国分寺で見つかった赤い仮面が印刷されている。

「……いえ、見たことがありません」

塔子はもう一度部屋の中を見回した。壁際に置かれていた書棚に目を走らせる。

「緑川さんが何かのコレクションを大事にしていた、ということはないでしょうか。あるいは『ヴンダーカンマー』とか『驚異の部屋』という言葉を口にしていたことは？」

法子は首を振るばかりだ。仮に緑川が国分寺事件に関わっていたとしても、妻がそれを察知するのは難しいことだったろう。

一通り話を聞いてから、塔子は言った。

「緑川さんの同僚や、親しくしていた方の連絡先を教えていただけませんか。このあと交友関係などを中心に、捜査を進めたいと思います」

わかりました、と言って法子は机の引き出しを開けた。住所録などを取り出して、こちらに差し出す。

これで塔子の用事は済んだ。うしろを振り返り、鷹野と門脇の様子をうかがった。

鷹野は立ち上がりながら、法子に話しかけた。

「ちょっと本棚を見せていただいてもよろしいでしょうか」

「あ……はい、どうぞ」

頭を下げて、鷹野は書棚に近づいていく。塔子たちもあとに続いた。

腕組みをしながら、鷹野は書籍の背表紙を眺めている。

「ある人物のことを知りたかったら、その人の食欲と知識欲を調べることです」誰にともなく、鷹野は言った。「食欲を知るためには冷蔵庫を調べます。そこに収められているものが、普段その人の胃袋を満たしているものですからね。……そして知識欲を調べるには、本棚を調べるのが一番です。その人の趣味や価値観、性格がわかるからです」

白い手袋を嵌めて、鷹野は何冊かの本を抜き出した。ぱらぱらと中を調べ、書棚に戻す。そしてまた別の本をチェックする。

「写真関係の雑誌がありますね。それから、東京都内の町歩きマップには、あちこちに付箋が貼ってあります。特に新宿のページには多いようです」

塔子は棚の写真立てに目をやった。東京都庁があるのは西新宿だ。あのバス乗り場も、駅のプラットホームも、もしかしたら新宿駅を写したものではないだろうか。

法子はうなずいた。

「あの人、週末はよく新宿に出かけていました。写真を撮ったり、誰かと会ったりしていたようです」

「写真の仲間でしょうか。それとも仕事関係？」と鷹野。

「わかりません。私は、趣味の写真サークルか何かだと思っていたんですが」

鷹野は、指先を細い顎に当てた。それからＯＡデスクに近づいていった。

「このパソコンは緑川さんのものですか？」

「そうです。私は触ったことがありません。ネットを見るときは、いつも携帯電話を使っていましたから」

「ちょっと電源を入れさせてください」

手袋を嵌めたまま、鷹野はパソコンを起動させた。パスワードの入力画面が表示されたのを見て、彼は振り返る。

「奥さん、パスワードはわかりませんか？」

「アルファベットの小文字で『greenriver1126』だと思います。通販サイトでよく使っていましたから」

「ああ、『緑』に『川』でグリーンリバーですね。『１１２６』というのは誕生日ですか」

「そうです」

そのパスワードを入力すると、無事にログインすることができた。

法子の許可を得て、鷹野はメールソフトを起動させた。最近の送受信内容を調べたが、誰かと待ち合わせをしたというメールはない。続いて、インターネット閲覧ソフトで、検索履歴をチェックした。こちらでも、特に参考になりそうなものは見つからなかった。

「パソコンには何も残っていなかったか……」門脇が、横から画面を覗き込んだ。

「やっぱり情報は足で稼げということだな」

「いや、ちょっと待ってください」

ハードディスク内のフォルダーを調べているうち、鷹野は何か発見したらしい。

画面にデジタルカメラの写真データが表示された。新宿駅の東口が写っている。この辺りは仕事で歩いたことがあるから、塔子もよく知っていた。

次の写真は東口を出て、大手書店のそばで撮影されていた。その次は、道をさらに進んで南に向かっている。道案内の写真を見ているような感じだった。

何枚目かで、撮影者は一軒のカフェに到着したようだ。店の外観が写されていた。だが次の写真は、今までと様子が違う。撮影者は店内に入って写真を撮り始めたのだ。

照明が暗かったのだろう、シャッタースピードをかなり落としている。少し手ぶれを起こしたものもあるが、失敗を考慮して同じシーンを何枚も撮影していた。やがて、比較的はっきりと撮れた写真が見つかった。

テーブル席で、ふたりの男性が向かい合っている。一方は眼鏡をかけたセーター姿、他方はパーマをかけたジャンパー姿だった。テーブルの上には鞄が置いてある。

それらの写真を見ているうち、塔子はあることに気がついた。

「鷹野主任、ちょっと写真を戻してもらえますか」

「最初からでいいか？」

鷹野は一枚目の、新宿駅東口の写真を表示させた。

「ああ、やっぱり……」塔子は画面の一部を指差した。「ここに小さく写っているのは、カフェにいた眼鏡の男性ですよね」

え、と言って鷹野と門脇が画面に顔を近づける。

「たしかにそうだ。如月、よく見つけたな」鷹野は写真を切り替えた。「二枚目は……なるほど、これか。眼鏡の男に間違いない」

三枚目、四枚目にも眼鏡の男のうしろ姿が写っていた。彼は右手に鞄を提げている。カフェのテーブルに置かれていたものと同じだ。

「この男は尾行されていたのか」

「そのことにはまったく気づかず、ジャンパーの男と会って話をしたわけだ」門脇が唸った。

残りの写真を順番に表示させてみたが、ふたりがカフェを出たところで撮影は終わっていた。

鷹野はほかのフォルダーを調べていった。撮影者は別の日にも、新宿でこの眼鏡の男を追跡していた。眼鏡の男は、同じカフェでジャンパーの男と会っている。

「撮影者は緑川さんだと考えていいでしょう」鷹野は法子のほうを振り返った。「どうやらご主人は、ただの写真ファンというわけではなかったようです」

法子は画面を見つめたまま、じっと黙っていた。夫の死を告げられたばかりだというのに、今度はパソコンから不可解な写真が多数出てきたのだ。どのように理解すればいいのか、考えがまとまらないのだろう。

捜査協力への礼を述べ、塔子たちは辞去することにした。

「のちほど、別の者から連絡がいくと思います」塔子は法子にそう伝えた。

放心したような顔で、法子は小さくうなずいた。


「あの部屋にカメラがないこと、よく気がついたな」

緑川のマンションを出てから、鷹野が話しかけてきた。門脇と若手の刑事は、捜査方針について相談している。

「しかし、危なっかしいところもあった」鷹野は続けた。「もし、ほかの部屋にカメラがあったらどうするつもりだったんだ？　その場合は『カメラを取り戻すため捜査に協力してください』という話はできなかったはずだ」

「そのときはそのときだと思っていました」鷹野の顔を見上げて、塔子は答えた。「カメラがなかったことは運がよかった。しかし緑川さんが奥さんの写真を撮影していなければ、その場合もやはり、カメラを捜しましょうという話はできなかった」

「そこは臨機応変に行動するつもりでした。『知らないうちに、法子さんの姿を撮影していたかもしれませんよ』とか『緑川さんが何を撮影していたか知りたいですよね？』とか、そんなふうに言えば、法子さんの気持ちは動かせると思いました」

「臨機応変に、か」

「部屋にある品物を見て話をするという方法は、前にトクさんから教わったんです。なんとか、それを自分なりにアレンジしてみようと思って」

ふうん、と鷹野は言った。

「如月もいろいろ考えるようになったんだな」

「ありがとうございます」塔子は軽く頭を下げた。「……これで関係者の住所も手に入ったし、捜査が進みますね」

「そうだな。もしふたつの事件がつながっているのなら、平井事件を調べていくうち、国分寺事件も解決できる可能性がある」

塔子は強くうなずいた。法子はつらい中、捜査に協力してくれたのだ。彼女のためにも、早く犯人を見つけ出したかった。

3

手分けして、平井事件の鑑取りを進めることになった。緑川の知人を訪ねるという門脇組と別れ、塔子と鷹野は池袋に向かった。

CCSコーポレーションの所在地は池袋駅の西口付近だ。塔子たちはコインパーキングに車を停め、住居表示を確認しながら進んでいった。辺りは飲食店とオフィスの混在する一画だった。生ビールを配達する軽トラックが道端に停まっている。どこからかオリーブオイルとガーリックのにおいが漂ってくる。夜の営業に備えて店先を掃除している人が何人かいた。

目的のオフィスは七階建ての雑居ビルの中にあった。塔子は警察官であることを明かして、緑川の上司を呼んでもらった。

しばらくして、髪を短く刈った五十歳前後の男性が現れた。身長は塔子よりわずかに高いぐらいで、百六十センチに達していないだろう。男性にしては高めの声で、彼は言った。

「お待たせしました。こちらへどうぞ」

応接室に案内された。壁には、最近よく見かけるイタリア料理チェーンのポスターが貼ってある。CCSが経営している店だとは知らなかった。

「警視庁の如月と申します」塔子は警察手帳を呈示した。

「営業部長の栗橋《くりはし》です。お掛けください」

塔子と鷹野は並んで腰を下ろした。栗橋は塔子の正面に座った。

「緑川くんのことだそうですが、どうかしましたか。今日、無断欠勤してるんですよ。奥さんからも問い合わせの電話があったもので、どうしたのかと気になっていたんです」

「今確認しているところですが……」塔子は声を低めて言った。「緑川さんの自宅近くで、男性の遺体が見つかりました。所持品などから、緑川さん本人だと思われます」

え、と栗橋は甲高い声を出した。何度かまばたきをしてから、こう言った。

「信じられません。あの緑川くんが、そんな……」

驚くのも当然だった。日常生活の中に突然、非日常の出来事が飛び込んできたのだ。そういう知らせを運んでくる塔子たちは、招かれざる客であるに違いない。

「最近、緑川さんの様子が変だということはありませんでしたか」

「いや、聞いていません。業務上のトラブルもなかったはずだし……」

「仕事はどういったことを？」

「店舗開発部で、新店舗を出すための立地調査などをしていました。基本的に外出の多い仕事です」

「CCSさんの店舗は、国分寺にもありますか？」

「ええと……国分寺にはないですが、近くにはあります。吉祥寺《きちじょうじ》、三鷹《みたか》、立川《たちかわ》……」

「新規出店のため、緑川さんが国分寺辺りに出かけていた可能性はないでしょうか」

「ああ、それは考えられますね。周辺の人の流れを調査して、立地条件がよければ出店計画を立てます。そのための下見をするのが、彼の仕事でしたから」

緑川は国分寺事件に関わっていたのではないだろうか。塔子はそう考えたが、待てよ、と思った。国分寺でふたりの男女が死亡し、白骨化するまで、実際どれぐらいの年月がかかったのだろう。少なくとも一年程度、もしかしたらもっと長い時間が経過していたかもしれない。会社員だった緑川が、その事件に関与できただろうか。

「緑川さんは、いつからその仕事をしていたんですか？」そう訊いてみた。

「入社の翌年に、店舗開発部へ配属されたんですよ。……彼、今何歳だったかな」

「三十二歳です」免許証から生年月日はわかっている。「緑川くんは専門学校卒で入社しましたから、翌年というと二十二歳。……ということは、この四月で丸十年になりますね」

それだけの期間、外で仕事をしているのなら、国分寺に出かける時間はいくらでも確保できたはずだ。事件に関与していた可能性はある。

緑川について思いつくことを、栗橋はあれこれ話してくれた。店舗開発部の仕事については、こんな話が出た。

「新しく出店が決まったら、建物の内装工事や調理機器、什器備品《じゅうきびひん》の手配などもしなければいけません。忙しいときは毎日夜遅くまで残業になりますよ」

「開店の準備は大変でしょうね」塔子は相づちを打った。「内装工事の遅れで、オープンに間に合わなかったお店を見たことがあります。……緑川さんが、そういうトラブルを抱えていた可能性はないでしょうか」

以前、自宅のある北赤羽に居酒屋が出来たのだが、内装工事が間に合わず、オープンが予定から二日も遅れたのだ。最初からけちがついてしまった居酒屋は、その後も失策を繰り返した。人手不足で調理に時間がかかり、料理が冷めているとか、手抜きをしているなどと悪い噂《うわさ》が立ち、一年ぐらいで閉店になってしまった。

塔子がそんな話をすると、栗橋は首を振った。

「うちのチェーンの場合は、内装工事の問題でオープンが遅れるなんてことはありません。信頼できる建築業者と契約しているから大丈夫です。……緑川くんは中堅社員としてよくやってくれていましたし、問題を抱えることはなかったと思います」

栗橋は自信を持ってそう答えた。上司という立場上、会社に非があったなどと推測されてはまずい、と警戒しているのかもしれない。

塔子は話題を変えた。

「緑川さんの、昨日の行動はわかりますか」

「ちょっと待ってください」

栗橋は廊下に出ていったが、一分足らずで戻ってきた。

「昨日は午前中、社内会議でした。午後から横浜《よこはま》に行って、午後八時前に直帰すると連絡があったそうです」

「車で出かけたんでしょうか」

「いえ、物資の搬入などがない限り、普通は電車で移動しています」

妻の法子は、夜八時ごろ電話があったと証言している。八時前に直帰したのなら、つじつまが合う。

何か思い出したことがあれば連絡をくれるよう、塔子は栗橋に依頼した。

雑居ビルを出て塔子たちは車に戻った。エンジンをかけると、エアコンから温風が流れ出てきた。厳寒のこの時期、車で移動できることは幸せだ。

次は緑川の知人を訪ねようと話していると、鷹野の携帯電話が鳴った。三分ほどで通話を終えると、彼は真顔になって言った。

「ネックレスの女性の身元がわかった」

「本当ですか？」塔子は手早く、メモ帳とペンを用意する。

「国分寺で見つかった写真を元に、都内にある美術関係の学校を当たってみたそうだ。その結果、あの女性は立川美術大学を卒業していたことがわかった。彼女を指導していた教授が、写真を見て間違いないと証言してくれたらしい。名前は古谷理恵子《ふるやりえこ》。卒業後は美術商になったそうだ」

「美術商だったんですか。……それで、その古谷さんは今どこに？」

「古谷は七年前の十月から――正確に言えば六年四ヵ月前から、行方不明になっている。失踪当時は三十二歳。今年の十月に丸七年になるので、家族が失踪宣告審判の申立てをする予定らしい」

隠し部屋で発見された骨のうち、体の部分は三十代の女性だった。それはネックレスの女性、古谷理恵子である可能性が高まったのだ。

――六年四ヵ月か。遺体が白骨になるには充分すぎる年月だ。

そして、事件が人々の記憶から消えてしまうのにも充分な年月だった。発生したのが七年前の十月だとすると、物証も関係者の証言も、容易には出てこないのではないだろうか。

「古谷の遺族は竹《たけ》の塚《つか》に住んでいる。平井事件の捜査は中断して国分寺事件を先に調べるよう、早瀬さんから指示があった」

塔子たち鷹野組は遊撃班だから、今もっとも重要だと思われる捜査に当たらなくてはならない。平井事件の鑑取りは当面、門脇組に任せるという形になる。

鷹野は助手席のシートベルトを締めた。

「国分寺事件の鑑取りはトクさんの組がやっているから、このあと合流しよう。東武線の竹ノ塚駅でピックアップする」

「了解しました」

うなずいて、塔子は面パトをスタートさせた。

「わざわざ迎えに来てもらって悪かったね」後部のドアを開けながら徳重は言った。よいしょ、と言って座席に乗り込んだが、そのとき徳重は大きく顔をしかめた。彼にしては珍しいことだ。

あとから相棒の刑事が乗り込んできて、後部のドアを閉めた。

「実家にいるのは古谷理恵子の父親で、古谷宣一《せんいち》という人だ」メモ帳を見ながら、徳重は言った。「年齢は六十五歳。会社を定年退職して、今は無職。体の具合が悪くて、病院通いをしているそうだ」

「いずれ失踪宣告の手続きをするそうですね」

体をひねって塔子は尋ねた。うしろの席で、徳重がうなずくのが見えた。

「いつか戻ってくる、と信じたい気持ちはあるだろう。でも長い時間がたってしまうと、中途半端にはしておけなくなる。仕事の責任や個人にかかってくる税金、遺産相続や生命保険の問題。そういう事務手続きをしなくちゃいけない。待っている家族にも、自分の生活というものがあるからね」

今までにそういうケースを何度も見てきているのだろう。徳重は背もたれに体を預けて、ため息をついた。

駅から車で五分ほど走ったところに、目的の家があった。築三十年以上と見える、木造の二階家だ。敷地の境界には、壁の代わりにマサキの生け垣が巡らされている。あまり手入れをされていないのか、あちこちで葉が伸び放題になっていた。

塔子たち四人は車を降りて、門扉に近づいていった。郵便受けが錆び付いていたが、そのまま放置されている。玄関前に敷かれたタイルにはひび割れがある。壁の色もくすんでいた。

「どういう段取りで行きますか」

塔子は徳重に尋ねた。徳重は鑑取りの担当だから、本来なら彼に任せるべきところだ。しかし徳重は、どうぞ、という仕草をした。

「ここは如月ちゃんに任せるよ」

「私でいいんですか？」

「今回はそういうことに……」徳重は咳払《せきばら》いをした。「まあ、大丈夫だよ。気になることがあれば、あとで私も質問するから」

徳重は笑顔を見せた。塔子に活躍の場を与えようということだろうか。それとも捜査指導の一環なのか。そういえば、先ほど鷹野も「如月に任せる」と言っていた。

チャイムを鳴らしてしばらく待つと、玄関のガラス戸がからからと開いた。現れたのは三十代半ばの男性だ。仕事の途中で抜けてきたのか、背広姿だった。何かこだわりがあるのだろう、頭髪をワックスでしっかり固めている。

門扉を開けて、塔子たちは玄関に近づいていった。

「警視庁の如月と申します」警察手帳を相手に見せた。

「お世話になります。理恵子の弟の利明《としあき》といいます。どうぞ中へ」

青いカーペットが敷かれた応接間に通された。ソファに腰掛けて待っていると、数分後、利明は缶コーヒーを盆に載せてやってきた。

「すみません、今日はこんなものしかなくて」

「いえ、おかまいなく」塔子は恐縮して頭を下げる。「利明さん、お仕事のほうは……」

「ああ……。僕、玩具メーカーでデザインの仕事をしているんです。わりと時間は自由になるんですよ。姉のことで警察から連絡があったと、父から聞きました。それで仕事を抜けてきたんです」

ワックスで固めた髪をいじりながら、利明は答えた。彼は今三十五歳だという。失踪当時、理恵子は三十二歳だった。姉が行方不明になっている間に、利明はその年齢を超えてしまったのだ。

ドアが開いて、高齢の男性が姿を見せた。白髪頭で、額にはいくつも皺《しわ》が刻まれている。

「古谷宣一です」

頭を下げて部屋の中に入ってきた。ソファに腰を下ろし、宣一は大儀そうに息をつく。体調が悪いことは、誰の目にも明らかだった。

「早速ですが」と塔子は切り出した。「まず、この写真を見ていただけますか」

資料ファイルから、写真を印刷した紙を取り出す。そこには、にこやかに笑った女性が写っていた。紺のカーディガンの胸元に、青いネックレスが見える。

「いかがでしょう。これは理恵子さんでしょうか」

宣一は老眼鏡をかけて、その紙をじっと見つめた。利明も難しい表情で、女性の姿を凝視している。十秒ほど、ふたりはそのままの姿勢を保っていた。

やがて宣一はため息をついた。

「娘の顔を忘れるわけがありません。間違いなく理恵子です」

「どこにあったんですか、この写真」利明が尋ねた。

塔子は一瞬ためらった。事実をそのまま話してしまっていいのかどうか、迷ったのだ。だがこのふたりがネックレスの女性の家族なら、早めに状況を説明する必要があるだろう。

うしろを向いて鷹野や徳重の表情を確認したあと、塔子は宣一たちに問いかけた。

「国分寺で白骨遺体が発見された事件はご存じですか」

宣一はそのニュースを知らないようだ。しかし利明は、ああ、とうなずいた。

「火事の跡から、人骨が出てきたというやつですよね。それがこの写真とどんな……」

そこまで言って、利明は絶句した。目を大きく見開き、塔子の顔を見つめた。

「まさか、姉はその家で……」

「発見された白骨はふたり分です。五十代の男性のものと、三十代の女性のものでした」

「姉は……誰かに殺害されたんですか？」

「まだはっきりしませんが、その可能性があります」

急に、宣一が苛立ったような声を出した。

「ちょっと待てよ。いったい何の話をしてるんだ。理恵子がどうしたって？」

「国分寺の家で白骨遺体が見つかったんだ」利明が説明した。「男性と女性と、ふたり分だよ。その女性の骨が姉ちゃんじゃないかって、刑事さんは言ってる」

「はあ？」宣一は眉をひそめた。「国分寺の家って……どうして理恵子はそんなところに行ったんだよ。だいたいその……写真があったんだろう？　写したのは誰なんだ。理恵子は写真のために出かけたのか？　いったい……何なんだ？　その家は誰の……」

宣一は混乱しているようだ。自分でも何を言っているのかわからなくなったらしく、途中で口を閉ざしてしまった。

「姉ちゃんは、その家で死んだらしい」利明は言った。あまりにも簡潔な一言だった。

宣一の顔から血の気が引いた。彼は大声で怒鳴った。

「ふざけるな！　利明、どういうつもりなんだ。理恵子が死んだなんて、馬鹿なことを言うな。おまえがそんな奴だとは思わなかった！　それでもおまえ、あの子の弟なのか」

その声を聞きながら、利明はじっとしている。こうなってはもう手がつけられない、とあきらめているように見えた。

「古谷さん。最終確認はこれからなんです。今はまだ可能性というだけで……」

塔子は必死になって、宣一を宥《なだ》めようとした。当初は、理恵子の死をすみやかに伝えるのが自分の役目だと思っていた。だが、それはきわめて困難だと気がついた。

遺体が見つかっていないのならどこかで生きているに違いない。それが、残された家族の考え方なのだ。時間がたっているからといって、存在が抹消《まっしょう》されたとするのは、役所的な考え方だ。配慮が足りなかったと言わざるを得ない。

——私は甘かった……。

激しく憤る宣一を見て、塔子はそう思った。

「何が可能性だ。俺をからかってるのか」宣一は喚《わめ》いた。

「すみません、古谷さん。そういうつもりではなかったんです」

「くそ！　そもそも俺は、失踪宣告のことなんて考えたくなかったんだ。それをおまえが、資料だけでも読めなんて言うから」宣一は利明の肩をつかみ、上半身を揺さぶった。「そんな話をするから、理恵子の骨が出てきたんじゃないのか？　おまえがよけいなことをしなければ、理恵子は生きていたかもしれないのに……」

「馬鹿なことを言わないでくれ！」とうとう利明も爆発した。「しっかりしろよ、父さん。姉ちゃんはもう帰ってこないんだよ」

息子に怒鳴られ、宣一は黙り込んだ。肩を落とし、テーブルに両肘をついて頭を抱えた。しばらく、話しかけることはできそうにない。

父親の代わりに、利明がこれまでの経緯を説明してくれた。

「母は、僕が中学生のころに亡くなりました。しばらく三人で暮らしていたんですが、姉も僕も、大学に入ると同時にひとり暮らしを始めました」

「理恵子さんは立川美術大学を卒業して、美術商になったそうですね」

「美術商なんていうと恰好よく聞こえますが、小さなギャラリーの社員だったんです。ええと……」利明はポケットから手帳を取り出した。「青山《あおやま》にある松波《まつなみ》美術という会社です」

その名前を、塔子はメモした。

「姉がいなくなったのは七年前の十月です。二十六日の夜、父が何回かアパートと携帯に電話したけれど通じないというので、父とふたりで幡ケ谷《はたがや》のアパートを訪ねました。ドアには鍵がかかっていて、新聞が取り込まれないまま残っていました。これは変だと思ったもので、管理人に身内だと伝えて、鍵を開けてもらったんです。でも室内に変わった様子はありませんでした。……ギャラリーに連絡したら、その日は無断欠勤していたとわかりました。前日、二十五日はきちんと仕事をしていたそうですから、その日の夜に何かあったんだと思います。何人かの知り合いに電話をかけてみましたが、誰も姉の行方は知らないということでした。それで二十七日、警察に捜索願を出したんです」

ふん、と宣一が鼻を鳴らした。

「警察なんて当てにならないよ。あれはまったく駄目だ」

利明は父親の横顔をちらりと見たが、すぐに塔子のほうへ向き直った。

「姉の行方を捜して、僕はあちこちで話を聞いて回りました。ひとつだけわかったことがありました。姉は仕事の関係で、それまで取引のなかった美術家のところに出入りしていたそうです。自分のギャラリーに作品を任せてくれるよう、交渉していたらしいんです」

そういうことか、と塔子は納得した。国分寺に住んでいた成瀬祐三が美術家だったとすれば、話のつじつまが合う。理恵子は彼を口説き落とすため、あの洋館に出入りしていたのではないだろうか。

「理恵子さんが国分寺に出かけていた、という話を聞いていませんか」

「いえ、僕は仕事のことまでは……。父さん、どう？」

利明は父親に問いかけた。だが、宣一は首を横に振るばかりだ。

「火事があった国分寺の家には、誰が住んでいたんですか？」

利明はそう尋ねてきた。

新しい情報を引き出すためには、こちらも情報を提供する必要があるだろう。塔子は答えた。

「成瀬祐三という人です。今五十八歳のはずだから、七年前は五十一歳でした」

「聞いたことがないですね。もし姉がその家に出入りしていたのなら、やっぱり、そこで見つかった骨は姉のもの、ということになりますか」

「ええ。おそらく……」

利明は唸った。何か考える様子だったが、じきにこう言った。

「刑事さん。その白骨遺体が姉かどうか、調べる方法はあるんですよね？　テレビのニュースを見ていると、ＤＮＡがどうとか、よく聞きますけど」

「ええ。ＤＮＡ鑑定を行うと思います。比較する『試料』がないと無理なんですが」

「試料？」

「理恵子さんが行方不明になる前に残したものです。唾液とか血液とか皮膚片とか歯とか、そういったものと骨のＤＮＡ型を比較して、本人かどうかを調べます」

「七年前ですから、どうでしょうね。……父さん、姉ちゃんが使っていたものは、まだ残っているんだっけ？　アパートを解約したとき、全部こっちに運んできたよね」

利明は父親に尋ねた。宣一は緩慢な動作でうなずいた。

「……理恵子の部屋にある」

「調べさせていただいてもいいでしょうか」

塔子が尋ねたが、宣一は答えない。

「父さん、いいよな？」利明は立ち上がった。「こちらです」

彼の案内で、塔子たち四人は理恵子の部屋に移動した。ベッドや書棚、机のある洋室に段ボール箱が積んである。

許可を得て、必要なものは借用することにした。四人はそれぞれ白手袋を嵌めた。徳重と鷹野が箱の中を確認し、塔子と若い刑事は借用品を紙バッグに詰めていく。

「美術関係の品が出てきたな」

鷹野が言うと、みな彼の手元に注目した。彫刻刀や針金、粘土の容器、木製の土台などが次々に出てくる。

利明は一旦部屋を出ていたが、そのうち戻ってきた。鷹野は振り返って、彼に話しかけた。

「理恵子さん自身も、美術作品の制作をしていたんですね」

「ええ、大学では作っていました。……じつをいうと、僕も少しかじっているんです。大学が同じで、ふたりとも彫刻のサークルに入っていたもので」

話を聞いて、なるほど、と塔子は思った。利明は玩具メーカーでデザインの仕事をしていると言っていた。彼もまた、美術の腕を活かして就職したというわけだ。

「鷹野主任。スパチュラはありますか？」塔子は尋ねた。

「あったぞ」

鷹野は手袋を嵌めた指先で、棒状の道具をつまみ上げた。塔子は資料ファイルの写真と比較してみた。長さや形状は、ほぼ一致する。

「理恵子さんは自分が使っていた彫塑の道具を、国分寺の家に持ち込んでいたのかもしれませんね」

ノート、アルバム、メモ用紙、そのほか美術の道具などを借りていくことにした。利明はそれを了承したあと、声を低めて言った。

「ＤＮＡ鑑定の話ですけど、じつはここに、姉のへその緒があるんです。父がとっておいたものなんですが、使えるでしょうか」

これは願ってもないことだった。塔子は小箱を受け取って頭を下げた。

「ありがとうございます。大事に使わせていただきます」

理恵子の部屋を出て、塔子たちは応接間に戻った。

宣一はソファに腰を下ろしたまま、うとうとしているようだ。刑事たちが入ってきたのに気づいて、彼は目を開いた。

「古谷さん。息子さんから、理恵子さんのへその緒をお預かりしました」

「それしか方法がないって言うから……」宣一は呻くような声を出した。「本当は、そんなことに使ってほしくないんだ。生まれたときのへその緒で、あの子が死んだことを確認するなんて」

その気持ちはよくわかった。だが今は、これを使わなくては捜査が進展しない。

塔子は目礼をしてから、利明のほうを向いた。

「理恵子さんの知り合いから話を聞きたいと思います。名前と連絡先を教えていただけませんか」

利明は住所録を持って戻ってきた。ページをめくって内容を確認していたが、そのうち何かに気づいたようだ。

「北浜《きたはま》さんは、僕より詳しいことを知っていると思います」

「どなたですか？」

「美大で、姉と同じ学年だった人です。あの人も彫刻サークルに入っていたので、僕とも顔見知りなんですよ。北浜さんは姉とつきあっていて、結婚の約束をしていました」

北浜の住所や電話番号も記載されているという。塔子はその住所録を借り受けた。最後に赤い仮面について尋ねてみたが、心当たりはないという答えだった。

「刑事さん。何でも協力しますから、一日も早く犯人を捕まえてください」利明は塔子を見つめた。「どうして姉を殺害したのか、必ず問いただしてください。お願いします」

「利明、おまえは冷たい奴だな」宣一がぼそりと言った。「まだ、理恵子が死んだと決まったわけじゃないのに」

宣一をちらりと見てから、塔子は利明に向かって頭を下げた。

4

車に乗り込むとき、徳重がまた不機嫌そうに唸ったので、塔子は尋ねてみた。

「トクさん、どうかしたんですか？」

「え？」徳重は意外そうな顔をしたあと、ああ、とうなずいた。「冷えるせいか、今朝から腰がちょっとね……」

「そうだったんですか。かなり痛みます？」

「立ったり座ったりするときが、しんどいね。前に一度ぎっくり腰をやったことがあるんだよ。寒い時期は体に変な力が入るから、危ないんだ」

「なるほど」塔子は納得した。「それでトクさん、今日は静かだったんですね。いつもなら、鑑取りは自分がやるって言うでしょう」

「いや、腰のせいばかりじゃないよ。たまには、若手が成長する様子をじっくり見せてもらおうと思って」

「見られていると思うと緊張しますね」塔子は苦笑した。

先ほど入手した古谷理恵子のへその緒は、DNA鑑定に役立つ可能性が高い。徳重は相棒の若い刑事に証拠品保管袋を手渡した。

「君、警視庁本部の科捜研はわかるよね。河上さんという人に電話しておくから、至急これを届けてくれないか」

「了解しました」若い刑事は背筋を伸ばして答えた。

最寄りの駅で彼を降ろしたあと、塔子と鷹野、徳重の三人は、品川《しながわ》へ移動した。

車の中なら、何を話しても部外者に聞かれる心配はない。鷹野と徳重は、事件の捜査について意見交換を始めた。「殺し」「凶器」「遺体」「白骨」などという物騒な言葉がぽんぽん出てくる。一般の人が聞いたら、ぎょっとするような内容だ。塔子は聞き耳を立てながら、車の運転を続けた。

品川に到着すると、コインパーキングを探して車を停めた。最近は都心部にも駐車場が増えている。短時間だけ利用する捜査関係者にとっては、ありがたいことだった。

北浜の勤務先は高級家具メーカーのショールームだった。看板を見上げながら、塔子はコートの襟を立てて、北浜が出てくるのを待った。

――うう、ここ寒いなあ。

できれば建物の中で待ち合わせをしたかったのだが、北浜本人から、正面玄関前でと場所を指定されていた。

携帯電話に架電して、会社にお邪魔すると話したところ、本人は外で会いたいと言ったのだ。たぶん、上司や同僚たちの目が気になるのだろう。

今ごろ鷹野たちは、少し先のカフェにいるはずだった。店内は暖かいだろうなと想像して、塔子はまた体を震わせた。こういうことは若手の役目だから仕方がない。

約束の時刻になったが相手は姿を見せなかった。寒い中、五分ほど待ってみたがまだ来ない。電話をかけようかと考えていたところに、ようやくそれらしい人物がやってきた。塔子が会釈をすると、うなずいてこちらに近づいてきた。

「北浜さん……ですね？」くしゃみが出そうになるのをこらえながら、塔子は言った。「警視庁の如月と申します。お忙しいところ、すみません」

「どうも。北浜洋次《ようじ》です」

古谷理恵子と同学年だというから、たぶん四十歳前後だろう。眉が太く、意志の強そうな目をしている。仕事の途中だったせいか、少し不機嫌そうだった。

「そこのお店で話しましょう」

一ブロックほど歩いてカフェに入った。奥のほうのテーブル席に、徳重と鷹野が腰掛けている。刑事が三人もやってきたと知って、北浜は驚いたようだった。軽く頭を下げてから椅子に腰掛けたが、黙ったままじっと塔子たちを見ている。

ウエイトレスにコーヒーを注文してから、塔子はメモ帳を開いた。今回も塔子が聞き込みをするよう言われている。早速、質問を始めた。

「昨日、国分寺の火災現場から白骨が出た事件がありました。ご存じですか」

「テレビで、そんなことを言っていましたね」

「その現場から、古谷理恵子さんらしい女性の写真が見つかったんです」

塔子は、写真を印刷した紙をテーブルに置いた。真剣な顔で、北浜はその紙を見つめる。しばらくそうしていたが、やがて彼は言った。

「ということは……その白骨は……理恵子なんでしょうか」

「その可能性が高いと考えています」

北浜は眉間《みけん》に皺を寄せた。それから目を閉じ、痛みをこらえるような表情になった。六年四ヵ月も行方不明だった人物のことだから、半ばあきらめてはいただろう。だが、どこかで生きていてほしいという気持ちがあったに違いない。

少し間をおいてから、塔子は続けた。

「当時、北浜さんは理恵子さんと交際なさっていたそうですが、悩みやトラブルについて何か聞いていなかったでしょうか」

「いえ、何も知りません」かすれた声で、北浜は答えた。

「よく思い出してみてください。いつもと様子が違っていたとか、気になる言葉を口にしたとか、そういうことは……」

「当時のことは何度も思い出しましたよ。嫌になるぐらいに」北浜は顔を上げ、硬い表情で刑事たちを見回した。「七年前の十月、私は警察に相談したんです。理恵子が事件に巻き込まれたかもしれないから、きちんと捜査してほしい、と。わかりました、と担当の警察官は言いました。でも、本当に真面目にやってくれているのかどうか疑問だった。

彼女が勝手に行方をくらますような人じゃないことを、私はよく知っていました。だから私は、その後も何回か相談しに行ったんです。でも相手が言うことは毎回同じでした。何かわかったら連絡する。それだけです。結局、連絡なんか一度も来ませんでした」

「それは……」

塔子が言いかけるのを無視して、北浜は声を荒らげた。

「失踪してから今年で七年。結果はどうですか。彼女は死んでいたんですよね？　行方不明になったあと、誰かに殺されたんですよね？」

少し離れた席で、ふたり連れの客がこちらを気にしているのがわかった。

「北浜さん、落ち着いてください」塔子は宥めるような仕草をした。「連絡がなかったのは、ご報告できるだけの情報が集まらなかったからだと思うんです」

「わかっていることだけでも、教えてくれればいいじゃありませんか」

「本来そうすべきだったんでしょうが……」

「結局、警察というのは、人が死ななくちゃ本腰を入れないんでしょう？」

はっとして塔子は北浜を見た。彼は本当に、そんなふうに考えているのだろうか。いや違う、と塔子は思った。心の中に、まだ期待したいという気持ちがあるはずだ。そうでなければ、彼はとうに席を立っていただろう。

「私たち捜査一課は、事件が起こって、人が亡くなってから動く部署です」塔子は、相手の表情をうかがいながら言った。「私たち自身、もどかしいと感じることがあります。ですが、現状の仕組みを変えることはとても困難です。だから私は、自分が関わった事件をきちんと分析して、いつか防犯のために役立てたいと考えています。

そのためには、目の前の事件を捜査することが必要です。もし理恵子さんが殺害されたのなら、当時理恵子さんの身に何が起こったのか調べなくてはいけません。犯人を逮捕して、なぜそんなことをしたのか聞き出し、罰しなければなりません」

「じゃあ、そうしてくださいよ。すぐに犯人を捕まえて、理由を問いただせばいい」

「そうするためにも話を聞かせていただきたいんです。あなたの一言で、捜査が大きく進展するかもしれません。今、五十人の捜査員が、必死になって聞き込みを行っています。北浜さん、あなたも力を貸してくださいませんか。理恵子さんのことをはっきりさせるためにも、どうかお願いします」

「理恵子のために、ですか……」

北浜はテーブルクロスの模様を見つめていたが、そのうち小さくため息をついた。

「……私は昔から損ばかりしてきました。学生のころから要領が悪くて、それでずっと損をしてきたと思っていました。でもあるとき、そうじゃないと気づかせてくれたのが理恵子でした」

テーブルクロスからコーヒーカップへ、それからシュガーポットへと、北浜の視線は動いていく。

「理恵子はとてもユニークな考え方をする女性でした。『どんなに嫌なことでも、乗り越える方法がある』と言うんです。どういうことかと質問したら、彼女はこう答えました。マイナスのことをひとつ片づけたら、次は必ずプラスの何かが起こる。世の中というのは、そういうものだ。先に苦労しておけば、あとでいいことが起こるんだ、とね。

それを聞いてから、私の考え方も少し変わりました。……単に気持ちの問題なのかもしれませんが、今これだけ悪いことが起こったんだから、次はいいことが起こるはずだ、と期待するようになったんです」

北浜の視線はシュガーポットから上に移動した。彼は塔子の顔を見つめた。

「それなのに私は理恵子を奪われてしまった。これほどの不幸を先取りしてしまって、私にはもう何も残っていません。……いや、もしかしたら、私は幸運を先に使い切ってしまったんでしょうか。きっとそうだな。あんなことがあったから、今の私は空っぽなんだ」

「どういうことです？」塔子はそっと尋ねた。

「私は理恵子と結婚の約束をしていました。大学時代からずっと彼女のことが好きでした。つきあうことができて、結婚の話まで出てきて、私は有頂天になっていた。だからでしょう。それほど強いプラスの出来事があったから、こんな不幸に見舞われたんです」

北浜は膝の上で、拳を握り締めている。

沈黙が訪れた。なんとかして場の空気を変えなければならない。だが、何を話せばいいのだろう。塔子が焦っていると、徳重が口を開いた。

「人生の幸運の量は一定である、という考え方ですね。たしかに、そういう捉え方をする人は多いと思います。でも北浜さん、もしそうだとしたら不思議だと思いませんか。私みたいに、この歳になってもまだ家のローンを払っている人間もいれば、コンピューターソフトの会社を設立して大変な資産家になった人もいます。不公平じゃありませんか」

「もともと持っている幸運の量が違うんですよ。大成功する人は、最初から大きな運を持っていたんです」

「それはどうかなあ」徳重はいたずらっぽい表情を浮かべた。「私の考え方はこうです。人が持っている幸運の量に、大きな個人差はない。使うタイミングが問題なんです」

「タイミング？」

「どの学校に入るか、どの会社に就職するか、どんな人と結婚するのか。人生には分岐点がいくつもありますよね。その分岐点で、最大瞬間風速的に大きな運を使った人が、安定したルートに入れるんです。一度そのルートに入れば、あとはそれほど運を使わなくても、いいことが続くんです。

　私は、コンピューターは得意じゃありません。社会人になってからも、途中でコンピューターの勉強をするチャンスはあったのに、結局何もしませんでした。もし勉強を始めていれば、のちに相棒となる人を見つけて、コンピューターソフトの会社を設立していたかもしれません。そしてそのルートに入れば、あとは協力者を得て、うまく物事を進めることができたでしょう。……あるタイミングで目一杯、運を使っていれば、今ごろ私は刑事ではなかった可能性もあるんです」

不満げな顔で、北浜は首を振った。

「可能性の話ですよね。今さらそんなことを言われても、どうしようもない」

すると徳重は、少し身を乗り出すようにしてささやいた。

「奥の手があります。北浜さん、あなたの運を使って、他人のルートを変えてやりませんか」

「……え？」

「あなたの証言ひとつで、捜査方針が大きく変わる可能性があります。そうなれば『犯人の人生』を変えることができるかもしれない。北浜さん、犯人を最悪のルートに追い込んでやりたいとは思いませんか？　罪を暴かれ、警察に逮捕されるという、バッドエンドのルートです」

「そんなことができますか？」

「やるんですよ、あなたの手で。自分がその気にならなければ、他人を動かすことなんてできないでしょう？」

驚いたという顔で、北浜は徳重を見つめた。数秒そのままでいたが、深呼吸をしてから彼は言った。

「そういう考え方は嫌いじゃない。いいですよ。あなたたちが私の話を真剣に聞いて、犯人を追い詰めてくれるのなら協力します」

北浜は、気持ちを切り替えてくれたようだ。すごいな、と塔子は思った。徳重が話すと、どんなことにも説得力が出てくる。人生経験の差がこういうところに表れるのだろう。

徳重に感謝しつつ、塔子は質問を始めた。

「理恵子さんについて知っていることを教えていただけますか。理恵子さんの弟さんから聞きましたが、大学時代、同じサークルに入っていたんですよね？」

「利明くんに会ったんですか。……そうです。三人とも最初は立体造形、中でも彫像や塑像に関心を持っていました。初めは創作をしていましたが、そのうち理恵子は自分の才能に見切りをつけた――というか、他人の作品を取り扱う仕事に興味を感じて、アートマネージメントの勉強を始めました。卒業後は美術商になって、埋もれている才能を発掘したい、と話していました。

大学を出たあと、理恵子は松波美術というギャラリーで働きだしました。彼女の活躍を見て私も嬉しく思っていましたが、仕事が忙しかったから、結婚の話は延び延びになっていました。でも卒業から九年たって、ひとつの転機が訪れたんです。今から七年前のことでした」

「転機というと？」

「私は家具メーカーで働いています。美術とは関係ないように思われるかもしれませんが、新商品のデザインをする部署があるんです。国内で九年働いたあと、アメリカの支社への転勤が決まりました。海外のデザインを勉強して帰国するのは出世コースだと言われていたから、私は乗り気でした。ただ、一度アメリカへ行くと五年は戻って来られないという話だったので、ためらいもありました。私は理恵子と結婚して、アメリカに連れていきたいと思いました。

転勤の話をすると、理恵子は困ったような顔をしました。ここで美術商の仕事を辞めるのは残念だと思ったんでしょうね。でも話し合いの結果、理恵子は仕事を辞めると言ってくれました。七年前の夏に私たちは結婚の約束をし、翌年三月に挙式して四月からアメリカへ行くという計画を立てました」

「それまでの間、理恵子さんは悔いのないよう働こうとしたわけですね」

「そうです。前から計画していたようですが、ある美術家と新しく仕事をして取引の実績を作りたい、と話していました。そうすれば世話になったギャラリーの社長にも恩返しができるというんです。ギャラリーとしては珍しいんですが、松波美術は土日が休みだったので、彼女は週末にその美術家の家へ出かけていたようでした。……そんな中、理恵子の行方がわからなくなってしまったんです。七年前の十月のことでした」

北浜は口を閉ざし、ゆっくりと呼吸をした。高ぶる感情を、なんとかコントロールしようとしているのだろう。

「理恵子の父親は体が悪いし、利明くんは仕事で忙しいときでした。私はひとりで理恵子の行方を捜しました。彼女の知り合いやギャラリーの取引先、学生時代の友達などに話を聞いて回りました。しかしこれという情報はつかめなかった。私はノイローゼのようになってしまいました。酔っていたのであまり記憶がないんですが、歓楽街で暴れて警察の世話になったこともあります。

会社も休みがちになってしまって、上司に呼ばれ、それから人事部に呼ばれました。理恵子が消えてしまったことは周りも知っていましたから、いきなりクビにはできなかったんでしょう。私はショールームへ異動になって、今は毎日、家具を磨いたり接客をしたりしています。ああ、たまに販売促進用の写真撮影があるので、その手配なんかもね。どれも、アルバイトにもできるような仕事ですよ」

北浜は自嘲するような表情になった。将来を嘱望されていた人材が、その力を活かせずにいる。今の彼にはほかに任せられる仕事がないのだろう。

「すべて警察が悪いとは思いません。しかし、あなた方がもう少し真剣に動いてくれていたら、こんな騒ぎが起こることはなかったんじゃないですか？　理恵子は殺されずに済んだ可能性があります。私は今ごろ普通の家庭を持って、子供のひとりも育てていたかもしれない。そうであれば私はこんな嫌な話を、あなた方にしなくてもよかったんです」

北浜は右手で目頭を押さえた。それから、コップの水を飲み干した。

彼が落ち着くのを待ってから、塔子は質問を続けた。七年前の理恵子の様子について尋ねていく。北浜はぽつりぽつりと答えてくれたが、捜査に役立ちそうな情報は出てこない。

質問の方向を変えてみた。

「江戸川区の平井と聞いて、何か思い出すことはありませんか」

「私は行ったことがありません。理恵子の口からも聞いた覚えはないです」

「赤い仮面について何かご存じのことは？」

「……赤い仮面？　いえ、知りませんが、事件に関係あるんですか？」

「国分寺の事件と平井の事件で、共通して見つかっているものなんです。『ヘルマフロディトス』というアメリカのお芝居で使われた仮面です」

写真を見せてみたが、やはり知らないという。最後に塔子はこう言った。

「犯人を検挙するため、私たちは全力を尽くします。またお邪魔することがあるかと思いますが、ご協力ください」

「信用していいのかどうかわかりませんが……。いいですよ、待っています」

寂しそうな顔をして、北浜は言った。

北浜と別れたあと、鷹野が徳重に話しかけるのが聞こえた。

「如月を甘やかしては駄目ですよ。ひとりでやらせないと……」

「すみません。黙っているつもりだったんですが、手強《てごわ》い相手だったもので、つい」

指導教官のような立場だから、鷹野はそんなことを言うのだろう。

塔子は徳重に向かって頭を下げた。

「ありがとうございました。トクさんのおかげで、情報が引き出せました」

「鑑取りは根気のいる仕事だけど、今後は如月ちゃんにも頑張ってもらわないとね」

徳重は笑った。「人間というのは普通、訊かれたことしか答えないものだよ。だから、いい情報を引き出すためには、相手が自然に話したくなるような雰囲気を作らなくちゃいけない」

「さっきの、ルートがどうとかいう話……」鷹野が尋ねた。「あれ、ゲームのことですよね？」

「そのとおりです。私、ネットもゲームも、仕事に活かすためにやっているんですからね。そのへん、誤解のないようお願いします」

太鼓腹を撫《な》でながら、徳重はそんなことを言った。

次に塔子たちは、青山にある松波美術というギャラリーを訪問した。

社長は松波赳《たけし》といって、恰幅のいい五十代の男性だった。高級そうな背広を着ていたが、ネクタイは前衛芸術を思わせる派手な柄だ。

油絵や彫刻作品が並んだギャラリーの隅に、応接セットがあった。挨拶をして腰掛けたあと、早速、塔子は質問を始めた。

「古谷理恵子さんについて調べています。七年前の十月までこちらに勤めていたと聞きましたが、当時の様子を教えていただけますか」

「まったくねえ、早いものですよ。今年でもう七年とは」のんびりした口調で、松波は言った。「最初のうちは内勤で電話番や接客、帳簿の整理などをしてもらっていました。徐々に仕事を増やしていって、美術家の先生のところで作品の打ち合わせをしたり、個展の準備をしたり、在庫品の交換会に行ったりするようになって……。作品買い付けのため、私と一緒によく出張もしました。物覚えがよかったし、やる気もあって優秀な人でしたよ。十年経験を積んでもらえれば、作品の鑑定や売買も任せられると思っていたんですが、九年たった年に行方不明になってしまって。……本当にねえ、いったい何が起こったのか」

彼女にまつわる作品でもあるのだろうか、松波はギャラリーの展示物に目を走らせた。

「七年前の十月二十六日に無断欠勤をしたということですが」

ちょっと待ってください、と言って松波は立ち上がり、書類のファイルを持って戻ってきた。ページをめくっていたが、やがてこちらを向いた。

「ああ、これですねえ。十月二十六日、出社してこないので携帯に連絡したんですが、つながりませんでした。前日は普通に仕事をして、夜七時過ぎにはここを出ています」

「そのころ、理恵子さんが何か気になることを言っていた、という記憶はありませんか」

「いや、思い当たるようなことはないんですよね」

「理恵子さんは、誰か新しい美術家にアプローチしていたらしいんですが」

「ええ、古谷さんの知り合いだった男性が教えてくれました。あの人、名前は何といったかな……」

「北浜さんですか？」

「そう、北浜さんだ。その人から話を聞いて、驚きましたよ。当時ふたりは結婚の約束をしていたそうですね。私は結婚するということも知らなかったし、古谷さんがギャラリーを辞めるつもりだったことも聞かされていませんでした。それから、あらたな美術家の先生のところに行って、うちと取引してくれるよう交渉していたこともが、仕事をしているならそう言ってくれればよかったのに」

……。その先生のところには、ギャラリーが休みになる週末に出かけていたようです

「その美術家が誰だったのか、心当たりはありませんか」

「わからないんですよねえ。彼女が打ち合わせをしていたとすれば、そう遠くに住んでいた先生ではないと思うんですが」

ここで塔子は、気になっていたことを尋ねた。

「成瀬祐三という美術家はいませんか。国分寺に住んでいた人なんですが」

「……成瀬祐三」松波は首をかしげた。「聞いたことがありません。美術家団体の名簿を調べてみましょうか」

「あ……。そういう便利なものがあるんですか」

「うちも商売ですから、その先生がどういう方なのか知っていないと困るもので」

松波は机に近づき、引き出しから名簿を取り出した。塔子たちもソファから立って、松波の手元を見つめた。

五分ほどのち、松波は首を振った。

「そういう方はいませんねえ。団体に所属していなかったのかもしれません」

「あるいは、アマチュアとして活動していた可能性もありますね」と徳重。

そうか、と塔子は思った。古谷理恵子が意欲を持った美術商だったとすれば、自分の手で新人を育ててみたいと考えたのかもしれない。ただ、そこで引っかかることがあった。

――成瀬祐三は七年前の時点で、もう五十一歳だったはずだけど。

その年齢で新人というのは、売り出す側としても難しいものがありそうだ。

松波はノートパソコンを開いて、インターネット検索をしてくれた。

「ネットでも見つかりませんねえ。アマチュアでも、自分のホームページに作品のことを書いてくれていれば、見つけることができるんですが」

鷹野はと見ると、ひとりでギャラリーの作品を見物していた。ややあって、彼はこちらを振り返った。

「松波さん、ヘルマフロディトスの仮面について、何か知りませんか？」

「ヘルマフロディトスというと、ギリシャ神話に出てくる両性具有者のことですね」

鷹野は、意外そうな顔をした。

「よくご存じですね」

「ルーブル美術館に有名な彫刻がありますから」

松波は書棚から写真集を持ってきた。中ほどのページに、ベッドに横たわった人物像の写真が、二枚掲載されている。

「紀元二世紀ごろの彫刻を原型として、十七世紀に修復された作品です。女性の美しい裸体だと思って反対側に回ると、思わぬものが目に入るという仕掛けなんです」

二枚目の写真でそれがよくわかった。女性と思われた像には男性器があったのだ。イメージとしては、国分寺の白骨遺体と逆だな、と塔子は思った。国分寺では、男性の頭に女性の体という構成だった。一方この彫刻は、顔は女性のように美しいが、下半身に男性器が付いている。

塔子はバッグから、赤い仮面が印刷された紙を取り出した。

「こちらのヘルマフロディトスは、ブロードウェイの演劇で使われたものだそうです」

松波はそれを見て、首をかしげた。

「現代演劇ですか。じゃあ、ギリシャ神話とは関係なさそうですね」

国分寺に残されていた仮面と奇妙な白骨遺体。そして平井の事件現場で遺体にかぶせられていた仮面。それらが意味するものは、いったい何なのか。

塔子は国分寺の、驚異の部屋を思い浮かべた。大量のコレクションと、謎の白骨遺体が残された部屋だ。

それは、副葬品がぎっしり納められた石棺のようにも思われた。

5

午後十一時二十分、塔子たちは武蔵小金井駅そばにある居酒屋に入っていった。

尾留川が外で電話をかけている間に、塔子たち四人は、昨日の個室へ案内してもらった。今日もここを使えるのはありがたい。

「いたたた……」椅子に座るとき、徳重が腰をさすった。

「腰に来ましたか、トクさん」門脇が煙草に火を点けながら言った。「いつまでも若くないんだから、気をつけないとね」

「悔しいけどそのとおりです」背もたれに体を預けて、徳重はようやく落ち着いたようだ。「この歳になると、昔できたことが、だんだんできなくなってくるんですよ」

「それは大変ですね。……はい、トクさん、つらそうな顔を一枚」

鷹野はデジタルカメラのフラッシュを焚いた。徳重は迷惑そうな顔をしている。

「腰も含めて、いろんなものが衰える一方ですから。ただ、そんな中でもひとつだけ自慢できることがあります」

「ネットの掲示板に仲間がいることですか？」と門脇。

「違いますよ。走ることです」

「そういえばトクさん、走るの速いですよね」塔子は記憶をたどった。「爆破事件のときでしたっけ。日本橋駅で、ものすごい速さで走っていくのを見ました」

「四十代後半になって、知力や体力が目に見えて落ちてきたんです。そんなときジョギングを始めてみたら、びっくりしました。やればやるほど走れるようになって、タイムが向上するんですよ。もうこれ以上成長なんてしないし、伸びるものもないとあきらめていたから、あれは嬉しかったですねえ」

「だから最近、マラソン大会が流行っているんですね」門脇は納得した様子だ。「中高年に人気があるって聞いたけど、そういう理由だったのか」

「いずれ私も大会に出たいと思ってますよ」

「じゃあ、早く腰を治さなくちゃいけませんね」

そんな話をしているところへ、尾留川がやってきた。なぜだか気落ちしたような顔をしている。

「どうしたんですか」

と塔子が尋ねると、彼はため息をついた。

「彼女に電話が通じなくてさ」

意気消沈する尾留川を前に、門脇が諭《さと》す調子で言った。

「例の、総務課の職員か。おまえ、少しは自分の立場をわきまえろよ。女と、事件の打ち合わせと、どっちが大事なんだ」

「どっちも選べませんよ。俺にとっては、両方とも大事な生き甲斐なんです」

「それ、うまい回答ですねえ」感心したように徳重がうなずいた。「いろんな場面で応用できますよ。『私と仕事と、どっちが大切なの？』と訊かれたら、『どっちも選べないよ』と言えばいい。『私とあの子と、どっちが好きなの？』と訊かれたときも、『どっちも選べないよ』でOKです」

「それじゃ何も解決しませんけどね」鷹野がぼそりと言った。

料理を食べ、軽くビールを飲んだあと、それぞれお茶漬けや蕎麦《そば》などを注文した。閉店まであまり時間がないので急ピッチだ。

人心地ついたところで、門脇がみなの顔を見回した。

「よし、始めるか」

塔子はバッグからいつものノートを取り出した。門脇と相談しながら、今日発生した平井事件について、ポイントを書き出していった。

■平井事件
（一）なぜ被害者・緑川は廃倉庫二階から転落したのか。★突き落とされた？　誤って転落した？

(二) 犯人が現場に赤い仮面を残したのはなぜか。
(三) 犯人は国分寺事件と関係があるのか。★遺留品・赤い仮面により関係があると思われる。
(四) 被害者・緑川は国分寺事件と関係があるのか。
(五) 国分寺事件発覚の当日に平井事件を起こしたのはなぜか。
(六) 被害者・緑川は新宿で誰を撮影していたのか。

「項番四、これはたぶん国分寺事件と関係がありますよね」塔子は言った。「普通に考えればこうでしょうか。緑川さんは国分寺事件で殺人か死体損壊、死体遺棄に関わった。犯人はそのことを知って、緑川さんに復讐《ふくしゅう》をした……」

「いや、もしかしたら国分寺事件の犯人が、今になってまた動きだしたのかもしれないぞ」尾留川が口を挟む。

「たしかに、そういう可能性もありますね」

「項番六の、緑川が撮影していた男たちのことも気になります」徳重がノートを指差した。「今、予備班が捜していますが、事件に関係あるのかどうか」

門脇は今日何本目かの煙草に火を点け、天井を見上げた。

「国分寺事件では、ふたり分の白骨が見つかっている。これが成瀬祐三と古谷理恵子だったとすると、一緒に住んでいたマスクの女が怪しい。……トクさん、成瀬の親族とはまだ連絡がとれないんでしたっけ？」

今日、門脇は捜査の都合で、途中から会議に出席した。この打ち合わせで情報を補完しようという考えなのだ。

「今、捜査員が九州に飛んでいます」徳重は答えた。「向こうで親戚を探し出しましたが、もう四十年近く、成瀬とは会っていないそうです。ただ、彼の若かったころについて少し情報が得られました。成瀬は福岡県に住んでいました。幼いころは体が弱かったそうですが、高校時代は地元でちょっと知られた不良だったようです。卒業後にボクシングを始めましたが、三十八年前、二十歳のときに町を出て消息不明になった。東京に住んでいることは、親戚は誰ひとり知りませんでした」

「そういう人間が芸術家になったんですかね。何か不思議な感じだな」と門脇。

「人生の転機というのは、いつ訪れるかわかりませんよ。私だって世が世なら、コンピューターソフトの会社を経営していたかもしれないし」

「え？」

何のことかわからず、門脇は首をかしげている。

「いえ、すみません。こちらの話です。……ええと、別の鑑取り担当からの報告で、成瀬本人は相変わらず見つかりませんが、洋館の建築工事に関わったという人物が見つかりました。ただ、その人は庭や塀といったエクステリアを担当していたので、内部のことはわからないと話しています。二十一年前に家を造った職人たちは、もう亡くなっていたり連絡がつかなかったりという状態で、結局有益な情報はないようです」

「時間の壁というのを感じますね」尾留川が、真面目な顔でつぶやいた。「家が出来たのが二十一年前。国分寺の事件が起こったのはおそらく七年前。そして今年、平井事件が発生した……」

その言葉を聞いて、塔子はノートに目を走らせた。

「平井事件の項番五ですが、今回の事件が起こったタイミングは気になりますね。国分寺で白骨が見つかったのは、二月二日の午前中です。そして緑川さんの死亡推定時刻は、同じ日の二十一時半から二十三時半の間。平井事件の犯人が、国分寺の事件を意識していることは明らかでしょう。事件現場には同じ仮面もありましたし……」

「赤い仮面が現場に残っていたことは、マスコミでも報じられている」門脇はみなを見回した。「伏せておくべきだという意見も出ていたが、難しいところだな。公表すれば、市民から情報が集まるというメリットがあるだろうし。……ところで尾留川、ブツ担当としてこの赤い仮面は調べているんだろうな？」

はい、と尾留川はうなずいた。

「あの赤い仮面には両性具有の意味があると思われます。ブロードウェイで上演された芝居は、ギリシャ神話のヘルマフロディトスから着想を得たものだそうです。あるときは男性に、あるときは女性に変身する主人公が、自由奔放な恋愛を繰り返すという内容です。男性と女性、ふたりの役者が同一人物を演じていて、場面によって入れ替わります。あの赤い仮面をかぶっているときは両性具有の状態なんだそうです」

「仮面はアメリカで製造されていたということだが、購入ルートはまだわからないのか」

「すみません。今のところ特定できていません」

門脇は渋い表情で腕組みをした。

「国分寺事件の解明も大事だが、平井事件は現在進行形だ。犯人はどこかで次の事件を起こすかもしれないぞ。そこを意識してブツ捜査を進めろ」

「わかりました」尾留川は神妙な顔で答えた。

門脇は自分のメモ帳を開いて、ページをめくった。

「如月、白骨の鑑定関係はどうなっている？」

「三点報告があります。第一に、頭骨関係。あの頭骨から虫歯の治療痕が見つかったので、歯科医の団体に問い合わせているそうです。返事がすぐに来るかどうかわからないため、捜査員が国分寺市内の歯科医を当たっています。また、科捜研で頭骨の復顔作業も進めていますね。

第二に血液型の件ですが、かかりつけの病院からの情報で、成瀬さんはO型、古谷理恵子さんはA型だと判明しました。これは屋内で見つかった血痕と一致します。……第三に、過去、東京都の西部で行方不明になった人物の一覧が出来上がりました」

塔子は、リストがコピーされている紙をテーブルに広げた。

| ［氏名］ | ［失踪年］ | ［年齢］ | ［住所］ |
|---|---|---|---|
| 相沢正隆 | 10年前 | 54歳 | 立川市 |
| 井崎純 | 3年前 | 27歳 | 国分寺市 |
| 近藤真佐子 | 8年前 | 46歳 | 新宿区 |
| 新庄和幸 | 12年前 | 31歳 | 府中市 |
| 野嶋宏道 | 9年前 | 22歳 | 調布市 |
| 三宅悦子 | 20年前 | 33歳 | 三鷹市 |
| 渡辺勇介 | 16年前 | 62歳 | 昭島市 |

「十年前に相沢正隆《あいざわまさたか》という男性が、五十四歳で失踪していますよね。ちょっと気にな

ったんですが、成瀬祐三がこの相沢さんを殺害して白骨にした、ということは考えられないでしょうか」

門脇はリストを見つめていたが、首をかしげた。

「一応調べたほうがいいだろうが、俺の勘では、頭の骨は成瀬で決まりだな」

その件は歯科医が調べてくれているから、じきに結果が出るはずだ。可能性を考えれば、あの骨はやはり成瀬だろう、と塔子自身も思っている。

「体のほうはどう確認する？　古谷理恵子らしいと想像はできるが……」

「今日、理恵子さんのへその緒が手に入ったんです。今、科捜研でＤＮＡ型を調べてくれています。型が一致すれば、体の骨は理恵子さんだとわかりますよね」

「上出来だ」門脇はうなずいた。「へその緒でも何でも、とっておくものだな」

「科捜研といえば、もうひとつ情報があります」塔子はメモ帳に目を落とした。「昨日、国分寺の洋館で、女性の衣類とタオルが見つかりました。これは近隣住民の話から、マスクの女性が使っていたものだと思われます。証拠品として借用していますが、タオルに血痕が付着していましたので、念のため科捜研に回しています」

「マスクの女か。そいつが気になるんだよな」門脇はお茶を一口飲んだ。

ちょっといいか、と言って鷹野がノートに手を伸ばした。塔子からペンを借りて、簡単な図を描いた。

「白い丸と四角が、女性である古谷理恵子。黒いほうが身元不明者の男性だとすると、こうなります」鷹野はみなに説明した。

「頭は丸で、体は四角だな」門脇は図を指先でつついた。「この『?』というのは、場所が不明ということか」

「そうです。もしかしたら洋館の庭かもしれないし、どこかの山の中かもしれない。別の場所にばらばらに埋まっている可能性もあります。ここでは仮に、三つの部分に分けて書きました」

「今回、ばらばら殺人とは少し違うんだよな。一度骨になってるんだもんなあ」

門脇はくわえ煙草で考え込んでいる。塔子は煙草の先端が気になって仕方がない。灰皿を手に取って差し出した。

「門脇主任。灰が……」

「ああ、すまん」

門脇は煙草を指先でとんとんと叩き、灰を落とした。

店を出たのは、午前零時五十分ごろのことだった。

アルコールが入っているせいで、寒さはあまり感じない。白い息を吐きながら、五人は小金井署へ向かった。

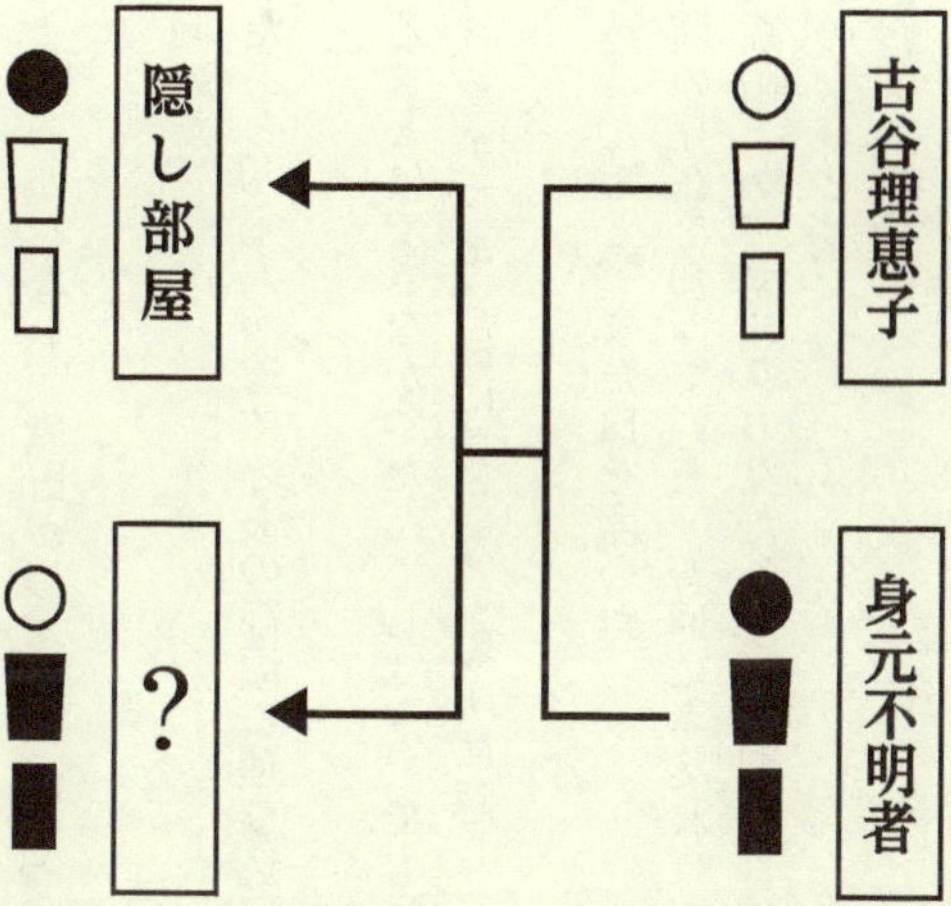
古谷理恵子
身元不明者
隠し部屋
?

歩きながら塔子は空を見上げた。都心部から離れているせいか、瞬《また》く星の数がいつもより多いような気がする。

「今さらだが、どうもよくわからない」鷹野がつぶやいた。「なぜ遺体は、あの隠し部屋にあったんだろう」

塔子は鷹野のほうを向いた。

「男性と女性が死亡したあと、犯人が遺体をあの部屋に運び込んだんですよね」

「何のために？」

「理由があって、埋めることはできなかったんでしょう。でも見える場所に横たえておくことには、耐えられなかった。目に見えない場所に隠したかったんだと思います」

鷹野はしばらく黙り込んだあと、また口を開いた。

「死体損壊犯は隠し部屋の存在を知っていた。普通に考えれば、それを知っているのは洋館の住人である成瀬祐三か、マスクの女だろう。成瀬が骨になってしまったとすれば、残るのはマスクの女ひとりだ」

「そうなりますね」塔子はうなずく。

「現時点で、マスクの女は犯人候補の筆頭だ。そいつはいったい、どこへ消えてしまったんだろう」

「罪の発覚を恐れて、どこかへ逃げたんですよ」

「逃げたにもかかわらず、そいつはあの家のメンテナンスをしていた可能性がある。たまに誰かが、空気を入れ換えに来ていたというからな。そしてその人物はおそらく、成瀬に代わって毎年、固定資産税などを払っていた。なぜだ？」

「あの白骨遺体を隠し続けたかったからですよね」

「ばれないようにしたいのなら、自分があの家に住み続けて、誰にも知られないよう白骨を見張っていればいいんじゃないのか？　なぜあの家を離れたんだろう」

少し考えたあと、塔子は答えた。

「精神的な問題でしょう。遺体と一緒に暮らすというプレッシャーに耐えられなかったんですよ。自分が殺人犯、損壊犯だったらなおさらです」

「それなのに、ときどき様子を見に来ていたんだよな。どうしてだ？」

「だって、あの家を完全に放置してしまったら、いずれ誰かに白骨が見つかってしまうじゃないですか。そうなってはまずいから、毎年お金を払っていたわけです」

鷹野はまばたきをした。

「如月はその人物の気持ちがわかるのか？」

「え……。鷹野主任はわからないんですか？」

「わからないよ。なぜそんな無駄なことをするんだ。捕まりたくないんだろう？　どこか遠くへ逃げてしまえばいいじゃないか。それともそいつは、いつか捕まるかもしれないというスリルを楽しんでいたのか？」

違いますよ、と塔子は首を振った。

「たとえば……そうですね。わかりやすいのは、コインロッカーに赤ちゃんの遺体を入れた母親の話です」

「何だって？」鷹野は怪訝そうな顔をする。

「コインロッカーって料金不足のまま何日かたつと、管理会社に開けられてしまうんですよね。そうならないよう、その母親は何日かに一度、ロッカーの追加料金を投入しに来ていたんです。異臭がして、騒ぎになるまでずっと」

眉をひそめて、鷹野はこちらを見ている。

「そういう話なら、俺も聞いたことがあるが……」

「だったら、わかりますよね。犯人の気持ち」

「わからないな」鷹野は不機嫌そうな声を出した。「俺にはさっぱりわからない」

隣を歩いていた徳重が、小声で塔子にささやいた。

「まあ、あれだ。いろんな感じ方があるから、人というのは面白いわけでね……」

「何です、トクさん？」気になったらしく、鷹野が尋ねてきた。

徳重は塔子からさっと離れて、微笑を浮かべる。

「いいえ、何でもありません」

鷹野は、徳重と塔子を代わる代わる見た。何か言いたそうな顔をしたが、そのまま言葉を呑み込んだようだ。

携帯電話の着信音が聞こえた。門脇がポケットから電話を取り出し、耳に当てる。

「はい、門脇です。……お疲れさまです。今、打ち合わせを終えて署に向かっているところですが」

相手は早瀬係長だろうか。塔子は腕時計に目をやった。すでに午前一時を回っている。

「本当ですか？」突然、門脇の声が大きくなった。「いや、しかしどうして……」

その場に立ち止まって、門脇は電話を握り直した。塔子たちも足を止め、そっと様子をうかがう。

「わかりました。すぐに戻ります」

通話を終えて、門脇は塔子たちのほうを向いた。

「早瀬さんからだ。科捜研がかなり頑張って、ＤＮＡ鑑定の結果を出してくれたそうだ。国分寺の白骨のうち、体の部分のＤＮＡ型を、古谷理恵子のへその緒と比較してみた」

「どうでした？」と尾留川。

「はずれだ。体の骨は、古谷理恵子ではなかった」

え、と思わず塔子は声を上げてしまった。にこやかな笑顔で写真に写っていた人物。ネックレスをかけた古谷理恵子が、被害者の女性ではなかったというのか。

今まで塔子たちは、古谷理恵子が殺害されたのだとばかり思っていた。あの覗き穴と、隠し部屋と、布団に寝かされた白骨遺体。それらを組み合わせて、ひどく禍々《まがまが》しい監禁殺人事件が起こったのだと想像していた。

自分たちは、まったく見当違いの捜査をしてきたのだろうか。すべては振り出しに戻ってしまったのか。

「そうすると、あの体の骨は一から調べ直しですか？」塔子は尋ねた。

「いや……。科捜研ではもうひとりのＤＮＡ型も調べていた。国分寺の家で、血痕付きのタオルが見つかっただろう？」

塔子は西向きの部屋のクローゼットを思い出した。割れた鏡が入った段ボール箱。その向こうに紙バッグがあって、中からタオルが出てきたのだ。黄色のセーターや、オレンジ色のカーディガンなどと一緒だった。

「あのタオルの血痕のＤＮＡ型が、体の骨と一致した。血痕と骨、どちらも間違いなく女性のものだ」

「つまり……あの家にいたマスクの女性が、白骨になっていたわけですか？」

だとしたら、特捜本部の推測がひっくり返されることになる。今まで体の骨の主だと思われていた古谷理恵子は、いったいどこへ消えてしまったのか。

塔子は混乱していた。写真があったのだから、理恵子があの家に出入りしていたことは間違いない。その理恵子は七年前に行方不明になった。だが、骨になったのは理恵子ではなく、マスクの女性だというのだ。

理恵子が成瀬たちを殺害し、白骨化させたのだろうか。あるいは、まったく別の人物が固定資産税などを払い、ときどき部屋の空気を入れ換えて、あの洋館を維持していたのか。かつての事件で、コインロッカーに追加料金を払い続けていた母親のように——。

鷹野は黙り込み、顎に手を当てている。徳重と尾留川は眉をひそめ、顔を見合わせる。

——私たちはいったい、誰を追いかけているんだろう。

街灯の下、自分の影を見つめながら塔子はじっと考え込んだ。

# 第三章　インスタントカメラ

1

■200×年9月24日（土）

彼女はテーブルの上に置かれた品に手をかけ、そっと布きれを取り払う。そして驚きの声を上げる。

布きれの下から出てきたのは女性の頭像だ。彼女の特徴である魅力的な目、鼻、口などがくっきりと再現された作品だった。頭像を前にして、彼女は照れたような表情を浮かべている。それがとても魅力的だ。

壁裏の薄闇で私は息をひそめ、部屋を覗き込んでいる。彼女を観察しながら、私はさまざまなことを夢想した。

この薄暗い通路から出て納戸を抜け、廊下を歩いていくのだ。ユミさんが淹《い》れてくれた旨いコーヒーを、ふたり分運んでいこう。軽くノックし、彼女の応答を待ってからそっとドアを開ける。

柱時計のある部屋で、彼女はあの頭像を鑑賞している。

「コーヒーを持ってきたよ。少し休むといい」

私が言うと、ありがとうございます、と彼女は答える。そしてにっこりと笑う。これだ。この笑顔が見たかったのだ。

インスタントカメラの写真を差し出して、私は言う。

「これを見ながら、私は君の塑像を作ったんだよ」テーブルの上の作品を指差す。

「どうだろう。気に入ってくれたかな」

もちろんです、と彼女は答える。にっこり笑って、感謝の言葉を口にする。

「でも」と彼女は遠慮がちに言う。「私、自分の顔があまり好きじゃないんです。もっとおとなしい、地味な顔のほうがよかったのに」

「そんなことはないよ」私は首を振る。「君の顔はとても魅力的だ。私の理想にとても近いんだ。君の目や鼻や口。これほど美しいパーツはほかにない」

コーヒーを飲みながら、私は彼女との会話を楽しむのだ。大きな目がくるくる動くのを見るのが楽しい。厚い唇は、情の深い女性に特有のものだろう。彼女は私を尊敬し、慕ってくれている。ああ幸せだ、と私は思う——。

だがそんな想像は、はかない夢でしかなかった。実際はどうだ。私は壁の裏の薄闇から、彼女を見つめているしかないのだ。彼女は私がここにいることに、まったく気がついていない。

いっそのこと彼女を困らせてしまおうか、と私は思う。

「私は君の秘密を知っているんだ」少し悪ぶって、そう言ってみたらどうだろう。「君がこの柱時計のある部屋にいるとき、どんな表情をしているか。どんな独り言を口にして、どんなふうにあくびをするか。そういうことを、私はすべて知っている」

彼女は驚き、戸惑いの表情を浮かべるに違いない。好きな女性に意地悪をして、困惑させてみたい。子供のようないたずら心が膨らんでいく。

だが、もちろん実行することはできなかった。そんなことをすれば、彼女は大きなショックを受けるはずだ。もうこの家には来ない、と言い出すかもしれない。

それは困る。彼女がここへ来なくなったら、私は二度とこの蜜を味わうことができなくなる。

一時的な感情の高ぶりで、軽はずみなことをしてはいけないのだ。私は自分に言い聞かせる。過去に一度、私は大きな過ちを犯しているではないか。あのことを忘れたのか、と。

■200×年9月25日（日）

ゆうべ、久しぶりにあの人の夢を見た。普段、記憶の奥深くに閉じ込めている出来事。忘れようとしても忘れることのできない、私の汚点。

日記に書いてしまえば、少しは気持ちが楽になるだろうか。

二十代のころ、私はある女性に思いを寄せていた。最初は友人として接していたが、趣味の話をしたり将来の夢を語り合ったりするうち、これほど相性のいい人はいないと感じるようになった。私は自分の気持ちを抑えることができなくなってしまった。ある日その人を呼び出し、思いを伝えてみた。

だが結果はひどいものだった。それまで優しく親切だった女性が、露骨に迷惑そうな顔をして言ったのだ。

「私、そんなつもりじゃなかったの。ごめんなさい、もう会わないほうがいいわね」

必死になって、私はその人を引き留めた。待ってほしい。今のは取り消すから、これまでどおり友達でいてもらいたい、と。しかし私が頼めば頼むほど、相手の表情は険しくなっていった。しまいにはため息をつき、「迷惑なのよ」と彼女は言った。「あなたがそんな人だとは思わなかったわ」

目の前が真っ暗になるような気分を味わった。私は相当深刻な顔をしていたのだろう。様子がおかしいと、ユミさんにも気づかれてしまったようだった。

やはり私は、彼女に気持ちを打ち明けるべきではなかったのだ。そう、私が黙っていれば、彼女が命を落とすこともなかったのだから――。

もうあんなことは二度と経験したくなかった。

だから今年の九月初め、再び好きな人が出来たときも、自分から動くことはしなかったのだ。気持ちを打ち明けた途端に拒絶され、彼女とは会えなくなる。そう考えるのはとても恐ろしいことだった。

彼女を失うぐらいなら、表面上はよそよそしく接しておいたほうがいい。彼女に知られないよう、壁裏に潜んでそっと覗いていたほうがいい。それがお互いのためなのだ。

高ぶる感情を抑え、私は暗い場所から彼女を見守っている。私が作った頭像を眺めて、彼女は微笑していた。その姿を見るのが、私の唯一の喜びだった。

それにしても、と私は思う。

狭い場所で観察している私は、はたして自由なのだろうか。それとも、柱時計の部屋で過ごし、ひそかに観察されている彼女のほうが自由なのか。

私には、だんだんわからなくなってきていた。

2

二月四日。塔子は小金井署の仮眠室で目を覚ました。

寝床から起き出し、窓の外を覗いてみる。雲の切れ目から朝日が一筋、弱々しく射していた。この季節、わずかであっても陽光が見えるのはありがたい。太陽が見えないと、それだけで気分が滅入ってしまう。

着替えと化粧を済ませたあと、講堂に設置された特別捜査本部に入っていった。

捜査開始から三日目の朝を迎え、特捜本部にはさまざまな情報が集まりつつあった。窓際の棚にはファイリングされた資料が並び、早瀬係長の机には捜査員からの報告書が積み上げられている。ホワイトボードには重要事項が列挙され、そのそばでデスク担当者が慌ただしく電話を受けていた。夜を徹して捜査していた組から、報告が入っているのだ。

「お。如月、来たか」

塔子を呼ぶ太い声が聞こえた。体の大きな門脇が、ぬっと現れた。

「今日、ちょっと手を貸してほしいんだが」

「私……ですか？」塔子はまばたきをした。門脇がそんなことを言ってくるのは珍しい。「ええと、はい、鷹野主任の許可があれば」

そうだな、とうなずいて門脇は鷹野に近づいていく。

「今日、少し如月を貸してもらえるか」

「どんな捜査です？」と鷹野。

「平井事件を調べているんだが、被害者の緑川が闇社会と関わっていたらしい、という情報が入った。それについて緑川の奥さんから、もう一度話を聞きたいんだ。昨日のように、如月ならうまくいくんじゃないかと思ってな」

昨日、塔子は緑川法子からいくつかの情報を聞き出している。門脇はあれを思い出して声をかけてきたようだ。

「何時ごろ行く予定ですか？」鷹野が尋ねた。

「あとで電話をするから、時間と場所を決めて合流しよう」

「わかりました」鷹野は塔子のほうへ顔を向けた。「ということで、いいな、如月？」

「はい、了解です」塔子は背筋を伸ばして答えた。

この二日間、自分なりに工夫をして聞き込みを続けている。門脇がそれを評価してくれたことが嬉しかった。

電話の着信音が響いた。鷹野はポケットから携帯電話を取り出し、誰かと通話を始める。

その間に、門脇が塔子に話しかけてきた。

「テストのほうはどうなんだ？」

「え？　何のテストですか」

門脇は口を閉ざしてしまった。その様子を見て、妙だな、と塔子は思った。

「今回、何かあるんですか？　そういえば昨日の捜査でも、トクさんが私に聞き込みをさせようとしていたし」

「別に隠す必要はないと思うんだが、鷹野は黙っているつもりだったみたいだな。……上から指示があって、このへんで一度、如月の捜査技能をテストしようという話になったんだ」

「あ……。そういうことだったんですか」

なるほど、と塔子は納得した。それで昨日、鷹野と徳重は意味ありげな会話をしていたのだ。

じゃあ頑張れよ、と言って門脇は去っていった。

「まったく、門脇さんはお喋《しゃべ》りだな」

電話を終えて、鷹野がぼやいた。今の話を聞いていたらしい。

「主任。それならそうと教えてくれればいいのに」

「こういうことは、本人に伝えずにやったほうがいいんだ。テストだから特別張り切って捜査をしました、なんていうのはおかしいだろう？」

「まあ、それはそうですね」

とは言うものの、テストだと聞かされては気が抜けない。今回何かミスをしたら、日ごろの努力が水の泡となるかもしれないのだ。

――なんとかして、成果を挙げないと……。

自分にそう言い聞かせながら、塔子は席に着いた。メモ帳を開き、今日の捜査活動について考えをまとめていく。

ふと隣を見ると、鷹野はA４判の紙にさらさらとペンを走らせていた。

「何を描いているんですか」

「ああ、ちょっと落書きをな」

紙の上に人物画のようなものが描かれていた。意外としっかりしたデッサンなので、塔子は驚いてしまった。

「上手ですね。鷹野主任にこんな特技があったなんて」

「何を描いたか、わかるか？」

よく見ると、ただの人物画ではない。顔に仮面をかぶっていて、身に着けた衣服には不思議な模様が描かれている。

「もしかしてこれ、国分寺や平井で見つかった赤い仮面ですか」

「そのとおり」

「でも、どうして服にこんな模様があるんです？」塔子は首をかしげた。

「アメリカ人のウェブサイトに、十年前ブロードウェイで上演された『ヘルマフロディトス』の感想が載っていたんだ。その文章を参考にして、舞台衣装を想像してみた」

塔子はしげしげと絵を見つめる。鷹野は机の上にペンを置いた。

「男性でもあり女性でもある状態のとき、役者はこの仮面をかぶっていた。……顔が隠れて見えないというのは、やはり不気味だよな」

「そうですね。向こうからはこちらが見えているのに、こちらは相手の正体がわからない……。あれ？」塔子は顔を上げて鷹野を見た。「その状況って、壁裏の覗き穴に似ているような気がしませんか」

「え？」

鷹野は不思議そうな顔をする。塔子は身振りを交えて説明した。

「仮面ですから、かぶったときにこう、目の部分に小さな覗き穴があって、そこから外界を見ているはずですよね」

「しかし壁の覗き穴と違って、体は見えてしまっているぞ」

「そうですけど……何て言うんでしょう、人間って、自分の顔を隠していると大胆になりませんか？　もっとわかりやすい例でいうと、サングラスですよ。あれがあると安心だという人がいますよね」

「たしかに、サングラスをかけていると気が大きくなる、という話は聞いたことがある。他人の視線があまり気にならない、ということだろうな」

「もっと言えば、眼鏡をかけているだけで落ち着く、という人がいるかもしれません」

塔子は前方に目を走らせた。鷹野はその視線を追って、体をひねった。

そこにいるのは、眼鏡をかけた早瀬係長だ。

「……どうした？」と早瀬。

「早瀬係長は、眼鏡を外すと落ち着かなくなりますか？」鷹野が尋ねた。

「いったい何の話だ」早瀬はまばたきをした。「まあ、眼鏡を外すと、人の顔がよく見えなくなるから困るな。落ち着かなくなるといえばそのとおりだ」

なるほど、と言って鷹野は塔子のほうに向き直った。

「眼鏡やサングラスは別として、仮面やマスクは自分の正体を隠すのに便利だよな。元は何かを演じるときに使っていたんだろうが、仮面をつけるということは、顔を隠して個人を匿名化するということだ。大胆な行動につながるのは納得できる」

「壁裏の通路も同じです。相手の視線を気にせず、じっくり観察できるわけですよね。たぶんあの覗き穴を使っていたのは、内気で、自分に自信のない人物だったんでしょう」

「自信のない人物、か……」鷹野は思案顔になった。

朝の会議では、昨夜のDNA鑑定の結果が捜査員たちに伝達された。ホワイトボードを反転させ、国分寺事件の項目を指しながら、早瀬は説明する。

「ここに来て、状況がすっかり変わってしまいました。今まで頭骨は成瀬祐三、体の骨は古谷理恵子、犯人はマスクの女だと考えてきた。しかし鑑定の結果、体の骨はマスクの女だとわかりました。そうなると、断定はできないものの、古谷理恵子が犯人だという筋読みも出てきます」

今まで被害者だと思われていた理恵子が、一転して犯人だと疑われることになった、ということだ。もし彼女が犯人だとすれば、七年前行方不明になったのは警察から逃れるためだった、と考えることができる。

「昨日までは死亡したものとして扱っていましたが、今日から古谷理恵子が生存、潜伏している可能性を考慮してください。成瀬を調べる組は、引き続き目撃証言を集めること。どこかでDNA鑑定のためのサンプルが見つかるといいんだが……」

それさえ手に入れば、頭骨の一部を使って、同一人物かどうか調べることができる。ただ、成瀬が消えたのも理恵子と同様七年ほど前だというから、唾液や血液、体液などを探すのは難しそうだった。

今日の活動予定を確認して、早瀬は会議を終了させた。


刑事たちはコートを着て、次々と捜査に出かけていく。

そんな中、塔子と鷹野は特捜本部に残っていた。白手袋を嵌め、講堂のうしろに移動する。そこにブルーシートが敷かれ、大量の段ボール箱や紙バッグ、ビニール袋などが置かれていた。あちこちから借用してきた証拠品だ。

塔子たちは、昨日古谷理恵子宅から借りてきた品物をチェックし始めた。これらを調べるのは予備班の仕事とされていたが、理恵子が犯人だという可能性が出てきたため、至急内容を確認する必要があった。

該当する紙バッグを開きながら、鷹野が言った。

「残念ながら日記や手帳はないようだ。メモ書きされたものを見ていくしかない」

ふたりで手分けして、ノートやメモ用紙を調べることにした。これらのどこかに、七年前の失踪につながる情報が隠されているかもしれない。もし彼女が事件に関わっていたのなら、成瀬宅での出来事について何か書き込んでいる可能性もある。

二時間ほど作業を続けたが、あいにく手がかりになりそうなものは見つからなかった。それも仕方ないだろう、と塔子は思った。

人の身の上にはさまざまなことが、ばらばらのタイミングで起こる。重要なこととそうでないことが混在しているし、一見たいした内容ではないと思えるような出来事が、あとあと重要な意味を持つこともある。整理整頓されていない生の記録を見ていくことには、大変な労力が必要だ。

コーヒーを飲んで一息つきながら、塔子は辺りに散らかした証拠品を見回した。

「意味のありそうな書き込みは見つかりませんね」

「仕事をしていたわけだから、手帳を持っていたはずなんだ」鷹野は唸った。「たぶんバッグに入れて持ち歩いていたんだろう。アドレス帳も一緒じゃないかな」

「理恵子さんが事件の関係者なら、そんな大事な情報をアパートに残していくはずはないですよね」

塔子は別の紙バッグを開いてみた。中に入っていたのは彫刻刀や針金、粘土など彫塑の道具だ。ほかに古いスケッチブックが二冊あった。

「念のため、これも見てみますか」

そうつぶやいて、塔子はスケッチブックを開いた。塑像の制作用だろう、人物をデッサンしたページがずっと続いている。そのうち、鉛筆で書かれた文字のメモが見つかった。

《サクマＡＧ》

「主任、こんなものが見つかりました」塔子はスケッチブックを差し出した。

「サクマというのは人の名前かな。AGは何だろう」鷹野は首をかしげている。「元素記号でいうと銀か。……いや、その線はないよな」

塔子は共用パソコンの前に行って、「AG」をネット検索してみた。

「略語がいろいろあるようです。たとえば『army group』は軍隊の用語ですけど、まあこれは違いますね。やっぱり一般的に知られているのは銀ですよ」

「サクマ、銀……」鷹野は腕組みをする。

「わかった！　サクマ銀行というのがあるんじゃないですか？」

「そんな銀行、聞いたことがないぞ。だいたい、銀行の意味なら『bank』だから『BK』と書くんじゃないか？」

検索してみたが、鷹野の言うとおり、そんな銀行は見つからない。

「ですよねえ。私もおかしいと思ったんです」塔子は苦笑いを浮かべた。

「スケッチブックにメモしたんだから、美術と関係があるんじゃないかな」

「なるほど。そうですね」

塔子は「AG 美術」というキーワードで検索してみた。結果の画面をスクロールさせていくうち、あ、と声を上げた。「Art Gallery」という言葉が見つかったのだ。

「これじゃないですか。アートギャラリー、つまり画廊です」

「それだ」鷹野もうなずいた。「サクマ画廊というのを検索してくれ」

キーボードからその言葉を打ち込んだ。検索を実行する。

「出ました！　でも三件しかないですね」

塔子はヒットしたウェブサイトにアクセスしてみた。個人が作っている日記が表示され、佐久間《さくま》画廊のことが数行だけ書かれている。

「これは今年の日記ですけど、以前、東京・京橋《きょうばし》の佐久間画廊で絵を買ったという話ですね」塔子は文章に目を通していく。「あれ。『残念ながら佐久間画廊は十五年ほど前に廃業した』ですって」

ほかのサイトも調べてみたが、どこも佐久間画廊の思い出話が記されているだけだった。

「十五年前にやめたというんじゃ、情報も少ないわけだな」と鷹野。

画面を睨んだまま、塔子は考え込んだ。そのうち、はっとして顔を上げた。

「松波美術の社長に訊いてみましょう。同業者なら何か知っているかもしれません」

「いいアイデアだ。電話してみてくれ」

塔子は机の上の固定電話を引き寄せた。訪問時にもらった名刺を取り出し、架電してみる。四コール目で相手が出た。

「はい、松波美術でございます」

「警視庁の如月と申しますが」

「ああ、昨日はすみませんでしたねえ」松波赳の、のんびりした声が返ってきた。

「すみません、まだこれといって思い出したことはないんですけど」

「松波さん、ひとつ教えてください。京橋にあった佐久間画廊というのをご存じですか？　今から十五年ぐらい前に廃業してしまったらしいんですが」

「佐久間……。ああ、覚えていますねえ。交換会で何度か会った記憶があります」

「その人、今どこにいるかわかりませんか」

「いや、仕事で会っただけですから、住所も知りませんし」

「そうですか……」塔子は唸った。「佐久間さんのフルネームはわかりますか？」

「ちょっと待ってください、たしか名刺があったはずです」

電話の向こうで、引き出しを開ける音が聞こえた。ややあって相手の声が聞こえてきた。

「佐久間健吾《けんご》さんです。名刺にはギャラリーの住所しか書かれていませんねえ」

「どんな方でした？」

「当時五十代後半だったかな。かなり太っていましたよ。ええ、今の私よりもずっと」

「廃業したあと、どうされたか知りませんか」

「体を壊してギャラリーをやめたという話だったから、治療に専念したんじゃないですかねえ。それまでの商売で蓄えもあったでしょうし、息子さんもいたはずだから、生活の心配はなかったと思いますよ」

闘病生活に入ったのなら、そのまま隠居してしまった可能性もある。当時五十代後半だったのなら、今は七十代ということか。もしかしたら、もう亡くなっているかもしれない。しかしそれならそれで、家族に会って話を聞いてみたかった。

「佐久間さんと親しかった人を紹介していただけませんか。連絡をとりたいんですが」

「そうですか。じゃあ、何人かピックアップしますから、問い合わせてみてください」

松波は六人の同業者を紹介してくれた。屋号と経営者の名前、電話番号を教えてもらって、塔子はメモ帳に書き付けた。

「ありがとうございます。助かりました」

通話を切って、今の話を鷹野に伝えた。

「よし、手分けして電話をかけよう」

鷹野は別の固定電話に手を伸ばし、受話器を取って番号をプッシュし始める。

六人の美術商のうち、塔子が三番目に電話した人物から情報が得られた。

「主任、わかりました！　佐久間健吾は息子夫婦と一緒に、恵比寿《えびす》のマンションに住んでいるそうです。今七十三歳ですが、あまり具合がよくないとか」

「連絡はとれるか？」

うなずいて、塔子は佐久間宅に電話をかけてみた。コール音が続いたあと、聞こえてきたのは女性の声だった。

「もしもし」警戒しているのか、相手は名乗らない。

「佐久間さんのお宅でしょうか。私、警視庁の如月と申します」

「警察？」

「現在、ある事件を捜査していまして……」美術商の名を挙げ、この電話番号を知った経緯を説明した。「それで、ぜひ佐久間健吾さんにお会いして、昔のことを聞かせていただきたいと思っています。急な話で申し訳ありませんが、今日これからお時間をいただけないでしょうか」

「え。今からですか？」相手は困惑しているようだ。

「お住まいは存じ上げています」塔子は、先ほど美術商から聞き出した住所を口にした。「こちらで間違いありませんよね。一時間ぐらいで到着できると思います」

「でも、義父は病気で寝ているんですよ」迷惑だ、という気持ちが声に表れている。

「もう高齢ですし……」

歓迎されていないことはよくわかった。だが、ここで遠慮してしまったら捜査が進まない。

「佐久間さん、これは殺人事件の捜査です。犯人はまだ捕まっていません。放っておけば、また別の被害者が出るかもしれないんです」

はっと息を呑む気配があった。数秒の沈黙のあと、相手は言った。

「……わかりました。では、お待ちしています」

電話は切れた。

塔子は受話器を置いて立ち上がる。バッグを引き寄せ、鷹野に言った。

「行きましょう。私、車の準備をしてきます」

3

佐久間健吾の住む家は、JR恵比寿駅から車で少し走った場所にあった。コインパーキングに面パトを停めて、塔子と鷹野は正面玄関に向かった。

地上数十階建ての大きなものを想像していたのだが、目の前にあるのは七階建てのマンションだ。ただ、エントランスに入ってみて、内部の造りがかなり立派だということに気がついた。インターホンで佐久間を呼び、一階のドアロックを解除してもらって先に進む。廊下やエレベーターホールは、高級ホテルを思わせる豪華さだ。

佐久間宅は最上階にあった。塔子は身繕いをしてからチャイムを鳴らした。

先ほど電話したときの女性が出てくるかと思ったのだが、ドアを開けてくれたのは四十代と見える男性だった。スラックスにジャケットという服装で、口ひげを生やしている。

塔子は玄関先で警察手帳を呈示した。

「先ほどお電話を差し上げました、警視庁の如月と申します」

「どうぞ、お上がりください」穏やかな調子で、その男性は言った。

きれいなカーペットの敷かれた応接室へ案内された。壁には油絵が掛けられ、サイドボードの上には複雑な形状の立体作品が置かれている。

「佐久間康人《やすと》です」男性は名刺を差し出した。「宝飾品の販売会社を経営しています。この近所に事務所があるものですから……」

妻から連絡をもらって、一旦家に戻ったということだろう。

ソファを勧められ、腰を下ろしてみて塔子は驚いた。ふかふかなのはいいが、油断すると体がうしろに倒れてしまう。隣を見ると、鷹野も体のバランスが保てず、戸惑うような顔をしていた。塔子は浅めに腰掛けて、康人と向かい合った。

ノックの音がして、中年の女性がコーヒーを運んできた。電話に出てくれた、康人の妻だろう。彼女は華やかな衣服に身を包んでいたが、どういうわけか表情は暗かった。コーヒーを出すと、彼女は目礼して去っていった。

「何か、事件の捜査でおいでになったんですよね？」康人はそう訊いてきた。

塔子はこれまでの経緯を説明した。国分寺事件に関係すると思われる古谷理恵子を捜していること。その女性が「サクマＡＧ」というメモを残しており、のちに成瀬祐三の家に出入りするようになっていたこと。自分たちはその成瀬の正体を探っていること。

なるほど、と言って康人はうなずいた。

「私の父が美術商だったころ、成瀬という美術家とつきあいがあったのではないか。だから古谷さんに成瀬さんを紹介したのではないか。そういうことですね？」

「成瀬さんはたぶん別の名前で創作をしていたんだと思います。私たちは、その人の芸術活動について知りたいと思っています」

「わかりました。父に訊いてみましょう」

康人は立ち上がり、塔子と鷹野を別室へ案内した。

そこは南向きの洋室だった。窓の近くに立派なベッドが据えてあり、年老いた男性が横たわっている。頭髪はほとんどなく、顔には染みや皺が目立った。固く目を閉じ、眠っているように見える。

松波の話では、以前は太っていたということだった。しかし今、目の前にいる人物はすっかり痩せこけ、自分で起き上がることもできそうになかった。これが佐久間健吾だ。

「お父さん、お父さん」康人は近づいていって健吾の体に触れた。「警察の人が来ているよ。話を聞きたいんだって」

健吾はうっすらと目を開いた。しばらく天井を眺めていたが、やがて首を動かし、こちらに顔を向けた。

「警察？　何の話だ？」意外としっかりした声だった。

「七年前に古谷さんっていう女の美術商に会ったかい？」

健吾は記憶をたどっているようだ。康人がスイッチを操作するとベッドの形状が変わって、健吾は上半身を起こす恰好になった。

「警視庁の如月です」塔子はベッドのそばに行って頭を下げた。「今、古谷理恵子という美術商を捜しています。佐久間さんが何かご存じではないかと思って、お邪魔しました」

「うん、古谷理恵子。いたな、そういう人が」

思い出してくれたようだ。塔子は尋ねた。

「七年前、古谷さんは佐久間さんを訪ねて来ませんでしたか？　誰かを紹介してくれと言っていなかったでしょうか」

「ああ、来た。ずっと昔に制作をやめてしまった男を捜していた」

当たりだ、と塔子は思った。健吾は国分寺の美術家を知っている。

「その人は本名、成瀬祐三だと思いますが、創作活動では別の名前を使っていたんじゃないでしょうか」

「住民票によれば現在は五十八歳です」鷹野が補足した。「七年前は、五十一歳だったことになります」

「佐久間さんは、昔その美術家とつきあいがあったんじゃありませんか？」と塔子。

答えようとして健吾は咳き込んだ。康人はタオルを父親に手渡し、背中をさすった。

「そうだよ」呼吸を整えてから、健吾は言った。「もう二十年前になるか……。当時あの男は無名の新人だった。芽が出るかどうかわからなかったが、少なくとも俺は可能性を感じていた。だから作品を店に展示して、客に勧めた。爆発的に売れたわけじゃなかったが、一部ではかなり評価される美術家になった。あいつは俺が育てたんだよ」

「その人の名前は？」

「秀島海邦《ひでしまかいほう》だ」

息子にメモ用紙を用意させ、健吾はその名前を書いてくれた。

「十五年前、俺は店を畳んだ。信頼できるギャラリーを紹介すると話したんだが、あいつはそれを断ってね。五年間好きなものを作ってきたからもう充分だと言って、創作をやめてしまった。あとは純粋に趣味で美術をやって、春や秋には奥多摩にハイキングに出かけますよ、なんて笑っていたな。当時あいつはまだ……ええと、何歳だ？」

「十五年前なら四十三歳ですね」

「うん。まだまだ売れると感じていたから、もったいないと思ったんだ。でもあいつには欲がないというか、何というか……。とにかく、もう商売のために創作はしないと言った。あれは俺に気をつかったつもりだったんだろうか。まあ、もともとかなりの資産家だったそうだから、金を稼がなくても裕福に暮らしていけたはずだ。羨ましいと思ったものだよ」

力なく健吾は笑った。

「秀島さんが作っていたのは、どういうものだったんですか？」

「塑像なんだが、あいつ、目とか鼻とか唇とか、かなりデフォルメしたパーツを作るんだよ。部分部分は美しいんだが、顔全体を見るとどこか不安定な印象がある。そのバランスの悪さに強いメッセージ性が感じられた。野性味もあって面白いと評価された」

国分寺で見つかった理恵子の写真には、スパチュラが写っていた。彫塑に使う道具だということだったから、今の話とはつじつまが合う。理恵子は自分が使いやすいと思った道具を、秀島に紹介していたのかもしれない。

「秀島海邦さんの人柄はどうでした？」

「あれは相当な人間嫌いだな。うちのギャラリーとしか取引しなかったのは、他人とつきあうのが嫌だったからだろう。美術家の団体にも入らなかったし、業界のパーティーにも出ていなかった。俺は、ほかの美術家とも交流を深めたほうがいいとアドバイスしたんだが、それは面倒だとあいつは言った。まあ、その気持ちもわからなくはないが……」

「佐久間さん、その人の写真を持っていませんか？」

健吾はしばらく黙り込んだ。何か考えている様子だったが、やがて息子を呼んだ。

「俺のアルバムを持ってきてくれないか」

うなずいて、康人は廊下へ出ていった。三分ほどして戻ってきたときには、厚いアルバムを五冊抱えていた。

健吾は老眼鏡をかけて、アルバムのページをめくり始めた。一冊目、二冊目の写真にはまだ若かったころの彼が写っている。家族で撮影したものが多いようだ。三冊目の終わりのほうで、健吾は手を止めた。

「何枚も残っていないな。これが一番よく写っている」

塔子はそのページに目をやった。すぐ隣で、鷹野も首を伸ばした。

あ、と塔子は思った。

「これは国分寺の家ですよね？　佐久間さんも行ったことがあるんですか」

「打ち合わせで何度か行ったよ」

国分寺の洋館の庭先で、三人の人物が花壇の前に立っている。ひとりは中年の男性だ。髪の毛で隠そうとしているが、顔の右側に何かの傷痕があるようだった。その隣にいるのは佐久間健吾で、すでに具合が悪くなっていたのか、不健康な顔色をしている。少し離れた位置に女性が立っていた。黒縁の眼鏡をかけ、髪は肩までのセミロングだ。彼女はオレンジ色のカーディガンを着ていた。

「主任！　これ、例のマスクの女性じゃありませんか？」

塔子が言うと、鷹野は深くうなずいた。彼は健吾に尋ねた。

「この写真はいつ撮影したものです？」

老眼鏡の位置を直して、健吾はアルバムを見つめた。写真の下にメモがあるようだ。

「……今から十五年前だな。体調が悪くなって、俺が廃業するのを伝えに行ったときだった。最後に記念写真を撮ろうという話になったんだ」

　今までずっと「マスクの女性」と称してきた人物が、マスクなしでそこに写っていた。だが、縁の黒い眼鏡のせいで顔ははっきりしない。年齢もよくわからなかった。

「そもそも成瀬さん——いえ、秀島海邦さんはどういう経歴の人なんですか」塔子は健吾に質問した。「ここに写っている女性とは、どんな関係だったんでしょうか」

「俺も詳しいことは知らないんだ。仕事上のつきあいは五年続いたが、その間、彼らは自分たちの経歴をほとんど話そうとしなかった。部分的に聞いたのは、こんな内容だな。……秀島は九州の出身で、二十歳のとき東京にやってきた。何年後かはわからないが、そこに写っている女性と知り合い、一緒に住むようになった。何かのきっかけで秀島は塑像の制作を始め、彼女は仕事の助手兼家政婦といった立場になった。俺と出会ったのは、その家が完成した翌年だったはずだ」

　国分寺の家が出来たのは二十一年前、作品の取引を始めたのが二十年前だというから、計算上の矛盾はない。健吾の話は信用できそうだ。

「その女性は何という人です？」塔子は尋ねた。

　健吾はもう一度アルバムに目をやった。

「当時のメモには、戸田《とだ》靖江《やすえ》さん、と書いてあるな。ふたりの関係が気になって俺も訊いてみたんだが、内縁の妻ではない、と秀島は強く否定していた。本人がそう言うんだから信じるしかなかった」

「ただの同居人、ということでしょうか」

「どうかな。男女のことは当人同士にしかわからないからね。……そうだ、男女のことといえば、ああ見えて秀島はけっこう女性にもてたのかもしれない。うちと取引を始めたころ、国分寺の家から女性が出てくるのを見たことがあった」

「若い女性ですか？」

「暗かったから、顔はよく見えなかったな。秀島もなかなかやるもんだ、と俺は思った。本人に会って、今出ていったのは誰かと訊いたら、ただの知り合いだと言っていた。でもそんなはずはないよ。戸田さんと秀島の会話が、何かぎくしゃくしていたからな」

それが事実なら、たぶん靖江はその女性に嫉妬していたのだろう。

「戸田靖江さんについて、何かご存じのことはありますか」

「いや、秀島以上にわからない人だったな。いつもこんなふうに眼鏡をかけて、顔を隠すようにしていた。外に出かけるときは、風邪でもないのにマスクをつけることが多かった。作品の打ち合わせのため、京橋にあった俺のギャラリーに何度か来てもらったが、そのときも眼鏡にマスク姿だった。そう、打ち合わせのときはいつも彼女がついてきて、あれこれメモをとっていたんだよ。助手だというから、当然といえば当然か。……何度か話をするチャンスはあったわけだが、最後まで戸田さんの素顔を見たことはなかったな。出身地や年齢も聞いていない」

「顔を隠すといえば……」塔子はアルバムを覗き込んだ。「その写真、秀島さんも顔の右側を隠していませんか？」

「ああ、怪我の痕を隠していたんだ」健吾は写真の表面をなぞった。「あるとき風が吹いて、見えてしまった。右目の周りに大きな傷があってね。もしかしたら右目の視力が弱かったのかもしれない。それで助手が必要だったんじゃないかな」

塔子はメモ帳を開いて、聞き取った情報を整理してみた。

38年前……成瀬、二十歳で九州から上京。
？年前……成瀬、戸田靖江と出会う。
21年前……国分寺の洋館完成。
20年前……佐久間画廊と取引開始。
15年前……佐久間画廊と取引終了。
7年前……国分寺事件で成瀬と靖江が死亡？
本年……国分寺で火災。平井事件。

「成瀬祐三と秀島海邦は同一人物とみて間違いないだろう」鷹野は健吾のほうを向いた。「その後、秀島さんとはお会いになっていないんですか？」

「ああ。十五年前に別れたあと、俺は入院と退院を繰り返していたから、あいつと会うことはなかった。ところが七年前、急に知らない美術商が訪ねてきた」

「古谷理恵子さんですね」と塔子。

「そうだ。美術商仲間から俺のことを聞いてやってきた、と話していた。秀島海邦に仕事を依頼したいので、居場所を教えてくれと言う。引退して八年もたっているんだからもう無理だろう、と俺は忠告した。しかし、とにかく住所が知りたいと粘るものだから、教えてやった」

「勝手に教えてしまったんですか？」

塔子がそう訊くと、健吾は驚いた様子だった。

「まずかったか？」

「いえ……。佐久間さんと秀島さんの関係がどうだったかわからないので、何とも言えませんが」

「秀島を評価してくれる美術商が現れて、俺は嬉しかったんだよ。俺は病気で動けないが、チャンスがあるなら、もう一度あいつを表舞台に送り出してやりたかった」

健吾は窓の外に目をやった。昔のことを思い出している様子だったが、そのうち彼は塔子のほうへ顔を向けた。

「前にもこんなことがあったな。あんたたちと同じように、秀島のことを聞きに来た人がいた」

「え？」塔子は首をかしげる。「誰ですか」

「名刺が残っていたはずだ。……康人、俺の書斎に行って、名刺のケースを取ってきてくれ」

康人は廊下に出ていき、すぐにプラスチック製の箱を持ってきた。健吾は名刺を順番に確認していたが、その中から一枚を選び出した。几帳面な性格なのだろう、名刺にもメモ書きがしてあるようだ。

「これだ。今から六年前だな」

名刺には《高山義之《たかやまよしゆき》》という氏名と、『月刊エグゼクティブ』編集部の連絡先が印刷されている。この雑誌はたしか、富裕層向けの資産運用やリゾート情報などを扱っていたはずだ。

「この高山という人が、秀島海邦さんのことを調べていたんですね？」

「そうだ。過去の美術家について特集を組むので、連絡先を教えてほしいと言われた。今になって秀島の作品を再評価してくれる人がいたのかと、このときも嬉しくなってね。それで秀島の住所を教えた」

　塔子が名刺の内容を書き写そうとすると、鷹野がデジタルカメラで撮影してくれた。

　話を終えて、健吾は軽く息をついている。アルバムから先ほどの写真を剝《は》がして、塔子のほうに差し出した。

「捜査に使ってくれないか。事件が解決したとき、返してもらえばいいから」

「どうもありがとうございます。助かります」

　こちらから頼もうと思っていたところだった。塔子はその写真を受け取り、資料ファイルにしまい込んだ。

　健吾はまたガラス窓に目をやった。雲の切れ目から、冬の弱い光が射している。しばし沈黙が訪れた。

　そろそろ辞去するタイミングだろう。塔子は佐久間親子に、捜査協力への礼を述べた。

「刑事さん。昔話でよかったら、いつでも聞きにきてくれ」健吾の頰に、わずかな赤みが差していた。「楽しかったよ。俺なんかでも、まだ人の役に立てるんだな」

　穏やかな表情を浮かべて、健吾は塔子にうなずきかけた。

　マンションの外に出て、塔子は高山義之の所属する編集部に電話をかけてみた。ところが、そんな編集者はいないと言われてしまった。退職した社員や契約社員、関係するフリーの編集者なども調べてもらったが、やはり見つからないという。

「何者ですかね、この高山という男」塔子は鷹野の顔を見た。

「秀島作品を再評価するために調べていたとは思えないな。おそらくその男は、七年前の事件のことを……」

そのとき、鷹野の携帯電話が鳴りだした。彼は電話を取り出し、通話ボタンを押した。

「はい、鷹野です。……ああ、例の件ですね。こちらはすぐ動けますよ。……わかりました。じゃあ、一時間後に」

通話を終えた鷹野に、塔子は尋ねた。

「門脇主任ですか？」

「ああ。一時間後に平井駅で合流することになった。移動しよう」

ふたりは、車を停めてあるコインパーキングへと急いだ。

4

チャイムを鳴らしたが、応答がなかった。事前に門脇が電話をかけたということだが、住人は今ふさぎ込んでいるのだろうか。

平井にあるマンションの一室で、塔子はチャイムのボタンを押し続けた。十五秒ほどたって、インターホンから応答があった。

「はい」弱々しい声が聞こえてきた。

「警視庁の如月です。ご連絡が行っていると思いますが、少しお話を……」

言い終わる前に、ロックを外す音がしてドアが開いた。

相手の顔をひとめ見て、塔子は違和感を抱いた。昨日会ったばかりだというのに、緑川法子は別人のように見えた。目が充血し、髪は相当乱れている。

「入ってください」

ふらふらした足取りで、法子は廊下を引き返していく。「お邪魔します」と声をかけてから、塔子と鷹野、門脇とその相棒は靴を脱いだ。

家の中はずいぶん散らかっていた。通されたのは昨日と同じ居間だったが、テーブルの上にはコンビニの袋や弁当のごみ、ペットボトルなどが載っている。床には衣類が放置され、固定電話のそばにはメモ用紙が散乱していた。

法子は室内を片づけ始めた。だが今さらどうしようもないと思ったのだろう、途中であきらめたようだった。テーブルの上だけきれいにして、どうぞ、と座布団を勧めた。

軽く会釈をして、塔子たちは腰を下ろす。

「あの人のこと、何かわかったんですか」と法子。

自分が話したほうがいいだろうか、と塔子は思った。門脇の表情をうかがうと、そのまま待て、という手振りが見えた。

門脇は法子のほうを向いて、こう言った。

「過去、緑川達彦さんがどんな人とつきあっていたか、リストを作っているところです。交友関係についてお訊きしたいんですが、ご協力いただけますか」

ポケットからコピー用紙を取り出して、門脇はテーブルに広げた。数十人分の名前が列挙されている。

法子の表情が急に硬くなった。彼女は右手を伸ばして、固定電話を指差した。

「あそこに散らばっているメモ用紙、何だかわかります？」

「さあ……」門脇は首を振る。「何ですか」

「警察やマスコミから、何度も何度も電話がかかってくるんですよ。しつこくて、どうしようもありません。うちは被害を受けた身ですよ。それなのに同じことを繰り返し訊いて、挙げ句の果てには、うちの人に何か疚《やま》しいことがあったんじゃないかと疑ったりして……。いい加減にしてください」

法子は険しい目で塔子たちを見回す。門脇は咳払いをした。

「マスコミについては自粛を求めたいところですが、我々の捜査についてはご協力をお願いします。質問が繰り返しになってしまうのは、それだけ事件が重大なものだからです。一日も早く犯人を捕らえるため、私たちには情報が必要なんです」

「もう、知っていることは全部話しました。あの人の同僚や友人のことも、ほかの刑事さんたちに話してあります」

法子はコピー用紙を、門脇のほうに押し返した。

門脇は唸った。何か思案する表情になったが、やがて意外なことを口にした。

「緑川さんがCCSコーポレーションで、どんな仕事をしていたかご存じですか」

「……新しいお店を開くための準備ですよね。立地を調査したり、資材を手配したり」

「それは表向きの姿です。詳しく調べたところ、緑川さんはある暴力団と関係していたことがわかりました」

「え？」

法子はまばたきをした。いったい何を言っているのだろう、という表情になった。

「主人は会社員ですよ？」

「そうです。緑川さんは会社員でした。その会社自体が暴力団と深く関わっていたんです。CCSコーポレーションは、売上の一部を暴力団に流していました。組の人間が会社に出入りしていた形跡もあるし、その逆のケースもあります」

「ちょっと、何をおっしゃっているのかよくわからないんですが……」

「暴力団が経営しているわけではありませんが、会社の売上が暴力団の資金源になっているということです」

「そんな話、まったく聞いていません」法子は戸惑っているようだ。「あの人だって、そうとは知らずに勤めていたと思います」

門脇は相手の目をじっと見つめた。

「あなたが緑川さんと知り合ったのはいつですか？」

「結婚する前の年でしたから、今から三年前ですけど」

「そのとき緑川さんはもうＣＣＳに勤めていましたよね」

「あの人が、暴力団とのつながりを隠していたというんですか？」法子は目を見張った。

そうです、と門脇はうなずいた。

「あなたが知らなかったのなら、そういうことでしょう。我々の調べで、緑川さんの行動が明らかになってきています。店舗開発では外回りが多いし、直行、直帰することもあって、行動は比較的自由でした。その自由な時間に、緑川さんはＣＣＳの業務とは別のことをしていた可能性があるんですよ。暴力団は警察にマークされていることが多い。何か小さなものを運ぶにしても、誰かに頼んだほうが楽なんです」

「まさか暴力団の下働きを？　だって、主人は会社の指示に従っていたんでしょう？」

「しかし法に触れる行為であれば、必ず罰せられます」

場の空気が張り詰めている。法子は敵意を剝《む》き出しにして、門脇を凝視していた。だが門脇は、平然とした態度で話し続けた。

「結婚する前、緑川さんがどんなことをしていたか、お聞きになりましたか」

「……専門学校を出てＣＣＳに就職したんですよ。真面目に働いていましたよね？」

「専門学校にいたころ、緑川さんは繁華街で暴力団の組員と知り合ったんです。その関係でＣＣＳに就職することができた。何もかもわかった上で、緑川さんは暴力団の下働きをしていたんです」

「いったい何なの？」法子は声を荒らげた。「私にどうしろって言うんですか」

まずいのではないか、と塔子は思った。このあと事情を訊かなくてはならないのに、なぜ門脇はこれほど相手を攻撃するのだろう。そんなことをしたら、法子は協力を拒んでしまうのではないか。

門脇が塔子のほうを、ちらりと見た。おまえの出番だ、と目で合図をするのがわかった。

――なるほど、そういうことか。

聞き込みでよく使われる手法だ。ふたりのうち一方が高圧的な態度をとり、他方が執《と》り成《な》すようにして情報を引き出す。塔子に合っているのは後者の役目だ。

「法子さん、緑川さんと喧嘩《けんか》をしたことはありましたか」塔子は尋ねた。

怒りが収まらないという顔で、法子はこちらをじっと見つめる。

「もちろん喧嘩ぐらいはしましたよ。でも主人は、一度も暴力を振るったりしませんでした。あなた方はあの人を犯罪者のように言いますけど、そんな乱暴な人じゃありません」

門脇への憤りが、そのまま塔子に向けられている。ここからどう空気を変えていくかが問題だ。

「緑川さんは暴力を振るわず、言葉で解決しようとしたわけですよね。それは、法子さんと同じ場所に立って、同じものが見たかったからじゃないでしょうか」

「……どういうこと？」

「緑川さんがどんな経験をしてきたか、詳しいことまではわかっていません。でも緑川さんは法子さんとの生活を、ごく普通の、穏やかなものにしたかったんですよ。思い当たることはありませんか？　たとえば、あなたが仕事について尋ねたとき、緑川さんが口を濁したことはなかったでしょうか」

「それは……何度か、ありましたけど」

「緑川さんはあなたとの生活を守ろうとしていたんです。だから仕事の内容をあまり話さなかった。犯罪に関係するような事柄を、家庭に持ち込みたくなかったからでしょう。あなたを大事にしていた証拠だと思います」

話しながら、かなり感傷的な内容だと塔子は感じている。だが、今ここで期待されているのはこういう役目なのだ。門脇は念入りに下準備をしてくれた。自分が悪役になることで、そのあと情に訴えやすくなるような雰囲気を作ってくれたのだ。

法子は塔子の言葉を反芻《はんすう》しているようだった。今の話がきっかけとなって、夫と過ごした日々が頭に浮かんできたのだろう。硬かった表情が少し変化していた。

「緑川さんについて、いくつか質問させてもらえませんか。もし会社が不正な仕事を無理強《じ》いしていたのなら、それも捜査の対象となり得ます。緑川さんの名誉を挽回するチャンスがあるかもしれません。事実関係を明らかにするためにも、私たちに協力していただけませんか」

そう言って塔子は頭を下げた。法子は迷っている様子だったが、やがてぎこちなくうなずいた。

塔子は門脇に合図をした。彼はテーブルの上のコピー用紙に手を伸ばした。

「今、緑川さんの交友関係について確認をとっています」門脇は言った。「この中に、ご主人が特に親しくしていた人や、よく口にしていた名前があれば教えてください」

法子はリストを見つめたあと、名前を指差していった。

「……この人は会社の同僚だと思います。ときどきお昼を一緒に食べにいくという話を聞きました。こっちの人はたぶん取引先で……」

記憶をたどりながら、彼女は説明を続ける。門脇はペンでチェックマークを付け、名前の横にメモを記入した。

一通り確認が終わったが、門脇は渋い表情を浮かべていた。残念ながら、期待していた情報が出てこなかったのだろう。

「緑川さんが何か愚痴をこぼしていたとか、誰かの悪口を言っていたとか、そういうことはありませんでしたか」

「仕事の愚痴はほとんど聞いていませんけど……」そこで、法子は何かを思い出したようだ。「半年ぐらい前、あの人、ずいぶん酔って帰ってきたことがあるんです」

ちょっといいですか、と言って法子は廊下に出ていった。戻ってきたとき、彼女は家計簿を持っていた。余白にあれこれメモが残されているようだ。

「その日、何か嫌なことがあったらしくて誰かの悪口を言っていたんです。……ええと、ここです。『その気になれば、どうにでもできるんだ』とか、『あのときみたいに始末してやればいいんだ』とか、そんなことを言っていました。詳しい話を聞こうとしたんですが、あの人は教えてくれませんでした。次の日にもう一度尋ねたときには、酔っていたから覚えていない、とはぐらかされてしまって」

「悪口を言っていた相手ですが、名前はわかりますか？」

「『トヨミー』だか『トヨニー』だか、そんなふうに聞こえました。あの人がぶつぶつ言うのは珍しいことだったので、気になってメモしておいたんです」

門脇は先ほどのリストを調べ始めた。

「『トヨ』で始まる人間がひとりいますね。豊崎英輔《とよさきえいすけ》という男性です。その名前に心当たりはありますか」

「豊崎……。わかりません。聞いたことはなかったと思いますけど」

「その豊崎というのは、どういう人物なんですか」塔子は門脇に尋ねた。

「内装工事会社・双北《そうほく》建業の社員だ。新店のオープンや既存店の改装をするとき、現場でよく一緒になっていたらしい」

「トヨミーとかトヨニーとかいうのは、あだ名でしょうか」

塔子と門脇は顔を見合わせ、首をひねる。そのとき鷹野が口を開いた。

「豊崎さんは何歳ですか？」

「三十三歳。緑川さんのひとつ上だ」

「じゃあ、その人ですよ」鷹野はうなずいた。「豊崎の兄さん、トヨ兄《にい》が正解でしょう」

そういうことか、と塔子は納得した。わかりやすく、説得力のある話だ。

質問を終えて、塔子たちは立ち上がった。

「今日はご協力いただいて、ありがとうございました」

「あの……」ためらう様子を見せながら、法子は言った。「私は、あの人が悪いことをしていたなんて思っていません。でも、もし本当のことがわかったら、私にも教えてもらえませんか。それがどんなに不名誉なことだとしても、私だけはきちんと受け入れなくちゃいけないと思うんです」

法子の顔には決意の表情があった。

「わかりました」塔子は強くうなずいた。「犯人を必ず捕らえて、真相をご報告します」


マンションを出ると、門脇が塔子の肩をぽんと叩いた。

「よくやった。俺はおまえを信じていた」

そんなことを言って門脇は笑っている。これもテストの一環だったのだろうか。

横から鷹野が話しかけてきた。

「門脇さん。双北建業の電話番号はわかりますか」

連絡先を教わって、鷹野は電話をかけた。総務の人間とやりとりしていたが、通話が終わると彼は唸った。

「豊崎は今日、会社を休んでいるそうです」

鷹野はリストを見て、豊崎の携帯電話に架電した。だが相手は出ないという。

「自宅の固定電話にも出ませんね」門脇の相棒が報告した。

「嫌な予感がする」鷹野はあらためてリストを見た。「豊崎の住所は世田谷《せたがや》区経堂《きょうどう》か」

「行ってみるか？」と門脇。

「そうしましょう。……如月、運転を頼む」

「了解です」

四人は駐車場へ走り、覆面パトカーに乗り込んだ。塔子は西へ向けて、車をスタートさせた。

豊崎と緑川の間には、どのようなつながりがあったのだろうか。もし、それが犯罪がらみだとしたら、緑川が殺害されたことは豊崎にも関係があるのではないか。

焦燥感を抱きながら、塔子はアクセルを踏み込んだ。

## 5

世田谷区経堂は狭い道が入り組んでいることで有名だ。予想外の道路工事や一方通行路に戸惑いながら、塔子は車を進めていく。慎重に運転を続けて、ようやく目的地に到着することができた。

古い一戸建ての二階家だ。郵便受けには新聞が差し込まれたままになっている。チャイムを鳴らしてみたが応答はない。鷹野がもう一度、豊崎の携帯電話に架電してみたが、つながらなかった。

「豊崎は独身だ」門脇が言った。「両親はもう亡くなっている。この家でひとり暮らしをしているはずだ」

強い風が吹いて、庭の雑草が揺れた。自動車に掛けられた雨よけのシートが、ばさばさと音を立てる。

——豊崎さんは、中にいるんだろうか。

塔子は門の中を観察した。もし屋内にいるとしたら、豊崎はなぜ応答しないのか。応答できないような状況にあるのだろうか。

「何かあったのかもしれません。確認すべきです」

鷹野が言うと、門脇は即座にうなずいた。

「会社の上司も安否を気づかっていた。すぐに踏み込もう。責任は俺がとる」

塔子たち四人は白手袋を嵌め、門扉を開けた。鷹野が玄関のドアハンドルに手をかける。施錠されていないらしく、ドアは簡単に開いた。

靴脱ぎの状態を見て、塔子は眉をひそめた。ビジネスシューズが二足、スニーカーが一足。それらが蹴飛ばされたかのように、ばらばらな位置に転がっているのだ。誰かが出ていくとき、靴を乱していったのではないだろうか。

「豊崎さん、警察です。いたら返事をしてください」

鷹野が声を張り上げたが、何の反応もなかった。

「お邪魔しますよ、豊崎さん」

靴を脱いで、鷹野は廊下に上がった。塔子、門脇、所轄刑事の順であとに続く。

鷹野は大股で奥へ進んでいった。途中、廊下の左右にある部屋を確認する。和室、寝室、居間。その次は応接間だった。

部屋に入った四人は、驚いて足を止めた。ローテーブルの向こうに誰かが横たわっている。仰向けになり、こちらに足を向けているのがわかった。

「豊崎さん！」

塔子たちは倒れている人物に駆け寄った。だがその姿を見て、はっと息を呑んだ。

顔に、赤い仮面がかぶせられていた。平井事件で見たものとそっくりだ。遡《さかのぼ》れば、国分寺の隠し部屋に置かれていたものともよく似ている。

この人物は生きているのか、それとも——。

カーペットの上にしゃがんで、鷹野が仮面に手をかけた。取りのけると、三十代と思われる男性の顔が現れた。彼は目を見開いたまま、まったく動かなかった。

「やられた……」鷹野は唇を嚙《か》んだ。「くそ！　ようやく関係者を見つけたというのに」

鷹野の横に、門脇もしゃがみ込んだ。念入りに男性の体を調べていたが、やがて顔を上げ、首を横に振った。

「死亡してから半日は経過しているな」門脇は天井を見上げた。「部屋の明かりが点いているから、殺害されたのは昨夜だろう」

「死因はわかりますか？」塔子は尋ねた。

「紐《ひも》か何かで首を絞めた痕がある。絞殺だろう」

遺留品の赤い仮面も共通だから、同一人物の犯行に間違いない。門脇が資料写真を取り出し、この人物が豊崎本人だということを確認した。

嫌な予感が的中してしまったのだ。塔子は室内を見回してから、携帯電話を取り出した。

「本部に連絡します」

そう言って、特捜本部にいる早瀬係長に架電した。

事情を聞いた早瀬は一瞬言葉を失ったようだった。だが、すぐに気持ちを切り替えたらしく、鑑識を派遣すると言ってくれた。

「……ところで、そこにある仮面は本物なのか？」早瀬が尋ねてきた。

「本物、というと？」

「素人《しろうと》が似せて作ったレプリカかどうか、という意味だ」

「いえ、偽物ではないと思います。形もサイズも、平井で見つかったものとそっくりですし、表面の仕上げもよく似ています」

電話の向こうで早瀬は唸った。

「だとすると、犯人は同じものをいくつも手に入れて、複数の殺人事件を計画していたことになる。厄介だな」

通話を終えたあと塔子は、早瀬と話した内容を先輩たちに伝えた。

「ゆうべ誰かが豊崎を訪ねてきて、応接間へ通されたんだろう」鷹野は廊下のほうを見た。「家に上がったわけだから、客として迎え入れられたはずだ。顔見知りだった可能性もある」

「あまりにも事件が続きすぎますね」塔子は言った。「二日前、国分寺で白骨が見つかったことがきっかけになって、平井事件、経堂事件が起こったと考えられます。尾留川さんが言っていたように、かつての殺人犯が活動を再開したという可能性も……」

そう鷹野に話しかけたのだが、返事がなかった。どうしたのだろう、と思って塔子は様子をうかがった。鷹野は眉間に皺を寄せ、遺体をじっと見つめている。

「主任？」

「なんとかできなかったんだろうか」鷹野は低い声でつぶやいた。「大事な参考人だったというのに、むざむざ殺害されてしまった」

鷹野は思い詰めたような顔をしている。これほど険しい表情はあまり見たことがなかった。

「俺も悔しいよ」執り成すように門脇が言った。「だが鷹野、これは仕方がない。豊崎が殺されたのは、おそらく昨夜のことだ。俺たちがいくら急いでも間に合わなかった」

「しかし、もう少し早く情報収集ができなかったんでしょうか。半日前にここを探し当てていれば、豊崎は死なずに済んだかもしれない」

「それは結果論だろう。我々は組織で捜査をしているんだ。どんなに頑張っても、個人ができることには限界がある」

「そんなふうにあきらめてしまうことは、俺にはできません」

その言葉を聞いて、門脇も何かおかしいと気がついたようだ。声を低めて尋ねた。

「どうかしたのか、鷹野」

遺体のそばにしゃがみ込んだまま、鷹野は門脇のほうを向いた。それから、遺体の右手を指差した。

「これを見てください。彼は何かを伝えようとした可能性があります」

門脇と塔子は、豊崎の右手に注目する。握られた拳から、紙片が覗いていた。

鷹野はくしゃくしゃになった紙片を、そっと開いた。

《22時、M死亡の件、OにTEL?》

デジタルカメラで文面を撮影してから、鷹野は言った。

「電話か何かで約束したことを、メモしたんじゃないでしょうか。おそらく、昨夜十時に誰かが来るという約束だった。話の内容はMが死亡した件……」

「もしかして緑川さんですか?」勢い込んで、塔子は尋ねる。

「そういうことか」門脇はうなずいた。「しかし最後の文章がわからないな。頭文字O《オー》に電話をするかどうか、迷っていたのか? Oというのは豊崎の仲間なんだろうか」

「犯人に襲われながらも、豊崎はこの紙切れを握って離さなかった。執念を感じます」

鷹野は遺体に向かって手を合わせた。それから、意を決した表情で立ち上がった。

「被害者の無念を晴らすためにも、早く犯人を捕らえなくてはならない。急ぎましょう」


到着した鑑識課員に状況を説明したあと、塔子たち四人は現場を出た。

豊崎宅を捜索した結果、友人、知人の連絡先が明らかになっていた。鷹野組、門脇組は手分けをして、それぞれ鑑取りを行うことになった。頭文字がOの人物はふたりいて、どちらも門脇が当たるということだ。

迷路のような経堂の路地を、面パトは進んでいく。経堂駅で門脇組のふたりを降ろしたあと、塔子は蒲田《かまた》に向かって車を走らせた。

金属加工を行っている町工場を訪ねて、豊崎の友人である八坂《やさか》という男性を呼び出した。

「ちょっと、勘弁してくださいよ」作業場の外に出てきて、八坂は迷惑そうな顔をした。「いきなり訪ねてこられちゃ困るよ」

パーマをかけた、三十歳前後の人物だ。八坂は塔子の顔を見て、鷹野を見て、それからまた塔子に視線を戻した。

「さっきお電話を差し上げて、会社にいらっしゃると聞いたものですから」と塔子。

「会社にいるってのは仕事中だって意味だろう？　周りのことも考えてほしいよ。警察が来たなんていうから、変な目で見られたじゃないか」

「豊崎英輔さんをご存じですね？」声を低めて塔子は言った。「今日、遺体で発見されました」

え、と言ったまま、八坂はしばらく黙り込んでしまった。

「何者かに殺害されたと思われます」

「まじかよ。なんでトヨ兄が……」

「トヨ兄――豊崎さんとは親しくしていましたよね？　最近、何か変わった様子はなかったでしょうか」

「いや……今年に入ってからは電話もかけてませんよ。最後に会ったのは年末に一杯やったときだから、今から一ヵ月ちょっと前かな」

豊崎とは共通の知人がいて、年に何回か飲みに行く間柄だったらしい。探りを入れてみたが、どうやら八坂は暴力団とは無関係のようだった。

ほかに豊崎と親しかった人はいないかと尋ねると、八坂はこう答えた。

「池西早苗《いけにしさなえ》っていう人がいます。いつも一緒に飲みに行くメンバーだったんだけど、豊崎さんとつきあっていたって話です」

「連絡先はわかりますか」

「いや、俺は知らないけど」

何を思ったのか、鷹野が一歩前に出た。相手の顔を覗き込むようにして言った。

「仲間の中に誰か、池西さんの電話番号を知っている人がいるでしょう。訊いてみてもらえますか」

「じゃあ、わかったら連絡しますよ」

「すぐに電話をかけてください。今、ここで」

八坂は露骨に迷惑そうな顔をした。だが鷹野に睨まれて、抵抗できなくなったようだ。ポケットから携帯電話を取り出し、誰かに架電した。

「俺だけど。……ああ、まあね。仕事のほうは、ぼちぼちだな。……それでさ、今ちょっと警察の人が来てて、じつはトヨ兄が……」

塔子と鷹野は、揃《そろ》って首を横に振った。豊崎が殺害されたことは、まだどこにも公表していないのだ。塔子たちの様子を見て、八坂は事情を察したようだった。

「……いや、悪い、何でもない。ところで、トヨ兄の知り合いで池西って人がいたよな。あの人の携帯番号、知らないか。……うん、わかった。じゃあメールで」電話を切ったあと、八坂はこちらを向いた。「メールで電話番号を教えてもらうことになりました」

「助かります」

数分でメールが届いた。画面を見せてもらって、塔子はその番号を書き写す。八坂に礼を述べてから、塔子たちは町工場をあとにした。

車に向かいながら、早速塔子はその番号にかけてみた。だが、電源が切られていますというメッセージが続くばかりで、一向に通じない。

「駄目ですね」塔子は鷹野に首を振ってみせた。「電源を切っているようです」

「あとでかけ直すことにして、今は、次の聞き込み先へ急ごう」

「わかりました」

強い風が吹いてきた。それまでわずかに射していた陽光が、すっと消えた。辺りの気温が少し下がったような気がした。

空は雲に覆われ、太陽はその向こうに隠れてしまっている。

暖かい日射しが降り注ぐのはいつのことだろう、と塔子は考えていた。

午後六時半、すっかり暗くなった内堀通りを走って、面パトは警視庁本部に到着した。先ほど早瀬係長から電話があり、塔子たちは科捜研に向かうようにと指示されたのだ。

「どうもお疲れさまです、如月さん」

河上啓史郎が出迎えてくれた。定時を過ぎ、研究員の数は少なくなっていたが、緊張した空気は普段と変わらない。ここは証拠品分析の最後の砦《とりで》だ。毎日、夜を徹しての調査、分析が続けられている場所だった。

打ち合わせ用のテーブルへ案内され、塔子と鷹野は腰を下ろした。ちょっと待っていてください、と言って河上はその場を離れた。

二分ほどのち、河上は盆を持って戻ってきた。おや、と塔子が思っていると、彼はテーブルの上にコーヒーカップを並べ始めた。

「いい豆が手に入ったんですよ。如月さんはコーヒーがお好きですよね？」

「あれ。私、河上さんに話しましたっけ」

「……ええと、誰か別の人から聞いたのかもしれませんが」

「河上さん、尾留川に訊いたそうじゃないですか」横から鷹野が言った。「如月さんはコーヒーと紅茶、どっちが好きでしょうかって」

「ああ、そうだったかな。すみません。仕事でばたばたしていたから忘れてしまって」

滅多に表情を変えない人だが、河上は微笑していた。いや、口元は笑っているのだが、目には困惑の色がうかがえる。

スティックシュガーをカップに流し込んでから、鷹野はコーヒーを一口すすった。

「ちょっと酸味が強いなあ」

「……え？」慌てた様子で、河上は塔子に尋ねてきた。「如月さん、どうです。酸味が強すぎましたか」

「いえ、私は美味しいと思いますけど」

「ですよねえ」

うなずきながら、河上は鷹野をちらりと見た。鷹野は不満げな顔をしている。

「では説明を始めたいと思います」河上はノートパソコンを操作し始めた。「国分寺で発見された頭骨を元にして、復顔を試みました。骨をCTスキャンして、専用ソフトで肉付けを行い、生前の顔を再現してみたんです」

河上は画面をこちらに向けてくれた。塔子と鷹野は揃って覗き込む。男性の顔が、立体的に表示されていた。年齢は五十代だろうか。会社員のような髪型で、これといって特徴のない人物だった。河上がマウスを操作すると、画面の中で顔が左右に動いた。

「ここに、データを付け加えていきます」

右目の周囲に傷が出来て、それを隠すように髪の毛が長く伸びた。河上が画面上のボタンをクリックすると、風で煽《あお》られたように髪が動いて、傷痕がわずかに覗いた。

「近隣住民の話では、おそらくこんな感じだったんですよね？」

「如月、例の写真を……」

鷹野に促され、塔子は資料ファイルから一枚の写真を取り出した。佐久間画廊の佐久間健吾から借用したもので、そこには十五年前の秀島海邦が写っている。

テーブルに置かれた写真を、河上は見つめた。それから満足げにうなずいた。

「よく似ていますね。うちの復顔技術は、なかなかのものでしょう」

「すごいと思います」塔子はうなずいた。「これであの頭骨は、秀島海邦こと成瀬祐三のものだと言えそうですね」

そのほかの分析結果などを見せてもらっているうち、内線電話が鳴った。河上は受話器を取って、相手と話をした。

「まさにグッドタイミングです」通話を終えて、河上は言った。「今、報告が入りました。頭骨の歯の治療痕が、歯科医のカルテと一致したそうです。あれは成瀬祐三の骨に間違いありません」

塔子は鷹野と顔を見合わせ、うなずき合った。これで頭の骨は成瀬祐三、体の骨は戸田靖江という同居人のものだとわかった。あとは、古谷理恵子の行方を捜すことだ。

河上にコーヒーのお代わりを勧められたが、塔子は丁寧に断った。鷹野は残りのコーヒーを飲み干したあと「酸味がなあ……」とまだ言っていた。

復元された顔の写真を持って、塔子たちは竹の塚に向かった。目的地は古谷理恵子の実家だ。

大型トラックやタクシーに交じって、面パトは国道4号を北上していく。対向車のヘッドライトが目に眩《まぶ》しい。車間距離に注意しながら、塔子は車を走らせていった。

午後八時少し前、マサキの生け垣がある家に到着した。事前に電話連絡をしていたから、塔子たちはすぐ、青いカーペットの敷かれた応接間に通された。ソファに腰掛けて、しばらく待つ。

ややあって、ワックスで髪の毛を固めた古谷利明が、盆を持ってやってきた。

「コーヒーをどうぞ。といっても、インスタントですけどね」

人当たりのいい笑顔を見せながら、利明はコーヒーカップをテーブルの上に五つ並べた。それを見て塔子は不思議に思った。訪問したのは鷹野と塔子のふたりだけだ。あとは利明と父親しかいないはずだが、五つ目は誰のコーヒーなのだろう。

答えは三十秒後にわかった。ドアが開いて、ふたりの人物が入ってきた。ひとりは父の宣一、もうひとりは眉が太く、目つきの鋭い男性だ。理恵子と交際していた北浜洋次だった。ショールームの仕事を終えて、ここに立ち寄ったのだろう。

「昨日はどうも……」塔子は北浜に向かって頭を下げた。

「利明くんに呼ばれて来たんです。あの職場ですから、特に残業もありませんしね。……今日は、何か見せてもらえると聞きましたが」

塔子はバッグから、いつもの資料ファイルを取り出した。二枚の写真を並べて、テーブルの上に置く。

「これは理恵子さんが会っていたと思われる、秀島海邦という美術家の写真です。撮影当時四十三歳で、今は五十八歳になっているはずですが……。それからこちらの写真は、今回発見された頭骨から復顔を試みたものです。この顔に見覚えはありませんか。理恵子さんの部屋を片づけていて、この人の写真や名前を見たことはなかったでしょうか」

古谷親子と北浜は、黙って写真に目をやった。それから三人は顔を見合わせたが、全員が首を横に振った。

「その秀島という男が、理恵子をどこかにやった犯人なんですか？」と北浜。

「いえ、まだ詳しいことは何とも……。わかっているのは、理恵子さんがこの人に仕事を頼もうとしていた、ということです。引退していた美術家に、もう一度活躍のチャンスを与えようとしたんだと思います」

「私はまったく見たことがありませんが」北浜は古谷親子のほうを向いた。「利明くんはこの秀島という人に、心当たりはないのかい？」

「姉自身から仕事の話を聞いたことなんて、ほとんどなかったので……」

そうですか、と言って塔子は唸った。

「ひとつうかがいたいんですが」鷹野が口を開いた。「理恵子さんが東京を離れてどこか地方へ行くとしたら、どのへんだと思われますか」

それを聞いて、利明は首をかしげた。

「地方、というと？」

「北海道でも九州でもかまいません。どこかに頼れる知り合いはいなかったでしょうか」

「聞いたことがありませんけど……。どういうことですか。姉は国分寺で、骨になって見つかったんですよね？」

「今の段階では、あらゆる可能性を検討する必要があります」鷹野は説明した。「あの骨が理恵子さんではないということも、考えておくべきかと……」

「ちょっと待ってくださいよ。この前と話が違うじゃないですか」

そう言ったのは父親の宣一だった。まずいな、と塔子は思った。この前訪問したときも、宣一は激昂《げきこう》して怒鳴りだしている。かっとなりやすいタイプなのだろう。

「刑事さん、この前は理恵子が死んだようなことを言ってましたよね。骨と比べるためにへその緒を持っていったんでしょう？　ＤＮＡ鑑定の結果はどうだったんですか」

結果はすでに出ている。体の骨は古谷理恵子のものではなかった。つまり、彼女はまだどこかで生きている可能性が高い。そして、彼女が国分寺事件に深く関わっている可能性も高いのだ。

だが幹部の判断で、塔子たちはそのことを古谷親子らに伝えていない。今はまだ状況が混沌《こんとん》としている。もう少し事実関係が明らかになってから伝えよう、ということになっていたのだ。

「今、鑑定中なんです」塔子は言った。「結果が出たら、あらためてご報告しますので」

「何がどうなっているのか、さっぱりわからない」宣一は舌打ちをした。「これじゃ七年前と同じじゃないですか。私たち一般人は、いつも待たされるんだ。警察にとっては、どれも他人事ってことなんだろうな」

「父さん、よしなよ」

利明が言うと、宣一は急に声を荒らげた。

「おまえがしっかりしないから、こんなことになるんじゃないか」

「なんで僕のせいなんだよ」さすがの利明も、険しい表情になった。「元はといえば父さんが悪いんだぞ。何かあれば全部、人のせいにして。だから姉ちゃんはうちを出て、ひとり暮らしを始めたんだよ。もう父さんの顔を見たくないって、僕に言ったんだ」

「なんだと。ふざけるな！」宣一は腰を浮かせた。

「やめてください、ふたりとも」北浜が間に割って入った。「今そんな話をしても仕方がないでしょう」

　すると、宣一は北浜を睨みつけた。

「あんたのせいじゃないのか？　あんたが外国に転勤するなんて言うから、理恵子は急に仕事を整理することになったんだ。だから焦って、秀島とかいう奴のところに行った。そして事件に巻き込まれたんだ。あんたさえ現れなければ、こんなことにはならなかった」

「俺が悪いって言うんですか？」

「やめろよ父さん。それは言いすぎだ」

「みなさん、落ち着いてください」塔子は三人に声をかけた。「今は、事件解決のために力を尽くしましょう。一刻も早く、理恵子さんの行方を突き止めないと……」

　三人は黙り込んだ。渋い表情をして、それぞれため息をついた。

　鷹野はテーブルの上の写真を眺めていたが、そのうち、こう尋ねた。

「理恵子さんはカメラを持っていましたか？」

「俺は見たことがありませんが……」と北浜。

「たしか、就職してから給料で買ったはずです」利明が言った。

「理恵子さんが使っていたのは、フィルムカメラでしたか？」

「いえ、デジタルカメラですが」

なるほど、と鷹野は言った。

その話を聞いて、塔子は思い出した。国分寺の隠し部屋にあった理恵子の写真は、インスタントカメラで撮影されたものだった。

撮影してすぐに写真が出来るインスタントカメラは、その手軽さが受けて一時期人気商品となった。しかしデジタルカメラが普及したせいで、今はもう生産されていないそうだ。あの写真を撮った人物は、まだ生産、販売されていた時期にそのカメラを手に入れ、日常的に使っていた可能性がある。それはいったい誰だったのだろう。

ちょっと失礼、と言って鷹野は携帯電話を取り出した。ボタンを押して、どこかに架電する。三十秒ほど話していたが、通話を終えるとこちらを向いた。

「尾留川に確認してみた。あの写真を撮ったと思われるカメラは、今もまだ見つかっていないそうだ。……今回、鑑取りに力を入れていたが、基本に戻ってブツ捜査を見直すべきなのかもしれない」

顎に指先を当てて、鷹野は考えに沈んだ。

6

店内に入ると、ふわりと暖かい空気に包まれた。寒さをこらえてきた身には、それだけでもありがたく感じられる。

午後十一時二十分、通称「門脇班」のメンバー五人は、武蔵小金井駅そばの居酒屋に到着した。あらかじめ尾留川が電話していたため、今日も店の奥の個室が用意されている。

塔子が注文を済ませると、尾留川はテーブルの上に捜査資料を広げた。

「仕事、立て込んでいるんですか？」と塔子は尋ねた。

「ちょっと思い出したことがあってさ。忘れないうちにチェックしておかないと」

「尾留川が仕事熱心だなんて、珍しいな」門脇が資料を覗き込みながら言った。「てっきり、総務課の女性職員にうつつを抜かしているかと思ったが」

「この切迫した状況で、ちゃらちゃらした態度はとれませんよ」

「ちゃらちゃらしてるって、自分で認めたな」門脇は煙草に火を点けた。「まあ、わかっているならそれでいい。……ところで、何を調べているんだ」

尾留川はリストにチェックマークを付けたあと、顔を上げた。

「さっき歩いているとき、鷹野さんから言われたんです。古谷理恵子の写真以外に、インスタントカメラの写真はあったのかって。証拠品の一覧表を調べていたんですけど、見当たらないんですよね」

お待たせしました、と言って女性店員が生ビールを運んできた。

お疲れさん、と乾杯をして、塔子たちはビールを飲み始める。

「七年前ならデジタルカメラは充分普及していたはずだ」鷹野は自分のカメラをテーブルに置いた。「それなのに、古谷理恵子の写真はインスタントカメラで撮影されていた。なぜあの家にそのカメラがあったのか、気になります」

「持ち主がインスタントカメラの愛好者だったんだろう？」門脇が言った。「その場で写真が出来るんだから、こんな便利なものはない」

「そういえば鷹野主任、この前言っていましたね」塔子は鷹野のほうを向いた。「不正な加工ができないのが長所だって」

「ああ。みんなが見ている前で、すぐに写真が出てくるのがインスタントカメラのいいところだ。改竄《かいざん》できないという点を評価されて、警察の捜査でも使われていた」

「そうなんですか？」

「証拠品の写真がその場で出来るから、重宝《ちょうほう》されたんだ。ほかにも、改竄を疑われそうな場面でよく使われていたらしい。たとえば医療の現場とか、学術調査で何かを発見したときとか……」

インスタントカメラの写真は、証拠品として意味を持つということだろう。

「普通に考えれば、あの写真を撮ったのは秀島海邦こと成瀬祐三ですよね」塔子は首をかしげた。「美術で証拠写真が必要になる、なんてことはあるんでしょうか」

「俺が思うに、秀島は彫塑のモデルを撮影するとき、インスタントカメラを使っていたんじゃないだろうか。写真があれば、それを見ながら制作できるよな」

「でも古谷理恵子さんは美術商ですよ。モデルではなくて」

「仕事の打ち合わせをしていて、戯《たわむ》れにちょっと写真でも撮ろうという話になったのかもしれない。近くにカメラがあれば、撮影したくなるのが人情というものだ」

言いながら、鷹野はフラッシュを焚いて料理を撮影した。

たしかにな、と門脇がうなずいた。

「あの写真、古谷理恵子は嫌がっている感じではなかった。親しい間柄の人物がカメラを向けたんだろう」

「この、写真を撮るという行動はいったい何なんですかね」徳重が妙なことを言い出した。「撮影対象を自分のものにしたいということでしょうか。このケースでいうと、古谷理恵子さんを独占したいとか、そういう欲求の表れですかね。どうなんです、鷹野さん？」

「え？」鷹野はカメラをいじる手を止めた。「俺は別に、疚しいことは何も……」

「いや、あくまで一般的な話ですよ。いつもカメラを持ち歩いている人は、どんな気持ちで写真を撮るのかなあ、と思って」

少し考えたあと、鷹野は答えた。

「自分が何かを見た、という記録を残したいんですよ。写真を撮っておけば、あとで証拠として使える可能性があります。つまりこれは、未来への備えです。将来ピンチに陥るであろう自分に、あらかじめ助け船を出しているんです」

徳重は困ったような顔をして、低く唸った。

「どうも、一般的な話にはなりにくいようですな」

「そうですか？　俺はいつも、そういう気持ちで写真を撮っていますが」

真面目な顔をして、鷹野は言った。

運ばれてきた料理を、みなで食べた。その間も、尾留川は捜査資料を睨んでいる。

食事が一段落したところで、塔子はいつものようにノートを取り出した。

「これで事件も三つ目だ。項目が多くて大変だが、まとめていこう」と門脇。

塔子は問題点を列挙していった。過去の事件については、情報の訂正も行った。

■国分寺事件

（一）白骨遺体の頭部（男性・五十代）は誰か。体の部分（女性・三十代）は誰か。★頭部は成瀬祐三（秀島海邦）、体は同居人の戸田靖江と断定。
（二）ふたりの死因は何か。いつ死亡したのか。★七年前に死亡？
（三）男女の白骨を組み合わせ、隠し部屋に遺棄したのは誰か。その目的は何か。★古谷理恵子が遺棄？
（四）残りの骨はどこにあるのか。
（五）隠し部屋に蒐集品を残したのは誰か。その意図は何か。
（六）壁裏に覗き穴を作ったのは誰か。何に使っていたのか。★成瀬が古谷理恵子を見ていた？
（七）成瀬祐三は今どこにいるのか。★死亡し、頭部の骨が隠し部屋に残されたと断定。
（八）成瀬と同居していたマスクの女性は誰か。今どこにいるのか。★戸田靖江。死亡し、体の骨が隠し部屋に残されたと断定。
（九）ネックレスの女性の写真を撮影したのは誰か。★成瀬（秀島）？
（十）ネックレスの女性は誰か。今どこにいるのか。★古谷理恵子。殺人、死体遺棄ののち逃走？
（十一）取り外された鏡と、クローゼットの割れた鏡は何を意味するのか。

## （十二）雑誌編集者を名乗った高山義之は何者か。

「まず国分寺の事件だ」門脇は言った。「項番一、白骨の正体はわかった。頭は成瀬、体はその助手兼家政婦だった戸田靖江という女性だろう。項番二、ふたりが殺害された時期だが、骨を調べてもいつ白骨化したかはわからない。しかし、古谷理恵子が行方不明になったのが七年前だから、そのタイミングでふたりが死亡したのではないかと推測される。項番三、ふたりの骨を隠し部屋に組み合わせて置いたのは、古谷理恵子ではないかと俺は思う。これについて誰か意見は？」

徳重が軽く右手を挙げた。

「門脇さんの言うとおり、古谷理恵子が犯人である可能性は高いと思います。ただ、動機がわからないんですよね。当初の私の筋読みはこうです。……国分寺の家は二十一年前、成瀬祐三こと秀島海邦――どうも面倒ですね、以後は秀島で統一しましょうか。その秀島が業者に建てさせた。壁裏の通路と隠し部屋を造らせたのも、もちろん彼です。これは本人の趣味というか、大人の稚気《ちき》からでしょうね。完成した家で、秀島は戸田靖江と一緒に暮らし始めた。

十五年前、美術商の佐久間健吾が病気で引退すると同時に、秀島は創作をやめた。ところが七年前、古谷理恵子が現れて、もう一度彫塑をやりませんかと誘ってきた。

おそらく古谷は、秀島から見て好みのタイプの女性だったんでしょう。古谷が洋館に訪ねてくるのを拒まず、秀島は柱時計のある部屋を、彼女に貸し与えた。そして壁裏の覗き穴から、古谷の部屋を観察した。……ここまではいいですか？」

塔子たちはうなずいた。徳重は話を続けた。

「古谷がやってくるたび、秀島は彼女の部屋を覗いて楽しんでいたのだと思います。それを嫉妬したのが、同居人である戸田靖江だった。戸田はもともと秀島に好意を抱いていたんでしょう。ところが何十年一緒に過ごしても、秀島は自分のほうを向いてくれない。それどころか若い古谷に熱を上げている。我慢の限界に達して、戸田は事件を起こした。愛情が裏返しになって殺意が生じ、古谷だけでなく秀島まで殺害してしまった。……こういうふうに考えれば、国分寺事件の動機は説明できると思っていました」

「ところが、犯人だと思われていた戸田靖江のDNA型は、白骨の体の部分と一致した」門脇は、灰皿の底に煙草を押しつける。「戸田は加害者ではなく、被害者だったわけだ」

そうです、と徳重はうなずいた。

「だとすると、私たちは新しい動機を推測しなくてはいけません。……ということで、今の話をひっくり返してみましょう。古谷理恵子が、家政婦である戸田靖江に嫉妬し、戸田ばかりか秀島まで手にかけてしまった、というパターンです」

「たしかに今までの情報を総合すると、美術商だった古谷理恵子が一方的に秀島を評価して、家に押しかけていたような節がありますね」門脇は煙草の箱を取り出した。「でもトクさん、それは仕事を頼みたかったからでしょう。家に出入りして親しくなったからといって、古谷が秀島に好意を持つことがありますかね？　当時、古谷は三十二歳、秀島は五十一歳ですよ」

「いやいや、男女の間に、歳の差は関係ありませんから」

「そうかなあ。俺は、何か別の事情があったんだと思いますよ」門脇は新しい煙草に火を点けた。

「別の事情というのは何です？」

門脇は困ったような表情になった。時間稼ぎをするように、何度か煙草を吹かす。ややあって、こう答えた。

「『もうひとりの人物』の介入です」

「……もうひとりの？」

徳重だけでなく、塔子や尾留川も門脇に注目した。

「現場には秀島、戸田靖江、古谷理恵子がいたと思われるが、そこにもうひとり誰かがいたんですよ。そいつが三人を殺害して逃げたのではないか……」

「その人物は、どこから出てきたんですか」

「それは、これから調べなくちゃいけません」

「秀島たちとは、どういう関係だったんですか」

「そういう点も含めて、これから調べるということです」

徳重は腕組みをして唸った。

「たしかに、今のままでは筋読みが行き詰まってしまいます。その三人以外の誰かが関わっていたとすれば、推測の幅も広がる。しかし根拠がないですよね」

みな、考え込んでしまった。これだけ証拠品が集まっているというのに、まだ情報不足という感が否めない。

おしぼりで軽く手を拭いたあと、尾留川はノートを指差した。

「項番十二の高山義之という男。こいつは国分寺事件を調べていたんだよな？」

「その件ですが」塔子は説明した。「高山が使った名刺の写真を、編集部にメールしてみたんですよ。高山という編集者は存在しないけれど、その名刺は編集部で使っているものとそっくりだったそうです」

「だとするとその高山は、どこかで本物の名刺を見たことがあるんだな」

「編集者の中の誰かが、高山と名刺交換した可能性があります。でも名刺なんて過去に何百枚も使っているでしょうから、手がかりはつかめそうにありません」

「高山というのも、どうせ偽名だろうしなあ。名刺関係は手詰まりか」と尾留川。
その件は保留にして、塔子はノートのページをめくった。

■平井事件
(一) なぜ被害者・緑川は廃倉庫二階から転落したのか。★突き落とされた? 誤って転落した?
(二) 犯人が現場に赤い仮面を残したのはなぜか。
(三) 犯人は国分寺事件と関係があるのか。★遺留品・赤い仮面により関係があると思われる。
(四) 被害者・緑川は国分寺事件と関係があるのか。★詳細は不明だが、豊崎とは関係があった。
(五) 国分寺事件発覚の当日に平井事件を起こしたのはなぜか。
(六) 被害者・緑川は新宿で誰を撮影していたのか。

■経堂事件
(一) 犯人が現場に赤い仮面を残したのはなぜか。
(二) 犯人は国分寺事件と関係があるのか。★遺留品・赤い仮面により関係があると思われる。
(三)被害者・豊崎は国分寺事件と関係があるのか。★詳細は不明だが、緑川とは関係があった。
(四)《22時、M死亡の件、OにTEL?》の意味は何か。★何者かの訪問予定?
Mは緑川?


門脇は煙草を揉《も》み消した。

「検視の結果を見ると、豊崎の死亡推定時刻はゆうべの二十一時から二十三時の間だ。本人が握っていたメモには《22時》とあった。二十二時に訪ねてきた人物に殺害されたとすれば、つじつまが合う。平井の現場に赤い仮面があったことはマスコミが報じているが、写真は公開されていないから、模倣犯が同じ仮面を用意することは難しいだろう。よって、経堂事件と平井事件は同一犯の仕業だと考えられる。

今日、メモに書かれていたOを探したんだが、豊崎の知り合いにそれらしい人物はいなかった。これは引き続き、明日も調べることにする。……如月。池西とかいう女性が豊崎とつきあっていたそうだな。まだ連絡はつかないのか」

「何度も電話しているんですが、携帯の電源が切られているようです。八坂という情報提供者に電話して、遊び仲間にも確認してもらったんですが、池西さんの住所は誰も知らないということでした」

門脇は低い声で唸った。

「わかった。明日また、池西に電話してみてくれ。……次の情報だが、緑川の勤務先であるCCSコーポレーションと、豊崎の勤める双北建業を調べたところ、どちらも同じ暴力団とつながっていることがわかった。緑川と豊崎は、二十代の前半から暴力団の下働きなどをしていたそうだ。その関係で、それぞれ今の会社に就職した。表面上は会社員だが、業務の合間にいろいろと裏の仕事をこなしていたらしい。ただ、ここ数年はふたりとも派手な動きは避けていたようだ」

「仕事によっては、カタギの人間のほうが使いやすいんでしょうね」と徳重。

「同じ仮面をかぶせられていたことから、ふたりは同じ動機で殺害された可能性が高い。そしてその動機は、国分寺事件に関係しているはずだ。この仮面が警察へのメッセージなのか、事件関係者への脅しなのか、あるいはただ自己満足のために残されたのかは不明だ」

「その赤い仮面ですが……」尾留川が言った。「流通経路を調べていた捜査員から連絡がありました。渋谷区の雑貨店が、アメリカから輸入して販売していたそうです。今、販売記録を遡って調べてもらっているので、明日、結果を聞きに行きます」

「調べが遅いな。もっと早くその店を割り出せなかったのか」門脇が不満げな声を出す。

「すみません。ネット検索ではヒットしなかったので、時間がかかってしまって……」

「明日、会議には出なくていいから、朝いちで雑貨店に行け」尾留川に指示を出したあと、門脇はみなを見回した。「平井事件、経堂事件ときて、このあと第三の事件が起こるかもしれない。とにかく、一刻も早く犯人を割り出して身柄を確保することだ。油断せずに行こう」

そのほか明日の段取りをいくつか確認して、門脇は打ち合わせを終わらせた。

店を出て、塔子たちは小金井署に向かって歩きだした。

風に煽られ、立ち木の枝が大きく揺れている。どこからか空き缶の転がる音が聞こえてくる。ふと道端に目をやって、塔子はぎくりとした。闇の中に、誰かが倒れているような気がしたのだ。

近づいてみて、勘違いだということがわかった。

そこはごみの集積場だった。布袋とボールが廃棄されていて、それが倒れている人のように見えたのだ。だがその事実を確認してもなお、気味の悪さを拭《ぬぐ》い去ることはできなかった。ボールは赤茶色に着色されていた。じっと見ているうち赤い仮面が思い出され、その下に隠されていた死者の顔が頭に浮かんできた。

バッグを肩に掛け直して、塔子は空を見上げた。ゆうべはかなりの星が光っていたというのに、今はすっかり雲に覆われてしまって、何も見えない。月も星もない空の下を、塔子は黙々と歩いた。

# 第四章　コテージ

1

■200×年9月29日（木）

一昨日、遠い親戚に当たる彼が、この家にやってきた。

私は他人と接するのが苦手で、世捨て人のような立場にあったが、わざわざ連絡してきた縁者を拒むほどひねくれてはいない。昼食を出し、コーヒーを飲ませてやって、私は彼と雑談をした。彼は話がうまく、常識的でとても穏やかな人物に見えた。それで私は、彼が帰るとき、また遊びにおいでと言った。

だが、私はそれを後悔することになった。

つい一昨日来たばかりだというのに、彼は今日、また現れたのだ。彼はこの家で昼食をとり、私と雑談し、お茶を飲み、夕食をとって帰っていった。彼がいたせいで、私はずっと落ち着かなかった。彼は社交的で明るい人間だったが、その明るさが私には不快だった。私は静かに、心穏やかに暮らしたいのだ。

彼は帰り際、「また来るよ」と笑って言った。本当に彼はまたやってくるのだろうか。それを思うと、どうにも気が重くなって仕方がない。

■200×年10月8日（土）
週末に来るのは避けてくれ、と私は彼に伝えていた。だがそれを無視して、今日も彼はやってきた。ちょうどそのとき、私の家には大事な彼女がいた。

彼は穏やかに、少しユーモアを交えながら彼女に話しかけた。何も知らない彼女は、その男を常識的な人間だと思い込んだようだった。このままでは、彼女にまで嫌な思いをさせるかもしれない。私は強引にふたりの間に割って入り、彼女を柱時計の部屋に戻らせた。

「あれは厚かましい男だ」と私は説明した。「彼には近づかないほうがいい」

車の手入れを済ませたあと、私は自分の部屋へ戻った。だが廊下の角を曲がったとき、何か嫌な感じがした。自室のドアが少し開いていたのだ。

中を覗き込むと、机のそばに彼がいた。「何をしている」と私は強い調子で言った。

彼の手元にあるのは、私の大事なアルバムだった。しまった、と思った。そこには彼女の写真が何十枚も貼ってあったのだ。

「驚いたな」と彼は言った。「あんた、あの女が好きだったのか。このことを知ったら、彼女はどう思うだろうなあ」

それは違う、と私は言った。だが否定すればするほど、逆効果になってしまった。私の前に、右手が差し出された。「少し金を都合してくれよ」と彼は言った。「そうすれば、あんたの恥ずかしい秘密のことは誰にも喋らない」

「脅すのか」と私は尋ねた。

「まさか。俺はあんたに協力してやろうと言ってるんだ。あんたの秘密を守る仲間ってことさ。少し用立ててくれれば、彼女には内緒にしておく」

どうすべきかと私は迷った。本性を現したこの男を罵《ののし》り、きっぱりと拒絶の態度を示すべきか。だが、それを行ったときの損失は計り知れないものがあった。おそらく彼は嫌がらせのため、写真のことを彼女に伝えるだろう。それを聞いた彼女は、汚れたものを見るような目を、この私に向けるのではないか。そしてもう、この家にはやってこなくなるのではないか。

それだけは避けたかった。私は手持ちの金を彼に与えた。

「なんだ、これっぽっちか」彼は不満げだった。「あんた、仲間への感謝が足りないんじゃないのか？　明後日また来るから、それまでに二十万用意しておいてくれ」

とりあえず金が手に入ったからだろう、彼は早めに帰っていった。そのうしろ姿を見送ったあと、私は肩を落とした。

勘のいいユミさんは、私の変化にすぐ気がついたようだった。エプロンで両手を拭きながら、「何かあったんですか？」と訊いてきた。

「いや、何でもない」私はそう答えるしかなかった。


夕方、私はいつものように壁裏の通路から、彼女の部屋を観察した。だが楽しい時間を過ごしていても、脳裏にあの男の顔が浮かんでくる。そうなるともう駄目だった。私は拳を強く握り、唇を噛んだ。

そんな気持ちが顔に出てしまったのだろうか。夕食のとき、彼女が尋ねてきた。

「元気がないようですけど、どうかしたんですか？」

一瞬で、私の心拍数は跳ね上がった。頭の中を、さまざまなことが駆け巡った。

彼女は真剣な表情でこちらを見ている。彼女の瞳に映った自分を、私は見つめた。若さを失い、かつての野心も勢いもなくした姿がそこにある。私は自分の顔にコンプレックスを持っていた。そんな目で見つめないでくれ、と思った。私はこれまで、できる限り人目を避けて生きてきた。世間と関わることをまったく好まなかった。

そんな私を、彼女は心配してくれている。

「いや。大丈夫だから、気にしないで」

私は席を立ち、自分の部屋に向かった。心臓が高鳴っているのがわかった。こんな状態に陥っても、いや、こんな状態だからこそ、私は気持ちを打ち明けることができなかった。私は彼女を騙《だま》していると言ってもいい。

本当に、私は意気地のない人間だった。その意気地のなさのせいで、この先、何かとんでもないことが起こりそうな気がする。

だが具体的に何をどうすればいいのか、私にはまるで見当もつかない。

2

「……ええ、承知しています。平井事件と経堂事件の鑑取りを最優先に。……もちろん国分寺事件の捜査も進めています。三つの事件が密接に関連していることは明白ですので。……いえ、古谷理恵子については手がかりがつかめていません。今日、重点的に捜査を行います。……おっしゃるとおりです。申し訳ありません」

普段、厳しい態度で部下を叱責する手代木管理官が、携帯電話を耳に当て、釈明に追われているようだった。珍しいな、と思いながら塔子はその様子を見ていた。

電話を切ると、手代木は大きな声を出した。

「おい、会議を始めるぞ。時間がないんだ、もたもたするな」

明らかに苛立っているのがわかった。本来、理路整然と相手を追い詰めるのが手代木のやり方なのだが、今日はそれどころではないらしい。

おそらく電話の相手は神谷課長だろう。平井、経堂と殺人事件が連続発生したにもかかわらず、解決の目処《めど》が立っていない。いつもなら神谷も一緒になって筋読みをするのだが、今回はほかに大きな事件が発生していて、この本部には顔を出すことができないようだった。自分が関われない分、もどかしい思いがあって手代木を叱責したのではないだろうか。

それがそのまま、塔子たち捜査員にも降りかかってくるというわけだった。

「連日、事件が起こっているというのに、おまえたちは何をしているんだ」いつになく感情的になって、手代木は言った。「これほど証拠品が揃っているのに、なぜ有効な手がかりが出てこない？　ブツ担当は誰だ。尾留川か？　説明しろ」

返事がない。滅多なことでは表情を変えない手代木が、眉間に皺を寄せた。

「おい尾留川、どこにいる？」

「尾留川は捜査に直行しています」自分の席に座ったまま、門脇が言った。

「どういうことだ。誰が会議に出なくていいと言った？」

「私が言いました」悪びれる様子もなく、門脇は答える。

「勝手なことをするなよ。会議をおろそかにして、捜査が進むと思うのか」

「今は情報を集めるのが先でしょう。それを報告するための会議ですよね？」

「会議というのは意思統一のためにあるんだ。各人ばらばらに動いていたんじゃ、間違った方向に進むことになる」

「指示を待っていて、大事な情報を見落としてしまったら元も子もありません」

所轄の捜査員たちが、不安げな表情で成り行きを見守っている。毎度のことだと思っているのか、鷹野は知らん顔だ。

「それで門脇、尾留川はどこに行ったんだ」

頃合いを見計らって、早瀬係長がそう尋ねた。門脇は早瀬のほうに顔を向ける。

「赤い仮面を取り扱っている雑貨店に行きました。昨日、その店の情報が上がってきたというので、急いだほうがいいと思って直行させました」

「よし。結果の連絡が来たら、ただちに手代木管理官に報告すること。いいな？」

「わかりました」

早瀬は手代木のほうをちらりと見た。いいだろう、というように手代木はうなずいた。

「では会議を始めます」早瀬はみなを見回した。

さすが早瀬係長、と塔子は思った。この人なくしては、会議がスムーズに進まない。

昨夜から今朝にかけての報告と、今日の活動予定の確認が済むと、最後に手代木が椅子から立ち上がった。

「わかっていると思うが、これだけ事件が続くと、マスコミがうるさくなってくる。我々はできる限り迅速に、事を進めなくてはならない。……いいか。今夜の会議までに確固たる手がかりを集めてこい。明日にはもう、この事件を解決するんだという意気込みで捜査しろ」

本来、手代木は精神論で部下の尻を叩くタイプではない。その彼がこれほど急《せ》かすのは、やはり焦りがあるからだろう。

早瀬が起立、礼の号令をかけた。廊下へ出ていく捜査員たちを、手代木は腕組みをして見送っている。

ふと思い出して、塔子は池西早苗に架電してみた。これまで何度かけてもつながらなかったため、駄目でもともと、というつもりだった。

ところが、コール音三回で相手が出た。塔子は慌てて、携帯電話を握り直した。

「池西早苗さんでしょうか。私、警視庁の如月という者です」

「何？　いたずら？」疑うような女性の声が聞こえた。

「いえ、いたずらじゃありません。池西さん、経堂に住んでいる豊崎英輔さんをご存じですよね？　昨日、豊崎さんの遺体が発見されたんです」

「あ……。本当に警察の人？」相手の態度が一気に軟化した。「私、テレビで見てびっくりしたんです。まさかトヨちゃんが死んじゃうなんて……。犯人の見当はついているんですか？」

「その件について、お話を聞かせていただきたいんです。昨日から何度も携帯にかけていたんですが」

「ごめんなさい。三日前から地方に出張していたんだけど、途中で携帯が壊れちゃって……。昨日東京に戻って、ショップに預けて、今朝やっと使えるようになったんです」

「そうだったんですか。……お忙しいとは思いますが、これから会えませんか？　どこにでもお邪魔しますので」

「ちょうど外出しているところだから、ＪＲの新宿駅でどうです？　ええと……九時四十五分ごろ、東口改札の外で」池西は場所の目印を教えてくれた。

「わかりました。よろしくお願いします」

電話を切ると、塔子は鷹野のほうを向いた。

「主任。池西早苗さんに電話がつながりました。このあとＪＲ新宿駅で会えます」

立ち上がった。
「よし、車の準備をしてくれ。……早瀬係長、池西と連絡がつきました」
報告のため、鷹野は早瀬に近づいていく。塔子は机上を片づけ、コートを手にして
立ち上がった。

途中、渋滞がなかったのは運がよかった。午前九時半、塔子と鷹野は面パトを降りて、ＪＲ新宿駅の東口改札に向かった。

九時四十五分を少し過ぎたころ、バッグを肩に掛けた女性が、待ち合わせの場所にやってきた。

「警察の方ですか？」

「はい、如月と申します。お忙しいところ、どうもありがとうございます」

池西早苗はパンツスーツの上にコートを着ていた。年齢は三十歳前後で、髪をすっきりとうしろで束ねている。身長は塔子より二十センチほど高かった。

塔子と鷹野、池西の三人は、通行人の少ない壁際に移動した。

こちらが警察手帳を呈示すると、池西は名刺を差し出した。職業はフードコーディネーターで、食品開発の情報収集をするため、出張していたということだ。残業や休日出勤も多い仕事なのだそうだ。

「小さな町だったもので、携帯を修理してくれるところが見つからなかったんです。

一緒に営業の社員がいたから、仕事関係の連絡はできたんですけど」

「豊崎さんの件は、今朝お知りになったんですか？」

「そうです」池西は声のトーンを落とした。「自分の家の中で襲われたそうですね。いったい誰がそんなことを……」

「犯人は顔見知りの人物かもしれません。それで池西さんから、豊崎さんの交友関係をお聞きしたいと思いまして」

「私、トヨちゃんには何度も嫌な目に遭わされたんです。あの人、浮気性だから、私とつきあっていながら別の女に手を出したりして……。一年ぐらいで愛想が尽きました」

話しながら、池西は表情を曇らせていた。今、彼女は過去の出来事を思い出しているに違いない。

「緑川達彦さんという方をご存じですか」塔子は尋ねた。「この方は、豊崎さんより前に殺害されているんです」

「そう、そのニュースにも驚かされたんです。会ったことはないけど、緑川さんというのは、トヨちゃんが電話でよく話していた相手です。昔からの知り合いだから、一緒に行動することが多かったみたい。あのふたり、会社は違うけど裏でいろいろやっていたんですよ。そのことは知ってます？」

「暴力団の下働きのようなことですよね」

「え……そうなんですか？　探偵のように尾行して、浮気の調査か何かをしているって聞いたんですけど」

そういうことか、と鷹野がつぶやいた。彼は塔子にささやきかけてきた。

「麻薬とか拳銃とか、違法なブツの取引現場を隠し撮りしていたんじゃないだろうか。その写真をネタにして、相手をゆすっていたのかもしれない」

塔子は、緑川法子の話を思い出した。緑川達彦は人と会うと言って、休みの日によく出かけていたらしい。パソコンから、新宿で誰かを追跡している写真が見つかったが、あれは被写体を恐喝するための大事なネタだった可能性がある。

「じつはもうひとり、一緒に行動していた人がいるんです」池西は続けた。「トヨちゃんより年上で、昔は三人の中のリーダーっぽい立場だったみたい。ただ、ここ五、六年……いや、もっと前からかしら、トヨちゃんと緑川って人はそのリーダーを避けていたようなんです。もしかしたら、その男が威張るものだから、面倒になって距離をとったのかもしれません」

「その人の名前は？」

「岡部祥一郎《おかべしょういちろう》。パチプロです」

塔子はメモ帳にその名前を書き留めた。

「池西さん、その岡部という人と会ったことは？」

「トヨちゃんと一緒に何度か飲んだことがあります。住所も知っているけど」

「本当ですか？」塔子は目を輝かせた。「教えてください。お願いします」

池西はポケットから携帯電話を取り出した。

「前にトヨちゃんに頼まれて、岡部さんに何度かメールをしたことがあるんです」携帯を操作しながら、彼女は言った。「トヨちゃん、ずるいから私にメールさせるんですよ。岡部さんが引っ越したとき、住所やメールアドレスを教わったのに、そのメールを削除しちゃったとか言って。ひどいと思いません？　そもそも岡部さんは私の知り合いじゃなくて、あんたの知り合いでしょって言ったんだけど、直接連絡はとりたくないみたいで。……ああ、これです。岡部さんの住所と電話番号。さっきメールしたばかりだから、このまま刑事さんたちにも送りますね」

転送してもらって、メールの文面を確認する。そのあと、塔子は首をかしげた。

「メールしたばかりだと言いましたよね。岡部さんに何か送ったんですか？」

「いえ、違います。岡部さんの住所や電話番号を、別の人に送ったの」

「いったい誰に？」

「トヨちゃんの知り合いです。刑事さんたちと待ち合わせの約束をしたあとだから、今から三十分ぐらい前かな。その人から電話がかかってきました。その人も一昨日の夜ぐらいから、ずっと私に電話をかけていたんですって。トヨちゃんと親しかったって言うから、私、『トヨちゃん死んじゃったけど、知ってます？』って訊いたんです。そうしたらその人、『俺もびっくりしているんです。その件で大至急岡部さんと話がしたいんだけど、電話番号や住所はわかりませんか』って尋ねてきました。すごく真剣だし、急いでいるようだったから、これは教えないとまずいと思ってメールしたんです」

考えれば考えるほど、不審な電話だ。塔子は尋ねた。

「電話をかけてきたのは何という人でした？」

「ええと」池西は、携帯電話の液晶画面を確認した。「高山って人ですね」

「高山義之ですか？」鷹野が目を見張った。

「そうです。刑事さん、なんで知ってるんですか？」

ここでその名前が出るとは思わなかった。恵比寿に住んでいる元美術商・佐久間健吾を訪ねたとき、塔子は高山の名刺を見せてもらった。六年前、高山は雑誌の編集者のふりをして佐久間を訪問し、秀島海邦のことを聞き出した。そして今また、ひそかに行動しているのだ。

塔子はメモ帳のページをめくった。

「高山さんから電話がかかってきたんですよね？　番号を教えてもらえますか。それから、メールアドレスも」

「わかりました」

教えてもらった番号に、すぐさま架電してみた。だが呼び出し音は鳴るものの、相手は電話に出ない。

「特捜本部に連絡して、電話の持ち主を調べてもらおう」鷹野は自分の携帯電話を取り出した。「しかし、あまり期待はできないな。用意のいい人物なら、馬鹿正直に自分の携帯を使ったりはしないだろうし……」

聞き込みが終わると、塔子は池西に向かって頭を下げた。

「ご協力、どうもありがとうございました」

携帯をいじっていた池西は、不安げな顔でこちらを見た。

「なんだか私も心配になってきました。気になって今、岡部さんに電話してみたんだけど、出ないんです。大丈夫かしら」

「すぐに、私たちは聞き込みに行くつもりです」

「あの人、起きるのはいつも昼過ぎらしいから、たぶんまだ家にいますよ」

池西と別れ、塔子たちは駐車場へ急いだ。このあと、急いで岡部から話を聞かなくてはならない。岡部は緑川、豊崎と三人で、過去どんなことをしてきたのか。暴力団との関係はどのようなものだったのか。それを知る必要があった。

面パトに乗り込むと、塔子は鷹野に言った。

「豊崎英輔が持っていたメモには《OにTEL?》と書いてありました。緑川さんの件で誰かが夜十時に訪ねてくることになった。それを岡部さんに連絡すべきかどうか、迷っていた可能性がありますね」

「岡部のマンションは府中《ふちゅう》市にある。すぐに移動だ」

「急ぎましょう」

あらたな手がかりを求めて、車は西へ走りだした。

3

移動中、鷹野は岡部の携帯電話に、何度か架電を繰り返していた。そのうち、「おかしいぞ」とつぶやいた。

「さっきまでは呼び出していたのに、今は、電源が入っていませんというメッセージになっている」

「誰かが電源を切った、ということですか?」

「如月、急いでくれ。緊急走行だ」

「了解です」

サイレンを吹鳴《すいめい》させながら、覆面パトカーは府中に向かった。

京王線・府中駅の前を通過し、数分進んだところで塔子はブレーキをかけた。目の前にこぢんまりした二階家が建っている。ふたりは車を降りて、《岡部》という表札を確認した。

チャイムを鳴らしてみたが応答はない。どうしますか、と塔子は目で尋ねた。鷹野はためらうことなく門扉を開けた。玄関のドアを叩いて、中に声をかける。

「岡部さん、いらっしゃいますか？」

返事はない。鷹野は白手袋を嵌めて、ドアハンドルに触れた。軽く力を入れただけで、ドアは簡単に開いた。

「警察です。岡部さん、どこですか？」鷹野は声を強めた。

靴脱ぎに目をやって、塔子はぎくりとした。革靴の横に赤い液体が落ちていたのだ。

「主任、血痕です！」

「まずいぞ」鷹野は靴を脱いで廊下に上がった。「警察です。岡部さん、入りますよ」

塔子も鷹野のあとを追う。

廊下を進むうち、胸の中で嫌な予感が膨らんできた。これと似たような状況を、自分たちは昨日も経験しているのだ。

居間に一歩踏み込んだところで、ふたりは足を止めた。

こたつのそばに、男性がうつぶせに倒れていた。三十代半ばで、身長は百八十センチぐらい。痩せ形だ。スウェットの上下という恰好だったが、よく見ると体の下のカーペットが血で赤く染まっている。腹部を刺されているらしい。

「岡部さん！」

鷹野は男性に駆け寄った。しゃがみ込んで脈をとり、呼吸の有無を確認する。

「まだ息がある。如月、救急車を！」

「わかりました」

塔子は消防に電話し、救急車の出動を要請した。その間に、鷹野は止血を始めていた。

やがてサイレンが聞こえてきた。救急車の誘導をするため、塔子は玄関から戸外に出た。

騒ぎを聞きつけて、近隣住民が集まり始めている。塔子は大きく手を振って、救急車に合図をした。運転手はすぐに気づいてくれたようだ。

救急隊員を連れて屋内に戻る。助かった、という顔で鷹野がこちらを見た。救急隊員たちは、岡部の救命処置に取りかかった。

邪魔にならない場所で、塔子は特捜本部にいる早瀬係長に電話をかけた。

「お疲れさん。池西早苗とは会えたのか？」早瀬の声が聞こえてきた。

「はい、岡部祥一郎という男性の住所を聞き出して、府中にやってきたところです。岡部さんは……何者かに刺されて重傷です」

数秒、早瀬は黙り込んだ。気持ちを落ち着けようとしているのか、それとも考えをまとめようとしているのか。ややあって、再び彼の声が聞こえた。

「証言は取れそうなのか？」

「意識不明なので、今は無理です」

「……鷹野と代わってくれるか」

はい、と答えて、塔子は鷹野のほうを向いた。

「早瀬係長です」そう言って、電話を差し出す。

鷹野は通話を始めた。二分ほどで話を終えて、電話をこちらに返してきた。

「じきに鑑識がやってくる。彼らに事情を伝えたら、俺たちは捜査に戻る」鷹野は渋い表情になった。「岡部の容態が気になるが、あとは救急隊と医師に任せよう。それより、俺たちは犯人の捜索だ。奴を野放しにしておくわけにはいかない」

鷹野の言うとおりだ。このままでは、警察は何をやっているのかと市民に批判されることになる。手代木管理官の憤りも、昨日の比ではないはずだ。

――いや、それ以前に、私たちの気持ちが収まらない。

ならなかった。

塔子にも刑事としてのプライドがあった。これまで鷹野とともに、数々の事件を解決してきたのだ。その知識と経験を活かして、なんとしても犯人を追い詰めなければならなかった。

救急隊が岡部を運び出したあと、塔子と鷹野は屋内を見て回った。現場を乱してはまずいが、鑑識課員がやってくるまでに少しでも情報を集めておきたかった。

鷹野が居間の隅を指差した。今まで気がつかなかったが、古雑誌の山の間に、赤い仮面が落ちていた。犯人の遺留品だと思われる。

「如月、これを見ろ」

「ヘルマフロディトスの仮面……。やはり犯人は平井事件、経堂事件と同一人物ですね。高山義之と名乗っていた男で決まりでしょう」

「その可能性が高いな。俺が岡部の携帯に電話したときのことを覚えているか？」

「最初は呼び出し音が聞こえていたんでしたね。そのうち電源が切られてしまったようだ、ということでしたけど……」

「たぶん犯人が岡部を痛めつけているとき、携帯が鳴ったんだ。当然、犯人はその電話を無視した。しかし何度もかかってくるものだから、電源を切ったんだと思う」

「結局つながらなかったし、私たちが電話をかけたことは無駄だったわけですね……」

塔子が肩を落とすのを見て、鷹野は首を振った。

「いや、無駄ではなかったさ。しつこく電話してくる人間がいると知って、犯人はプレッシャーを感じたはずだ。岡部の身を案じて誰かがここへやってくるのではないか、と焦ったに違いない。長居してはまずいと感じて、とどめを刺せないまま逃走したんじゃないだろうか」

平井事件、経堂事件は深夜に発生している。それに比べると、この明るい時間帯に起こされた府中事件には、もともとリスクがあったのだ。

「もうひとつ疑問なんですが、今回に限って、犯人は相手の腹を刺していますよね」

「そう、そこだよ。腹を刺せば、被害者は悲鳴を上げるおそれがある。なぜ犯人は、わざわざそんな危険を冒《おか》したのか。……如月はどう解釈する？」

塔子は考え込んだ。突然の事故でない限り、どんな犯行にも必ず理由があるはずだ。

「すぐ殺害してはいけなかった、ということでしょうか。時間をかけて苦しめるのが目的だったとか？」

「まあ、可能性がないわけじゃない。しかし、精神的にそんな余裕があっただろうか。誰が来るかわからないこの場所で」

「だとすると……」塔子はそこで、はっとした。「被害者を痛めつけて、何かを聞き出そうとしたんですか？」

「俺はそう思う。本当は深夜にやりたかったんだろうが、犯人には時間がなかった。一昨日電話をかけたのに、池西さんから住所を教わることができたのは今朝だった。その時点で、当初の予定から相当遅れてしまっていたわけだ。警察だって、いつまでもぐずぐずしてはいないはずだ。急がないと、岡部祥一郎が保護されてしまう可能性がある。そう考えて、朝から行動を起こしたんだと思う」

「犯人は、岡部さんから何を聞き出したんでしょう」

鷹野は顎に指先を当て、考えながら言った。

「推測でしかないが、過去の罪を白状させたかったんじゃないだろうか。国分寺の事件に関わっていたのは緑川達彦、豊崎英輔、岡部祥一郎の三人だったと仮定してみる。この中で岡部はリーダー格だというから、彼が計画を立てて、緑川と豊崎を従わせたのかもしれない。……犯人はそれに気づいて緑川、豊崎を襲った。そして今日、リーダーだった岡部の腹を刺して追及した。おまえがやったことをすべて告白し、謝罪しろ、とね」

「岡部さんは痛みをこらえながら説明した、ということですか」

「そして最後、犯人はとどめを刺し、仮面を顔にかぶせて逃げるつもりだったが、何か邪魔が入ったのかもしれない」

塔子と鷹野は、さらに屋内を見て回った。

居間の隣に、岡部の寝室があった。パソコンの置かれた机や書棚、ベッドなどが壁際に並んでいる。机の引き出しを調べていると、写真が三枚出てきた。どれも、正方形に近い独特な形だ。

「インスタントカメラで撮ったものですね」と塔子。

この形状の写真は、国分寺で古谷理恵子を撮影したものが見つかっている。

一枚目を見て、塔子ははっとした。どこかの山で撮影したと思われる写真だ。雑木林の中に大きな岩がいくつもあり、ハンマーのような道具を持った男性がこちらを向いている。

「これ、秀島海邦さんじゃありませんか？」

塔子は資料ファイルを取り出して、写真を指差した。元美術商の佐久間健吾から借用した、十五年前のものだ。そこには佐久間と秀島海邦、戸田靖江が写っている。

「間違いない」鷹野はうなずいた。「登山に出かけたんだろうか。どこの山だろう」

続いてふたりは、二枚目のインスタント写真に目をやった。服装が同じだから、一枚目と同じ山の中だと思われる。秀島は大きな岩の一部を指し示していた。

そして三枚目。場所が変わり、コテージふうの白い建物の前で、秀島はパンフレットらしきものをカメラに向けていた。文字が小さくて読みにくい。塔子は目を凝らした。

「ええと……《鳥《とり》ノ巣《す》》でしょうか」塔子ははっとした。「この言葉、隠し部屋で見ましたよ。ビニール袋に入っていた化石のメモ書きに、《鳥の巣》《コテージより徒歩十五分》と書いてありました。この写真では『ノ』がカタカナになっていますが、言葉自体は同じです」

鷹野も写真の文字に目を凝らしていたが、やがて首をかしげた。

「《鳥ノ巣》じゃないな。《鳥ノ巣層》と書いてあるようだ」

塔子は写真を確認してみた。なるほど、たしかに『層』の字が見える。

「調べてみましょうか」

携帯電話を取り出し、「鳥ノ巣層」というキーワードでネット検索をしてみた。

「ネットの百科事典には載っていませんね。いくつかその言葉が出ているサイトがありますが、地質学がどうとか書かれていますよ」

「あとでゆっくり調べてみよう」鷹野はそれらの写真を、デジタルカメラで撮影した。

塔子は考えを巡らしてみた。

「この写真を持っていたんだから、岡部さんは秀島さんと何かつながりがあったということですよね。国分寺の洋館に出入りしていたとは考えられませんか」

「そうだな。どうやって写真を入手したかはわからないが」

「だとすると、岡部さんが国分寺事件に関わっていた可能性も出てきますよね。岡部さんは古谷理恵子さんと同じく、あの家に出入りしていて、そのうち事件を起こしたんじゃないでしょうか。岡部さんが――いえ、岡部祥一郎が、秀島さんと戸田靖江さんを殺害して、理恵子さんまで手にかけたのでは……」

「たしかに、そういう筋読みもできる。だがその説をとるなら、岡部の動機を探る必要がある。岡部があの洋館の住人だったという情報はないから、彼は覗き穴とは関係ないんじゃないだろうか。だとすると、なぜ岡部が何人も殺害しなければならなかったのか、その理由がわからない」

「うーん、そうですね」塔子は唸った。

やがて機動捜査隊と鑑識課がやってきた。塔子たちは発見までの経緯を機捜に伝え、近所で情報収集してくれるよう頼んだ。それから鑑識課員を現場に案内して、遺体の状況や室内の様子などを詳しく説明した。

「この写真なんですが」塔子は先ほど見つけた三枚の写真を、鑑識の主任に手渡した。「ここに小さな文字が書かれているんです。《鳥ノ巣層》と読めるんですが、何のことかわかりますか？」

鑑識の主任はしばらく考え込んだ。しきりに首をひねっている。

「鳥の巣がたくさん含まれている地層ですかね。いや、そんなものはないかな」

「地層、か……」鷹野は指先でこめかみを叩いていたが、やがて何かに気がついたようだ。「待てよ。もしかしたら、そういうことなのか？」

腕組みをしながら、彼は玄関のほうへ歩いていく。

「主任、どちらへ？」

塔子は慌てて呼びかけた。鷹野は足を止め、こちらを振り返った。

「至急確認したいことがある。如月、国分寺に行こう」

「え？　あ……はい」

事情がよくわからないまま、塔子は鑑識課員たちに頭を下げて、鷹野のあとを追った。


住宅街が途切れて、畑が広がっている。その中に、ぽつりと洋館が建っている。

塔子の運転する覆面パトカーは国分寺の成瀬祐三邸に到着した。

三日前の火災で半焼したあと、洋館はそのまま放置されている。所有者である成瀬は骨になっているし、遠い親戚は九州在住だからすぐには東京に来られないだろう。後片づけをされることもなく、建物は冷たい北風に吹かれていた。

ただ、外からはわからないが、建物の内部には今日も警察関係者が集まっていた。

塔子と鷹野は納戸から壁裏の通路を抜けて、隠し部屋に入っていく。四畳半ほどの驚異の部屋に、尾留川と所轄の刑事ら四人がいて、大量の蒐集品を分類、整理しているところだった。

「あれ、お疲れさまです。急にどうしたんですか？」尾留川がこちらを向いた。

「ちょっとブツを見せてもらいたい」

そう言いながら、鷹野は蒐集品に近づいていく。尾留川は不思議そうな顔で尋ねた。

「何か新しい情報が入ったんですか？」

「尾留川、『鳥巣層《とりのす》』って知っているか」

「……いえ、聞いたことがありませんけど」

「俺も今日初めて聞いた。車の中で詳しくネット検索してみて、ようやくわかったんだ」

それを調べていたのか、と塔子は思った。ここまで来る間、鷹野は助手席に座ってずっと携帯電話をいじっていたのだ。

「『鳥ノ巣』というのは、高知県の佐川《さかわ》盆地にある集落の名前だ。明治時代、そこの地層からジュラ紀の石灰岩が見つかったので、鳥巣層と呼ばれるようになったらしい。鳥巣の表記はひらがなの『の』やカタカナの『ノ』を入れる場合もあるようだ。その『鳥巣石灰岩』を発見したのが誰かというと、ドイツ人のナウマンなんだ。ほら、ナウマンゾウの化石を研究した人だよ」

「ああ……」

塔子と尾留川は、同時にうなずいた。たしか、日本各地の地質を調べて回った有名な学者だ。

「そのナウマンが鳥巣石灰岩も見つけたわけですか」尾留川は言った。「でも、それがこの事件とどう関係するんです？」

「鳥巣石灰岩は、サンゴなどの化石を多く含んでいるそうだ」

「え？　それって、もしかして……」塔子は蒐集品を見回した。

「そう、これだ」鷹野は手袋を嵌めた手で、コレクションを指差す。「蒐集品の中に、サンゴやウニや二枚貝の化石があったことを思い出したんだよ。これらは鳥巣層から発掘されたものかもしれない」

化石、発掘、鳥巣層。それらの言葉を反芻するうち、塔子は気がついた。

「そうか！　さっきの写真で、秀島さんは化石を掘っていたんですね？《鳥ノ巣層》と書かれたパンフレットもあったし……。そうすると、ここにある化石は高知県で発掘されたものなんですか？」

「いや、鳥巣石灰岩は、高知県以外でも発見されている。最初に見つかったのが鳥ノ巣地区だったから、そう呼ばれているだけなんだ。人目を避けるように暮らしていた秀島が、わざわざ高知県まで発掘旅行をしたとは考えにくい。出かけたとすれば、行き先は関東のどこかじゃないだろうか」

関東圏で鳥巣石灰岩が出るところはどこなのか。さすがにこれは、携帯電話のネット検索ではわからなかった。

鷹野は早瀬係長に電話をかけ、至急調査してくれるよう依頼した。予備班の人間に調べさせる、という話になったようだ。

結果がわかるまでの間、鷹野と塔子はあらためて蒐集品の山を観察した。

「十年、二十年と時間をかけて、驚異の部屋が出来たんだと思う」鷹野は室内を見回した。「どれほど膨大なコレクションでも、最初はたったひとつから始まったはずだ。それが子供時代の、思い出の品だったという可能性は高い」

「思い出の品……」

「たとえば、こんなものかもしれないぞ」鷹野は黒っぽい石をつまみ上げた。「これは化石でもないし、特別珍しい鉱石でもないだろう。でも、表面の模様には不思議な味わいがある。こういうものを拾って、宝物にしたくなる気持ちは俺にもわかる」

コレクションの中には、ごみ置き場から拾ってきたようなものもあった。錆び付いたスプリングや歯車、凝った形の空き瓶。こんながらくたでも、子供の目には面白いもの、価値あるものと映るのかもしれない。

「やがて自分で金が使えるようになって、雑貨店や骨董品《こっとうひん》店を覗くようになったんじゃないだろうか。その一方で、考古学への関心が深まっていったのかもしれない。だから秀島は、化石を発掘しに行くようになったんだろう。ハンマーなどの道具を揃え、雑誌などで情報を集めて出かけた。そして、現場では写真を撮影して……」

そこまで言って、鷹野は黙り込んでしまった。しばらく宙を睨んでいたが、突然、声を上げた。

「何だって？　そんなことがあるのか？」

ひとりでそう言って、ひとりで首をかしげている。また何か重要なことに気がついたらしい。

鷹野は振り返って、尾留川に尋ねた。

「この家で、インスタントカメラの写真は何枚見つかった？」

「あちこち捜したんですが、結局一枚しかありませんでした。捜査の初日に出てきた、古谷理恵子の写真だけです」

「アルバムはなかったか」

「ありませんでした。七年前の事件のあと、犯人が持っていってしまったんじゃないでしょうか」

鷹野は、蒐集品の中にある赤い仮面を手に取った。例の、ヘルマフロディトスの仮面だ。表、裏と確認してから、彼はそれを自分の顔に近づけた。実際にかぶりはしなかったが、面をつけたような恰好をして塔子のほうを向いた。

「なるほど。仮面があると、世界はこう見えるのか」

そんなことを言って、しきりにうなずいている。

仮面を床に置き、鷹野はせかせかと壁裏の通路に向かった。今度は、ほかの部屋を確認しようというのだろうか。塔子は彼のあとについていった。

狭い通路の途中で、鷹野は急に足を止めた。塔子は彼の背中にぶつかってしまった。

「うわ、すみません」

それには答えず、鷹野は足場に上って覗き穴に目を当てる。

「如月は、前に言っていたよな」柱時計のある部屋を覗きながら、鷹野は言った。「人間は、自分の顔を隠していると大胆になるって。サングラスや眼鏡でもそうだ、と話していただろう」

「そうですね。こちらの正体は隠せるし、相手の視線も気になりませんから」

「相手の視線か……」

鷹野は足場から下りると、再び通路を歩きだした。納戸を抜けて廊下に出る。柱時計の部屋に行くのかと思っていたら、予想に反して、彼は西向きの部屋に入っていった。

クローゼットのドアを開け、中を確認する。

「科捜研に持っていってしまったが、ここには紙バッグがあった。中には黄色のセーターや、オレンジ色のカーディガンが入っていた。ほかに血の付いたタオルも押し込まれていた」

「家政婦だった戸田靖江さんのものですよね」

「マスクをしていたのは、何かの傷を隠すためだと思ったんだが、写真を見ても目立つ傷などはなかった」

塔子は段ボール箱を覗き込んだ。そこには三十枚ほどの、割れた鏡が入っている。

「この鏡も謎ですよね。なぜ、こんなにたくさんあるんでしょう」

「うっかり割ったにしては数が多すぎる。不可解だよな」

ふたりは古谷理恵子の写真が撮影された、柱時計のある洋室に移動した。鷹野は部屋の真ん中に立って、腕組みをする。

「どこかにインスタントカメラがあったはずなんだ。そのカメラで、どんなものが写されたと思う？　古谷理恵子さん以外で、だ」

「ええと……何ですかね。岡部祥一郎の家にあった写真は、秀島さんが山の中で化石を発掘しているものでしたけど」

「そう。おそらく、大半は石灰岩や化石の写真だと思う」

「なんでそんなものを……。発掘の記念ということでしょうか」

「記念というより『記録』だな。前に、インスタントカメラの用途について、俺が話したことを覚えているか？　改竄できないという特徴が好まれて、警察の捜査や学術調査の現場で使われていたことがあるんだ」

　あ、と塔子は小さな声を出した。

「化石を発掘した現場で、記録写真を撮っていたんですか？」

「あれだけの博物展示室を作る人物だから、凝り性だっただろうし、プロ志向だった可能性がある。考古学に関心を持っていたのなら、現場で写真を撮っていたんじゃないだろうか。わざわざインスタントカメラを持って発掘現場に出かけていたのが、その証拠だよ」

「言われてみれば、そうですね。風景写真を撮るなら、手軽に使えてたくさん撮影できるカメラを使うでしょうし……」

「もうひとつ別の質問だ。あの化石発掘の現場にいたのは誰だろうか。秀島海邦が写真に写っているということは、ほかに撮影した人間がいるということだよな」

「岡部でしょうか。あの人は写真を三枚持っていましたから」

「いや、あの三枚は岡部が撮影者からもらったか、そうでなければ勝手に持ち出したものだと思う。それ以外の写真は、今もたぶん撮影者が持っているんだ」

「同居人だった戸田靖江さんですか？」

「おそらくな。そして、なぜ戸田がカメラを持っていたかというと……」

そのとき、鷹野の携帯電話が鳴った。ポケットを探って電話を取り出し、彼は通話ボタンを押した。

「鷹野です。……お疲れさまです。どうでしたか？」相手は早瀬係長のようだ。「関東圏だと秩父《ちちぶ》に奥多摩？　なるほど！　ありがとうございました」

電話を切って、鷹野はこちらを向いた。

「鳥巣石灰岩は、関東圏では秩父と奥多摩で見つかっているらしい。秀島が出かけていたとしたら、どちらだと思う？」

「奥多摩でしょう！」塔子は即座に答えた。「前に美術商の佐久間健吾さんから聞きました。引退するとき秀島さんは『春や秋には奥多摩にハイキングに出かけますよ』と話していたそうです。……隠し部屋で見つかった化石の袋のメモには、《鳥の巣》《コテージより徒歩十五分》と書いてありました。秀島さんは奥多摩にコテージを持っていて、そこから徒歩十五分の場所に鳥巣層があったんじゃないでしょうか。そこで、あの化石が見つかった。たぶんこの写真に写っている白いコテージが、秀島さんの別荘なんですよ。資産家だったんですから、別荘ぐらい持っていてもおかしくないですよね」

塔子の話を聞いて、鷹野は深くうなずいた。

「よし。奥多摩に行こう。……犯人は岡部を刺して、何かを聞き出したはずだ。そのあと慌てて飛び出していったことが気になる。もしかしたら奴は岡部から、予想もしなかったような話を聞かされたんじゃないだろうか。たとえば、七年前の事件にはもうひとり関わっている人間がいたとか、そういったことだ。それが事実かどうか確認するために、動いているのかもしれない。もし、七年前の事件にもうひとり関わっているとすれば、それは今行方をくらましている人物だろう」

塔子は古谷理恵子の顔を思い浮かべた。

「すると、たとえばこうでしょうか。岡部、緑川、豊崎の三人は殺害の実行犯だった。でもそのあと、別の人間が死体損壊を行った……」

直接の殺害犯ではなかったとしても、恨まれる理由はあるだろう。ふたり分の遺体をひとつに組み合わせるなど、まともな人間のすることではない。それは死者の魂を冒瀆するような行為だと言っていい。

「死体損壊犯は国分寺の隠し部屋を知っていた。ということは、秀島とはかなり親しかったと考えられる。もし奥多摩に秀島のコテージがあるのなら、損壊犯はそこに身を隠しているんじゃないだろうか。そして高山義之は今、そこに向かっているんじゃないのか？」

古谷理恵子は、秀島海邦に気に入られていたと考えられる。ならば秀島から、そのコテージの場所を教わっていてもおかしくはなかった。彼女は七年前からその別荘に住み、ときどき国分寺の家に行って空気の入れ換えをしていたのではないか。毎年の固定資産税なども、秀島の遺産から支払っていた可能性がある。

もしかしたら理恵子は、尊敬していた秀島海邦のためにそのようなことをしていたのかもしれない。理恵子が表に出てこられないのは、死体損壊という罪を犯してしまったせいではないだろうか。

鷹野はもう一度早瀬に電話をかけ、取り急ぎ、門脇組に同行してもらう許可を得たようだ。通話を終えてから、彼は塔子に言った。

「岡部が、コテージの場所を正確に知っていたかどうかが問題だ。もし高山に曖昧な伝え方をしたのなら、我々はまだ追いつけるかもしれない。すぐに出発しよう」

「わかりました」

ネットで調べたところ、自動車でも電車でも、奥多摩までは一時間半ほどかかることがわかった。現地であちこち調べて回ることを考えれば、面パトで行くべきだろう。車なら、途中どこかで門脇たちをピックアップすることもできる。
　建物を出たところで、塔子の携帯からメールの着信音が聞こえた。鷹野にも届いたようで、ふたりはそれぞれ液晶画面を確認した。徳重からのメールだ。
《捜査員各位。東京都西部で行方不明になっている人物の血液型が判明しました。この中で三《み》宅《やけ》悦子《えつこ》という女性がA型、失踪時は三十代です》
　メールにはこのようなリストが添付されていた。

| ［氏名］ | ［失踪年］ | ［年齢］ | ［住所］ | ［血液型］ |
| --- | --- | --- | --- | --- |
| 相沢正隆 | 10年前 | 54歳 | 立川市 | O |
| 井崎純 | 3年前 | 27歳 | 国分寺市 | B |
| 近藤真佐子 | 8年前 | 46歳 | 新宿区 | A |
| 新庄和幸 | 12年前 | 31歳 | 府中市 | O |
| 野嶋宏道 | 9年前 | 22歳 | 調布市 | AB |
| 三宅悦子 | 20年前 | 33歳 | 三鷹市 | A |
| 渡辺勇介 | 16年前 | 62歳 | 昭島市 | A |

　鷹野は自分の携帯を見つめて、首をかしげている。その横で、塔子は徳重に架電し

た。

「如月です。メールを見たんですが……」

「さっき上がってきた情報なんだ」電話の向こうから、徳重の声が聞こえた。「白骨の体のほうは、三十代の女性だっただろう？　血液型もAだし、この三宅という女性が国分寺事件に関係あるんじゃないか、と思ってね」

「でも、その人が失踪したのは二十年も前ですよね。成瀬祐三さんや古谷理恵子さんがいなくなったのは七年前です」

「たしかに、そのとおりだけど……。とにかく、この女性のことは今、特命班で調べている。何かわかったら、また連絡するよ」

電話を切ると、塔子は話の内容を鷹野に伝えた。彼は指先でこめかみを掻いた。どうもしっくりこないという表情だったが、じきに気持ちを切り換えたようだ。

「その件は特命班に任せておいて、我々は奥多摩へ急ごう」

「そうですね。時間もないし」

塔子は腕時計を見た。まもなく午後三時になるところだ。

——暗くなる前に、犯人を捕らえなくては。

日が暮れてしまったら捜索が難しくなる。なんとしても、それまでに勝負をつけなければならなかった。

4

途中、JR立川駅に寄って、門脇とその相棒を車に乗せた。

「知らないうちに、ずいぶん捜査が進んだようだな」後部座席に座りながら、門脇は言った。

「捜査が進んだというより、事件が進んでしまったという状態です」鷹野は渋い表情で、うしろを振り返った。「重要な証人になるはずだった岡部という人物が、一足違いで襲われてしまいました。予想以上に犯人の行動は早いですよ」

「一足違いか。手代木さんが、また怒鳴り散らしそうだ」

「反省すべき点は反省します。ですが、それは事件が解決したあとにしましょう。今は犯人を捕らえることが最優先です」

そうだな、と門脇はうなずいた。

「早瀬さんから、だいたいの話は聞いている。奥多摩のコテージが怪しいということだよな？　いずれ調べなくてはならない場所だろうから、早めにつぶしておいたほうがいい」

午後五時前、車はJR奥多摩駅に到着した。この駅はJR青梅線の終点になってい場があり、ここから先へ行くには車を使うしかない。駅舎の向かい側には広いバス乗り場があり、観光客などはここでバスに乗り換えるのだと思われる。

駅の近くに観光案内所があった。門脇組を車に残して、塔子と鷹野はその建物に入っていった。窓口で白いコテージについて訊いてみたが、個人の家のことはわからないという回答だった。仕方なく、カタログラックに差してあった観光マップなどを入手した。

「如月、見てみろ」

鷹野がパンフレットを差し出した。簡素な作りの資料で、表紙には《鳥ノ巣層》と書いてある。写真の中で、秀島が持っていたものと同じだった。

「やっぱり秀島さんは奥多摩に来ていたんですね」

窓口で確認したところ、そのパンフレットは三十年ぐらい前に制作され、なくなるたびに追加印刷しているという。秀島はどこかのタイミングで、これを入手したのだ。

塔子たちは車に戻った。青梅街道のほうへ引き返し、奥多摩交番を訪問する。所属と階級を明かして、最近この地域で気になる事件はなかったかと訊いてみた。

「喧嘩やら交通事故やらはありますが、おっしゃるような重大事件は起こっておりません」実直そうな中年警察官は、少し声を低めた。「もしかして、死体遺棄か何かの捜査ですか？　そういう事案はときどきありまして、警視庁本部の方が大勢で穴掘りをしに来られますが」

遺体を埋めるなら山の中、ということなのだろう。

「いえ、今回はそういう捜査ではないんです。ありがとうございました」

礼を述べて、再び車に乗り込んだ。

面パトは青梅街道を西へ向かった。いくつかのトンネルを抜けると、景色はすっかり山の中という雰囲気に変わった。右手には山肌が迫り、左手にはガードレールがあって、その向こうは崖のように落ち込んでいる。

鷹野は助手席で携帯電話を操作していた。ネット検索をしたり、関係者に架電したりと忙しい様子だ。そのうちメールの着信音が聞こえた。鷹野は文面を読んでいたが、やがて低い声で唸った。

「……そういうことか。ようやく事件の全体像が見えてきた」

「何かわかったんですか？」運転席から、塔子は尋ねる。

「九州に飛んだ捜査員に、調べ物を頼んでいたんだ。彼らはじつにいい仕事をしてくれたよ。やはり刑事は足で稼ぐべきだな」

「ようやく鷹野にもわかったか」と門脇。

さらに進むと、左手に大きな湖が見えてきた。奥多摩湖だ。道路は湖の外周に沿って、右へ左へとカーブしながら続いている。

鳥巣層があるという辺りに着いたときには、道はだいぶ暗くなっていた。まもなく日没だ。

道路沿いにいくつか民家が建っていたので、話を聞くことにした。

「警視庁の者ですが、ちょっと教えてください。このへんに、化石の出る石灰岩の層がありますよね」

「ああ、そうらしいねえ」白髪頭の男性が、咳をしながら表に出てきた。「ときどき化石の好きな人が来るみたいだよ。俺は興味ないから、行ったことはないけどね」

「化石を掘りに来ていた人で、この辺りに白いコテージを持っていた男性を知りませんか」

「コテージって、別荘みたいなやつかい」

「そうです。こんな感じの建物なんですが」鷹野がデジタルカメラを差し出した。

液晶画面に、秀島海邦の姿が表示されている。今日、岡部の家で見つけた写真を、デジカメで撮影してあったのだ。秀島のうしろには、白壁の建物が写っていた。

「こんなお洒落な建物、見たことがないねえ。あるとしたら湖のそばじゃなくて、もっと山の中かもしれないよ」

塔子は、観光案内所で手に入れた観光マップを広げた。

「今いる場所はこのへんですよね」

どれどれ、と男性はマップを見つめる。

「そうだね、俺の家がこのへんだ。……そんな恰好いい別荘があるとしたら、この辺りとか、この辺りじゃないかねえ」

彼が指差してくれた部分に、塔子は印を書き込んだ。

「ありがとうございました」

ふたりは面パトに駆け戻った。ヘッドライトを点けてから、塔子は車をスタートさせた。

マップを見ながら、男性が教えてくれた地域を調べていく。一軒、白い建物を見つけたのだが、かなり昔に廃業したレストランのようだった。

門脇の携帯電話が鳴った。

「はい、門脇。……お疲れさまです。今、コテージを探しているところです。……いや、まだ手がかりはありません。……もちろんです。全力を尽くしています。何かわかったら連絡しますよ。手代木管理官にそう伝えてください」

不機嫌そうな表情で、門脇は電話を切った。

「早瀬さんですか？」と鷹野。

ああ、と門脇はうなずいた。

「ほかの組も、みんな急かされているんだと思う。これ以上、捜査を長引かせるわけにはいかないからな」

やがて、完全に日が暮れてしまった。マップに従い、塔子は林道へと車を進めた。辺りは真っ暗で、ヘッドライトだけが頼りだ。

慎重に運転しているのだが、それでも道が悪いため、車はがたがたと揺れる。道の凹んだところを走って、何度か車体がバウンドした。鷹野や門脇たちには申し訳ないと思うが、これぱかりはどうしようもない。

そのうち、鷹野が声を上げた。

「停めてくれ！」

塔子は慌ててブレーキをかけた。砂利を撥《は》ね飛ばして、覆面パトカーは停止した。

鷹野は助手席の窓から、じっと外を観察している。鞄からミニライトを取り出すと、彼はひとりで車を降りた。足下を照らして、雑木林の中に踏み込んでいく。

数分後、鷹野は車に戻ってきた。ドアを開け、門脇に報告した。

「見つけました。例の白いコテージです」彼はうしろを振り返った。「この先、四十メートルほどの場所に建っています。部屋には明かりが点いていますね」

「わかった。車を置いていこう」と門脇。

「如月、脇道があるから、そこに車を停めてくれ。俺が誘導する」

「了解です」

鷹野が振るライトを見ながら、塔子は面パトをバックさせた。十五メートルほど下がったところでギアを切り換え、左に分岐した細い道に車を入れる。樹木が多く、暗い場所だったため、先ほどはこの道を見落としてしまったようだ。

門脇と若い相棒が車を降りていく。エンジンを止めて、塔子も外へ出た。

ひんやりした山の空気が、塔子の体を包み込んだ。吐く息が白くなった。

足音を立てないよう、四人で林道を進んでいった。人も車もほとんど通らない場所なのだろう、折れた木の枝があちこちに散らばっている。それらに足を取られないよう、注意を払わなければならない。

鷹野の言ったとおり、前方に明かりが見えた。白壁のコテージだ。平屋建てで、中の間取りは3LDKぐらいだろうか。表札は出ていない。

玄関の脇には、白い乗用車が停まっていた。

「まずは正攻法で行くしかないですね」鷹野がささやいた。

四人は白手袋を嵌め、正面玄関に近づいていった。

鷹野がドアチャイムを鳴らす。十秒ほど待ったが、返事はなかった。鷹野は頑丈そうな木製のドアをノックした。

「こんばんは。警察の者ですが、ちょっとお話を聞かせてください」

耳を澄ましたが応答はない。鷹野は声を強めた。

「警察です。中にいらっしゃるんでしょう？　出てきてください」

そのときだった。屋内で何かが倒れるような音がした。続いて、誰かの怒鳴り声。

鷹野はドアノブに手をかけた。鍵はかかっていない。

「緊急事態です。踏み込みましょう」

「俺たちは裏へ回る」門脇と若い刑事は、庭に向かった。

鷹野はドアを細めに開け、内部の様子をうかがった。ホールには常夜灯が点いていて、廊下の奥まで見通すことができた。誰かが飛び出してくるような気配はない。

「警察です。大きな音がしましたが、大丈夫ですか？　入りますよ」

呼びかけてから、鷹野はドアの中に滑り込んだ。足音を立てないようにして、塔子もあとに続いた。

西洋式に、靴のまま入るようになっているらしい。玄関ホールに段差はなく、フラットな床が廊下へと続いている。

建物の奥で、また何かが倒れる音がした。鷹野は廊下を走りだした。

正面のドアを開けると、そこは広いリビングルームだった。部屋の中央にはいくつかの家具があり、壁際には塑像だろうか、等身大の裸婦像が置いてある。正面は腰高の窓だ。

裸婦像のそば、板張りの床に女性が座り込んでいた。恐怖のせいで身動きがとれなくなっているようだ。

彼女の顔を見て、塔子ははっとした。年齢は四十代だろう。ショートカットにした髪に、少し細めた目。ピンク色のフレームの、形のいい眼鏡。

塔子たちは彼女を知っている。国分寺の洋館の近くに住み、成瀬祐三と一度だけ会ったことがある、と話していた人物だ。マスクの女性が一緒に住んでいたことも証言してくれた。この人は、たしか菅沼という名前だったはずだ。

菅沼の隣には、毛糸の帽子をかぶり、眼鏡をかけた男が立っていた。

彼の手には大振りのナイフがあった。


「警察だ！」強い調子で、鷹野は言った。「そのナイフを下ろせ」

「近づくな！」男も大声を出した。「動いたら、この女を殺す」

ナイフの刃が、菅沼の頬に突きつけられる。彼女は顔を歪めた。蛍光灯の光の下、切っ先がきらりと光った。

どちらも動けないまま、睨み合いになった。

塔子はその男を観察した。身長は百七十センチぐらい。帽子と眼鏡のせいで人相はよくわからないが、この人物には見覚えがあるような気がする。先ほどの声も、前に聞いたものではないだろうか。

「残念だが、あなたに勝ち目はない」相手を見つめたまま、鷹野は言った。「もう、勝負はついているんだよ」

「……どういう意味だ」

「あなたがこのコテージに押し入ったあと、すぐにその女性を殺害しなかったのは、ある目的があったからだろう。我々がここへ来てしまった以上、もうその目的を達成することはできない。どう動いても、あなたの負けに決まっている」

「ふざけるな。いざとなれば、俺はこの女を殺すさ」

「そんなことはできないはずだ。彼女の口を塞いでしまったら、この犯罪のゴールがなくなってしまう。あなたはこれまでの自分の行動を、すべて否定することになる」

ナイフの男は舌打ちをした。それから、苛立たしげに言った。

「おまえ、どこまで知っているんだ」

「大部分はわかっているつもりですよ」鷹野は口調を和らげた。「どうです。少し、紳士的に話しませんか」

「言ってみろ。おまえら警察は、俺が何をしたと考えているんだ?」

鷹野はひとつ息をついてから、説明を始めた。

「私はこう考えています。平井、経堂、府中で起こった事件は、すべてあなたの仕業でしょう。動機となったのは七年前、美術商・古谷理恵子さんが失踪した事件です。あなたは調査会社を使ったり、『月刊エグゼクティブ』の編集者・高山義之と名乗ったりして調査を進めていった。その過程でいろいろな人と会いました。

元美術商の佐久間健吾さんもそのひとりですね。あなたは編集者のふりをして彼に近づき、理恵子さんが秀島海邦の家に出入りしていたことを聞き出した。また、どの筋からの情報かはわかりませんが、岡部祥一郎がやはり秀島宅に出入りしていたことを知った。あなたは岡部の素性を調べ始めた。

やがて、緑川達彦、豊崎英輔、岡部祥一郎の三人が、暴力団の下請けなど法に触れる仕事をしていたことがわかった。その三人組が理恵子さんを事件に巻き込んだのではないか、とあなたは考えた。おそらく理恵子さんはもう生きてはいない。彼らを痛めつけ、事実関係を告白させたあと復讐のため殺害しよう。また、理恵子さんの遺体を見つけてきちんと埋葬しよう。あなたはそう決めた。そして計画を練り始めた」

男は黙ったまま鷹野を睨んでいる。

どこかに隙が生じないかと、塔子は男を観察した。だがたとえ隙が出来たとしても、五メートルほど離れたこの場所から、相手に飛びかかることは難しい。

「そんなとき、秀島の洋館で火災があり、過去の事件が発覚した」鷹野は続けた。「あなたは『損壊された男性と女性の白骨遺体が発見された』と捜査員から聞いて、女性のほうは理恵子さんだと考えたんですね？　恐れていたことがついに現実になってしまった、とあなたは思った。それで、ただちに計画をスタートさせたんでしょう。

まず緑川です。過去の罪を知っているなどと言って、彼を平井の廃倉庫に連れていき、理恵子さんのことを問いただした。しかし緑川は現場から逃げようとして、転落死してしまったんだと思います。理恵子さんのことはわからないままでしたが、予定どおり、あなたは緑川の顔に赤い仮面をかぶせた。これは、かつて理恵子さんを殺害したであろう豊崎、岡部を脅すためだった。いや、もしかしたらあの仮面を置いていくことで、岡部たちをきちんと捜せと、警察にメッセージを残していたのかもしれません。いずれにしてもあなたは、緑川たちが赤い仮面と関係があることを知っていたんです。

次にあなたは豊崎の家を訪ねた。豊崎は理恵子さんのことを説明したかもしれませんが、最後のひとり、岡部の住所は知らないと言ったんじゃないですか？　最近豊崎は岡部と疎遠になっていました。引っ越し先が書かれたメールも削除してしまった、と知人の池西さんに話していたそうです。池西さんが岡部の住所を知っているとわかったので、あなたは池西さんの連絡先を聞き出し、用済みになった豊崎は殺害してしまった」

ショートカットの菅沼が、わずかに身じろぎをした。ナイフの男は彼女の髪の毛をつかんでヒステリックな声を出した。

「きさま、動くんじゃない！」

塔子は一瞬呼吸を止めて、その様子を見つめた。鷹野は反射的に身構えたが、動くのはまだ早いと考えたようだ。

頬にナイフの峰を押し当てられ、菅沼は顔を強《こわ》ばらせている。

「話の続きです」鷹野は咳払いをした。「今日あなたはメールで岡部の住所を知り、我々より一足早く彼の家に行った。あなたが岡部から聞いたのは、彼ら三人が国分寺の家にいた男女を殺害したこと、そして彼ら三人以外にも誰か事件に関わった者——第四の人物がいる、ということだったんじゃないでしょうか。その第四の人物のヒントを、岡部は口にしたんだと思います。

あなたは驚き、戸惑った。だが岡部の話には信じられる部分もあった。もし岡部たち三人が遺体の始末まで行ったのなら、どこかに運び出すなり埋めてしまうなりして痕跡を消していたはずです。国分寺に白骨が残っていたということは、すなわち岡部たち三人が死体遺棄をしていないことを意味する。つまり、誰か第四の人物が死体損壊をしたと考えられるわけです。……あなたは岡部を殺害したあと、すぐさま第四の人物に会いに行くことにした。岡部の話が真実かどうか、確認するためです」

ここまでの話を聞いて、塔子は戸惑っていた。

——おかしい。鷹野主任の話は変だ。

今の説明は「白骨の体の部分は古谷理恵子である」という前提で進められている。理恵子が殺害されたと信じたから、この男は復讐の計画を立てたのではなかったか。しかし現実には、白骨の体の部分は、戸田靖江という秀島の同居人だと断定されている。

隣にいる鷹野の横顔を、塔子はそっとうかがった。それには気づかない様子で、鷹野は話を続けた。

「そしてあなたは、車でこのコテージへやってきました。車はどこか目立たない林の中にでも停めてきたんでしょう。第四の人物——そこにいる女性から、あなたは七年前の出来事を聞こうとした。ところが運の悪いことに、我々が飛び込んできてしまった」

「おまえらは邪魔なんだ。出ていけよ！」男は怒鳴った。「ああそうだ、俺は車を用意している。おまえたちが出ていかないのなら、俺がここを出るだけだ。この女と一緒にな」

まずい、と塔子は思った。こちらにも面パトがあるが、キーを奪われてしまえばそれで終わりだ。逃走する車のナンバーを覚えることは可能だろうが、一時的にでも目を離せば、この男は何をするかわからない。最悪、人質の菅沼を殺害して逃走するか、あるいは自殺してしまうという可能性もある。

鷹野は相手を宥めるような仕草をしてから、こう尋ねた。

「あなたは、その女性が誰なのか知っているんですか？」

「菅沼と名乗っていたことは知っている。だが、こいつには隠している正体があるはずだ。それを、これから詳しく訊こうとしていたんじゃないか！」

「ではまず、その人の正体を明らかにしましょうか。あなたの言うとおり、その人は菅沼と名乗っていました。我々が彼女に会ったのは、国分寺の洋館の近くです。五十メートルほど離れた、庭木のある家で、その人に聞き込みをしました」

「何だって？」ナイフの男は目を見張った。「この女が国分寺にいた？」

鷹野は女性のほうに視線を向けた。

「菅沼さん。あの庭木のある家は、言ってみれば『監視小屋』ですね？　あなたはあの家を、空き家のまま管理していたんじゃありませんか。そう、秀島海邦の家と同じように、たまに訪れて空気を入れ換えていたんです。固定資産税もきちんと払って維持、管理を行い、いざというときには、そこに住んでいるように振る舞った。……火災のあった日、我々は庭木のある家へ聞き込みに行きました。あなたは火災から数日間だけ、菅沼として刑事たちの質問に答えていればよかったんです。その後は奥多摩に戻って、このコテージでいつもどおりの生活をしていたんでしょう」

「いったい、どうなっているんだ？」ナイフの男が苛立ったように尋ねた。

「菅沼さん、あなたは国分寺事件のことを知っているはずです。そうですね？」

彼女はためらっているようだ。頬にナイフを当てられていては、普通に話すことは難しいのではないか、と塔子は思った。だが、そのとき——。

「しまった！」突然、鷹野が大きな声を出した。「山火事になるぞ！」

驚いて、みな鷹野の顔を見つめた。

「おい！」ナイフの男が怒鳴った。「どういうことだ」

「今、林の中で爆発が見えた。しくじったか……」

「なんだと？」男は眉をひそめた。「おまえ、いったい何をした？」

「車からガソリンを抜くよう、仲間に指示しておいたんだ」

「俺の車からか？　ふざけたことを」

「たぶん静電気が引火して……。ちくしょう、なんてことだ！」

鷹野はいきなり、壁を強く殴った。大股で窓に近づこうとする。

「やめろ！　おまえはそこから動くな」菅沼を羽交い締めにして、男は窓のそばに移動した。「おかしな真似をしたら、この女を殺す」

「そんなことをしている場合じゃないんだ！」鷹野はまた、壁を激しく殴った。

「うるさい。静かにしろ」

こちらを睨んだあと、男は錠を外して腰高のガラス窓を開いた。

「おい、どこだ？」菅沼の腕をつかんだまま、男は窓の外を見る。

「もっと右！」鷹野が言った。「大きな木の陰だ」

「どこに炎がある？」

男は窓枠から身を乗り出した。次の瞬間、彼の姿が視界から消えた。

窓の外に転落したのだ。

「怪我はありませんか？」塔子は女性に駆け寄った。

菅沼は放心したように両目を見開いている。

鷹野に続いて、塔子は窓枠に歩み寄った。外を見ると、雑草の生えた地面の上に、先ほどの男が組み伏せられていた。関節技を決めているのは門脇だ。若い刑事が、凶器のナイフを拾い上げていた。

門脇たちふたりは、窓の外でずっとチャンスを待っていたのだろう。男が身を乗り出した瞬間、上半身をつかんで地面に叩きつけたのだ。

「すまなかった」門脇がこちらに向かって言った。「窓を割って入るにしても、タイミングが難しかった」

「さっき、ちらりと姿が見えたんですよ」鷹野はうなずいた。「だから壁を殴って合図をしたんです」

そうだったのか、と塔子は納得した。普段冷静な鷹野にしては、どうも行動が乱暴だと思ったのだ。

塔子は人質にされていた菅沼を、裸婦像のそばの椅子に腰掛けさせた。

「大丈夫ですか？」

「は……はい」彼女は落ち着かない様子で、浅い呼吸を繰り返している。

ドアの開く音がした。門脇とその相棒が、先ほどの男を連れて入ってきた。

門脇は部屋の隅に椅子を持っていき、そこに男を座らせた。それから、仁王立ちになって相手を見下ろした。

「あんた、話を聞かせてもらおうか。これ以上、手間をかけさせるなよ」

男は強い憎悪のこもった目で、門脇を睨みつけている。

「別の部屋に行きましょうか」

塔子がそうささやくと、意外なことに菅沼は首を振った。かすれた声で、こう言った。

「私にも、関係があることですから……」

「そうだよ」捕らえられた男は、彼女を見据えた。「おまえも理恵子にひどいことをしたんだろう？　そのことを今までずっと隠していたんだよな？」

鷹野は男に近づいていき、門脇の横に並んで立った。男に向かって、ゆっくりと話しかけた。

「そう喧嘩腰ではいけませんよ。脅すだけでは結果が出ないと、あなた自身もよくわかっているはずです」

ふん、と男は鼻を鳴らした。鷹野はみなを見回してから、話を続けた。

「奥多摩に来るまでの間に、平井事件、経堂事件、府中事件の犯人について、だいたいの想像はついていました。いくつかの情報から、私は推測することができたんです。……ひとつは犯行の動機。犯人は七年前の復讐をしたと思われるから、国分寺事件で被害を受けた人物と近しい関係だった可能性が高い。

国分寺事件に巻き込まれたのは秀島海邦さん、戸田靖江さん、古谷理恵子さんだと考えられます。この三人の親族や知人の中で、架空の編集者・高山義之に化けることができたのは誰か。……高山という人物は『月刊エグゼクティブ』編集部の名刺を持っていました。会社の電話番号や住所などは実在のものだし、編集部によると、その名刺は見た目もそっくりだということでした。たぶん犯人は、自分の手元にあったものを真似して、高山という名刺を作ったんでしょう。つまり、以前どこかで本物の名刺を手に入れていたわけです。

そこで思い出しました。あなたは高級家具メーカーのショールームに勤めていますよね。たまに販売促進用の写真撮影があるのでその手配をしている、と話していました。富裕層が読むこの雑誌には、ときどき高級家具の広告が載ります。その打ち合わせに来た編集者から、あなたは名刺を受け取ったんじゃありませんか？　どうです、北浜さん？」

鷹野は相手をじっと見つめる。

門脇が男の眼鏡を取り、帽子を脱がせた。太い眉、そして意志の強そうな目。

そこにいたのは、古谷理恵子と結婚の約束をしていた北浜洋次だった。

## 5

相手が落ち着くのを待ってから、鷹野は尋ねた。

「三つの事件について、私が推測したことは当たっていましたか？」

椅子に座ったまま、北浜は黙り込んでいる。ふてくされたような表情で鷹野を見た。

「おい、どうなんだ」と門脇。

「うるさいな。俺は今、この刑事と話をしてるんだ」

門脇はむっとした顔になったが、若い相棒に止められて言葉を呑み込んだ。

相手を刺激しないための配慮だろう、鷹野は穏やかな調子で問いかけた。

「北浜さん。あなたは今までずっと、古谷理恵子さんの行方を捜していたんですよね？」

そうだよ、と北浜は言った。深いため息をついてから、彼は話しだした。

「七年前、俺の海外赴任が決まったとき、最後にひとつだけ大きな仕事をさせてほしいと理恵子は言った。週末に美術家のところへ出かけていたようだが、契約がまとまるまでは秘密だからと、詳しいことは教えてもらえなかった。……ところが十月二十五日の夜、理恵子は消えてしまったんだ」

北浜は拳を握り締め、ちくしょう、とつぶやいた。

「捜索願を出したが、警察は当てにならなかった。それで俺は、雑誌編集者の高山義之という名刺を作って、独自の調査を始めた。貯金を崩して調査会社も使った。そのうち、理恵子は秀島海邦こと成瀬祐三の家に出入りしていたことがわかった。俺はその家を訪ねてみたが、いつ行っても留守だった。仕方なく、何度か郵便受けにメモを入れておいたら、あるとき電話がかかってきたんだ。そこに座っている菅沼からだった」

え、と言って、塔子は隣にいる菅沼を見つめた。門脇や若い刑事も、この話にはかなり驚いたようだ。

「菅沼は、成瀬からあの家の管理を任されているということだった。俺は指定された喫茶店で、そいつと会った」

菅沼は椅子に腰掛けたまま、じっと足下を見ている。否定したり、釈明したりするつもりはないようだ。

「自分は不動産業を営んでいて成瀬とは親しい、と菅沼は言った。洋館にもよく招かれていたそうだ。……そいつの話によると七年前、成瀬は外国に行くと言ってあの洋館を出た。ときどき家に入って空気の入れ換えなどをしてほしい、金を預けておくから自分に代わって税金なども納めてほしい、と成瀬は菅沼に頼んだということだ。そうだよな？」

椅子の上で、菅沼の体がびくりと動いた。彼女はぎこちなくうなずいた。

「俺は菅沼に理恵子の写真を見せた。国分寺の家でこの人を見たことがある、と菅沼は答えた。ほかに、あの家には岡部という男が出入りしていたことも教えてくれた。秀島の遠い親戚だとかで、岡部は金をせびりにやってきていたらしい。赤の他人である菅沼にもわかったぐらいだから、岡部がどれだけ図々しかったか、想像できるだろう。

菅沼は以前、岡部が理恵子と話しているところも見たと言う。それを聞いて、俺は嫌なことを想像してしまった。もしかしたら理恵子は、岡部に殺害されたのではないか。いや、理恵子ばかりではない。あの家に住んでいた成瀬や、家政婦の戸田という女性も殺されたのではないだろうか。……俺は岡部のことを調べ始めた」

「北浜さんに岡部のことを話したのは、あなただったんですか？」

鷹野は菅沼に尋ねた。彼にとっても、これは予想外の話だったようだ。

菅沼は落ち着かない様子で、またうなずいた。

「ありがたい情報だったよ」北浜は続けた。「岡部の居場所はわからなかったが、仲間の緑川という男は見つかった。俺は緑川に近づき、酒を奢ってやったりして親しくなった。そうしている間にも、俺は月に何度か菅沼と会っていた。成瀬は外国に行ったという話だったが、じつは岡部に殺害されたんじゃないか、と俺は言った。すると、菅沼は急に心配し始めたんだ。そういえば成瀬さんから来るはずの連絡がまったくない、という。それで真剣に、俺と情報交換する気になったようだ。会うたびに俺は調べてきた内容を伝えて、何か思い出すことはないかと菅沼に尋ねた。俺が緑川の話をしたときには、その名前を岡部から聞いたことがある、と教えてくれた」

「菅沼さんは、あなたにとって貴重な情報源だったということですね」と塔子。

そのとおりだ、と北浜はうなずいた。

「そして今年の一月半ばになった。そろそろ緑川を締め上げて真相を吐かせようと思う、と俺は菅沼に話した。このころにはもう俺と菅沼は、岡部たちに対して被害者意識を共有する間柄になっていた。

二月二日の午後、その菅沼から急に連絡があった。刑事が訪ねてきて、理恵子が写った写真を差し出したというんだ。菅沼から詳しい話を聞いて、俺は愕然《がくぜん》とした。国分寺のあの家で火事が起こり、隠し部屋から、損壊された男と女の白骨遺体が出てきたらしい。理恵子の写真も、その部屋で見つかったということだった」

「火災があったのは二月二日の朝だったな」門脇が言った。

塔子たちが北浜を訪ねたのは二月三日だった。そのときにはすでに、北浜は情報を得ていたのだ。

「女性の骨は三十代だと推測される、と刑事は話していたそうだ。理恵子だ、と俺は思った。理恵子は当時三十二歳だったから年齢が合う。……彼女は岡部たちに殺害され、骨にされたに違いない！　刑事が帰ったあと、俺はひとりで泣いた。理恵子を殺した奴を絶対に許さない。必ず始末してやる、と心に誓った」

北浜の顔が歪んで見えた。強い怒りのために、頬が細かく痙攣《けいれん》していた。

話を聞くうち、塔子の中で違和感が大きく膨らんでいた。その骨は理恵子さんのものではない、と塔子は口に出そうとした。だが北浜のそばにいる鷹野が、手振りでそれを制した。すべて自供させてからにしよう、ということだろうか。

「もう準備はほとんど出来ていた。だから、このタイミングで国分寺の火事が起こったのはある意味、運がよかったのだと思った。……火事があった日の夜、俺はいつものように緑川を誘って酒を飲ませた。そのあと、見せたいものがあると言って、奴の家のそばにある廃倉庫に連れていった。二階に上がるとすぐ、俺は緑川を襲った。

俺は奴を殴りながら、七年前の事件について聞き出した。緑川は岡部の命令を受け、豊崎という男とふたりで、国分寺の家に強盗に入ったというんだ。すでに俺は、緑川が親しくしている仲間を何人か調べていて、豊崎の名前はそのリストに含まれていた。こいつだったのだな、と納得した。

緑川と豊崎は、抵抗した男女を殺してしまったという。さらに詳しく聞こうとしたとき、緑川は隙を突いて逃げ出した。そして暗がりの中、一階に転落してしまったんだ。俺は階段で一階に下りたが、緑川は首の骨を折って死んでいた」

やはり、緑川は逃げようとして転落死したのだ。高さはそれほどでもなかったが、首を骨折したのでは助からない。

「仕方がない、と俺は思った。もともと緑川は殺すつもりだったから、奴の顔に赤い仮面をかぶせておいた」

「あなたはそれを、都内の雑貨店でいくつか買ったんですよね？」鷹野が質問した。

「なぜあの仮面を使ったんですか」

「七年前、取引交渉中の美術家にプレゼントすると言って、理恵子はあの仮面を俺に見せてくれた。前にブロードウェイで上演された芝居の小道具だが、理恵子はその芝居が好きで、アメリカからDVDを取り寄せていたんだ。俺もそのDVDを見て、とても気に入った。だから彼女が失踪したあと、俺は輸入雑貨店であの仮面を見つけて、在庫の七つをすべて買った。理恵子の形見の品のような気がしたんだ。俺はそのことを、菅沼に何度か話していた。

菅沼は、刑事が持ってきた理恵子の写真を見たとき、その仮面がテーブルの隅に写り込んでいるのに気がついたそうだ。七年前、その仮面をプレゼントされた秀島は、家の中に飾っていたんだろうな」

そういうことか、と塔子は思った。理恵子は、秀島には珍しいものを集める趣味がある、と聞いていたのかもしれない。あるいは、芸術活動のための刺激になると考えて、その仮面をプレゼントした可能性もある。

「緑川に酒を飲ませていたころ、遠回しに、赤い仮面のことを知っているかと訊いたことがあった。すると緑川は急に不機嫌になった。『赤い仮面なんて、血まみれみたいで気味が悪い』と言った。反発するのは、過去に嫌な出来事があったからだろう。もしかしたら七年前、奴らは事件現場で仮面を見たんじゃないだろうか、と俺は思った。

もしかしたら被害者のそばに仮面が転がったりして、強烈な印象が残ったのかもしれない。だから毛嫌いするのではないか。だとしたら、あの仮面は奴らを脅すために役立つはずだ。そう考えて、俺は緑川の遺体に赤い仮面をかぶせてやった」

赤い仮面のことはニュースでも報じられている。それは岡部たちにとって、強いメッセージとなったことだろう。

「二月三日の昼間、俺は豊崎に電話をかけた。『緑川さんが亡くなった件で、重要な品を預かっている。事件に関係あるものらしい』と言うと、豊崎は放っておけなくなったようだ。俺は夜十時に訪問し、緑川のときと同様、奴を痛めつけて七年前のことを喋らせた。

豊崎は言った。……緑川と自分は国分寺の家にいた男女を殺害し、金目のものを奪ったあと、そのまま逃げた。岡部にそう報告したところ、現場の後始末をしてこいと命令されたが、現場に戻ったら捕まるおそれがある。それは嫌だと拒絶して、以後、岡部とは関係を絶った。その後あの家には一度も近づいていない。もしふたりの骨が柱時計の部屋になかったのなら、それは岡部がやったことだろう、と。

岡部の居場所を吐かせようとしたが、豊崎は知らないと答えた。池西という女が岡部の住所を知っているはずだというので、豊崎の携帯を取り上げ、番号を調べて電話してみた。あいにく池西の携帯は電源が切られていたようだが、いずれ通じるだろう。どのみち豊崎は岡部の連絡先を知らないのだから、生かしておいても仕方がないと思って始末した。遺体の顔には、赤い仮面をかぶせておいた」

塔子は、現場の様子を思い浮かべた。自分と鷹野が捜査を進めて、豊崎の遺体を発見したのだ。だがそれは、手柄と呼べるようなものではなかった。本当に優秀な刑事なら、事件が起こらないよう先手を打つべきなのだ。

「そして今日、池西と連絡がついた。岡部の電話番号と住所を教わると、俺はすぐ岡部の家に向かった。あいつは二日酔いでふらふらしていたよ。俺は岡部の腹を刺して七年前のことを白状させた。だが結果は、予想外のものだった。

岡部は緑川たちに強盗をするよう命じたが、ふたりが殺人まで犯したと聞いて厳しく叱責したらしい。秀島は大事な金づるだったというのに、殺してしまったら、もう金をせびることができなくなる。それだけでも大きな問題だというのに、緑川たちは数万円の現金を奪ってきただけで、キャッシュカードや預金通帳、証書類を見つけることはできなかった。隠さずに出せと緑川たちに命じたが、嘘はついていないようだった、と岡部は俺に話した。

強盗殺人事件から数日様子を見たが、警察が動いている気配はなかったそうだ。それで岡部はピッキングをして家に忍び込んだ。しかし床に転がっているはずの男女の遺体は、どこにもなかったと言うんだ。通帳や証書も見つからなかったらしい」

やはり、と塔子は思った。第四の人物が、遺体を移動させていたのだ。

「遺体をどこへやった、と俺は岡部を追及し続けたが、奴は知らないと言い張った。じっくりいたぶってやるつもりだったが、途中で何度か奴の携帯が鳴った。誰かがここへ来るかもしれない、と俺は思った。そのうち宅配便の配達がやってきた。俺は岡部の口を塞ぎ、息をひそめてじっとしていた。配達の人間があきらめて立ち去ったあと、俺はもう一度岡部の腹をナイフで突いて、とどめを刺した」

鷹野は北浜に向かって、ゆっくりと首を振った。

「残念ですが、その一刺しは致命傷になっていません。岡部祥一郎は救命処置を受けて病院に運ばれました。まだ生きています」

一瞬、北浜は眉をひそめた。

「まあ、それはいい。岡部は理恵子に直接手を下したわけじゃないからな。それより、俺にはやらなければいけないことがあった。……岡部の家を出る直前、俺は菅沼から聞いたことを思い出したんだ。理恵子の写真を持ってきた刑事は、国分寺の家には隠し部屋があったと話していたらしい。もし普通の人間にはわからないような部屋があったのなら、被害者の男女はそこで白骨化したんじゃないか、と俺は思った。……なああんた、人間が骨になるまでどれぐらいかかる？」

「水や土の中でなければ、一年ぐらいでしょうか」と鷹野。

「その間、遺体を隠した家を放っておいたら、ホームレスや町の不良たちがやってきて入り込むかもしれない。そういう不測の事態を避けるにはどうすればいいか」

塔子ははっとした。北浜の言おうとしていることが理解できたのだ。

「誰かが定期的に家を訪れるようにすればいい。そういうことですね？」塔子は北浜に尋ねた。「国分寺事件のあと、誰かがあの家を管理していたと考えれば、その人物こそが遺体を白骨化させた『死体損壊犯』ということになります。おそらくそれは菅沼さんでしょう。成瀬さんから家の管理を任されていた、と本人も話していたんですよね？

そして北浜さんは、自分の計画をほとんど菅沼さんに話してしまっていた。そろそろ緑川さんを締め上げようと思っている、と相談したら、その少しあとに国分寺で火災が起こった。菅沼さんから、理恵子さんが亡くなったらしいという情報が入り、それがきっかけで北浜さんは殺害計画をスタートさせた。……あまりにもタイミングがよすぎます。まるで、誰かにゴーサインを出されたように見えます」

門脇が目を大きく見開いている。鷹野が眉をひそめている。

塔子は、すぐそばにいるショートカットの女性に視線を向けた。

「菅沼さん。あなたが国分寺の家に火をつけたんじゃありませんか？　消防や警察が現場を調べれば、隠し部屋から理恵子さんの写真や、男女の白骨遺体が見つかる。そうすれば、北浜さんは自動的に復讐を始めるだろうと考えたからです。……火事の現場を調べたとき、納戸の奥のドアは開いていました。まるで、調査にやってきた人間を、隠し部屋へ案内するかのようでした」

菅沼は、思い詰めたような表情のまま黙り込んでいる。北浜が口を開いた。

「……俺は事実を確認しようと思った。それで岡部の家を出る前、菅沼に電話をかけてみたが、もう通じなくなっていた。やられた、と思ったよ。やはり菅沼は、俺を騙して行方をくらましたんだ。何か手がかりはないかと、俺は岡部の手帳を調べてみた。するとアドレス帳に《奥多摩、秀島の家？》と書いてあるのが見つかった。その横には、大雑把な地区の名前が記されていた。岡部は秀島から、奥多摩に別荘か何かがあることを聞いていたんだろう。だが詳しい住所が書かれていないところをみると、岡部はそこに行ったことはなかったのかもしれない。

その家には今、誰がいるだろうか、と俺は考えた。菅沼が成瀬と親しかったのなら、国分寺の家だけでなく、その奥多摩の家も管理している可能性がある。……それは賭けのようなものだった。だが、それが正解だったんだ。菅沼は七年前からずっと、このコテージに住んでいたんだとさ」

塔子はあらためて菅沼に問いかけた。

「今の話は本当なんですか？」

菅沼は迷っているようだ。まだ、告白する決心がつかないのだろうか。

「そいつが遺体を損壊したに決まっている」北浜は腕組みをした。「死ぬ間際に、豊崎も岡部も、同じことを言ったんだ。……緑川と豊崎は国分寺で『成瀬という男』と『あの家に出入りしていた古谷理恵子』を殺してしまった。しかし事件のあとは、まったく手を触れていない、とね」

それはどうだろう、と塔子は思った。岡部は豊崎から報告を受けただけで、直接、殺人の経緯を見ていたわけではないのだから、信用できるかどうか――。

そこまで考えて、塔子ははっとした。門脇も気がついたのだろう、首をかしげている。

「ちょっと待ってください。今、古谷理恵子さんを殺害した、と言いましたよね」

北浜にそう尋ねたあと、塔子は鷹野の表情をうかがった。うん、と鷹野がうなずくのを確認してから、こう続けた。

「北浜さん、よく聞いてください。国分寺で見つかった骨のうち、女性のほうは戸田靖江さんだったんです」

「戸田靖江？」北浜は腑に落ちないという顔をした。

「成瀬さん――秀島海邦さんの助手で、家政婦をしていた人です。黒縁の眼鏡をかけていて、出かけるときにはマスクをしていました」

「緑川も豊崎も、そんな女のことは一言も話していなかったが」

「その日たまたま、どこかへ出かけていたんでしょうか。……いや、違う。そういう話じゃありませんよね」塔子は強く首を振った。「だってDNA鑑定の結果、体の部分――女性の骨は、理恵子さんではないと証明されたんですから」

今度は北浜が目を見張った。

「じゃあ、その骨は誰のものなんだよ」

「だから戸田靖江さんの……」

「その戸田っていう女は事件のとき、現場にいなかったんだぞ。おまえら、どうやってその女のDNA鑑定をしたんだ？」

「西向きの部屋に、血の付いたタオルがあったんです。その血痕と、体の骨のDNA型が一致したから……」

塔子は混乱していた。タオルに付いていた血液のDNA型は、女性のものだと判明している。そのタオルは西向きの部屋のクローゼットに入っていた。また、同じクローゼットにあったオレンジ色のカーディガンは、マスクの女性が着ていたものだと、近所の住民である菅沼が証言してくれている。ならば西向きの部屋は戸田靖江が使っていたもので、あのタオルも戸田の所持品なのでは――。

あ、と塔子は声を上げた。

「そうじゃないんだ。……あの部屋は戸田さんが使っていた場所だと考えられます。

でもあのタオルは、戸田さんのものじゃなかった可能性がある。誰かが故意に、別人の血が付いたタオルを置いていったのかもしれません」

「しかしそうだとしたら、おかしなことになるぞ」と門脇。

ええ、と塔子はうなずいた。

「もし戸田靖江さんが死んでいないとしたら、白骨の体の部分は、別の女性の骨だということです。つまり七年前の事件には古谷理恵子さん、戸田靖江さんのほかに『もうひとり三十代の女性が関わっていた』ということに……」

「ちょっと待ってくれ」門脇は首を振った。「いったいこの事件は、何がどうなっているんだ？」

塔子も含めて、室内にいる人間のほとんどが戸惑っていた。だがそんな中、冷静な態度を崩さない人物がいた。

「前提条件が間違っていたんですよ」落ち着いた声で、鷹野は言った。「事実はこうです。隠し部屋で見つかった女性の骨は、国分寺の洋館とはまったく関係のないものだった。古谷理恵子さんでも戸田靖江さんでもない、別人の骨だと思います」

「いや……だけど、理恵子は殺されたんだろう？」北浜が繰り返す。

「そうです。理恵子さんの遺体は別の場所にあるんです」

「だとすると、秀島さんの助手だった女性は？」塔子は首をかしげた。「戸田靖江さんはどこに消えたんですか」

鷹野は右手をすっと動かした。彼が指差したのは、塔子の隣にいる人物だった。ショートカットに細い両目。フレームがピンク色の、洒落た眼鏡をかけた人物。

「……あなたが、戸田さんなんですか？」

塔子が問いかけると、その女性は唇を震わせながら答えた。

「はい。私が戸田靖江です」


塔子は、椅子に腰掛けている女性を凝視した。この人がかつて黒縁の眼鏡をかけ、マスクをつけて顔を隠していた戸田靖江だというのか。

佐久間健吾から借りた写真を思い浮かべた。あのとき靖江の髪は、肩まで伸びたセミロングだった。今の、ショートカットの姿とはずいぶん印象が違っている。

「どうして菅沼と名乗っていたんです？　捜査から逃れるためですか」塔子は尋ねた。

「半分はそうです。残り半分は、岡部から逃れるためでした」

「七年前、いったい何があったんですか？」

靖江は口を開きかけたまま、黙ってしまった。何をどう説明するべきか、迷っているのかもしれない。

彼女の代わりに、鷹野が答えた。

「秀島海邦さんは人前にほとんど姿を見せない美術家だったが、その正体を知っている人間がふたりいた。助手兼家政婦の戸田靖江さんと岡部祥一郎だ。なぜ岡部が知っていたかというと、彼はもともと九州に住んでいて、美術家・秀島海邦さんの遠い親戚だったからだ。秀島さんは両親とともに上京し、親御さんの遺産を相続して、裕福な暮らしを送ることができた。国分寺に家を建てたり、奥多摩にコテージを持っていたりしたことからも、それがわかるだろう。

岡部は高校卒業後、上京して暴力団の下働きなどをしていたんだと思う。そのうち遠い親戚が国分寺に住んでいることを知った。たぶん金目当てで、彼は秀島さんの家を訪れた。何度か出入りするうち、岡部は秀島さんの秘密を知ってしまったんじゃないだろうか」

「秘密というのは、もしかして、理恵子さんの部屋を覗いていたことですか？　理恵子さんに知られたくなかったら金をよこせと、岡部は秀島さんを脅していた……」

塔子の言葉を聞いて、靖江はびくりと体を動かした。

「ひとつはそれだろう」鷹野は軽くうなずいた。「だが、もうひとつ別の秘密があったんだと思う。そうですね、戸田さん？」

靖江は鷹野のほうを見たが、返事をしようとしない。

「そいつに訊いたって無駄じゃないのか」北浜は足を投げ出し、椅子に背中をもたせかけた。「同居人といっても家政婦だったんだ。詳しいことは知らないだろう」

「違うんです、北浜さん」鷹野は首を横に振った。「我々は、岡部の家で三枚のインスタント写真を見つけました。そこには、成瀬祐三さんが化石を発掘している様子が写っていました。この写真はおそらく、岡部が国分寺の洋館から持ち去ったものだと思います。秀島海邦さんの弱みを握ろうとする過程で手に入れたものでしょう。……ところでこれらの写真には、成瀬さんひとりしか写っていませんでした。撮影したのは誰でしょうか。こうした写真は普通、カメラの持ち主がシャッターを切りますから、持ち主自身は写らないことが多いですよね」

「古谷理恵子が撮ったのか？」と門脇。

「いえ、理恵子さんがインスタントカメラを持っていたという証言は、今のところ出ていません。国分寺の家を訪ねるのが目的なのに、わざわざ奥多摩へ同行するというのも考えにくい。だとすると、その写真を撮ったのは……」

「戸田さんですね」塔子は靖江のほうをちらりと見た。

「そう。戸田さんはカメラマンの役割だったと思われます。ところで、そのインスタントカメラを使って撮影された写真がもう一枚見つかっています。国分寺で写された、理恵子さんの写真です。そしてその写真は、納戸の奥の隠し部屋にありました」

鷹野はそこで言葉を切った。北浜は、よくわからないという顔をしている。

「それがどうかしたのか？」

「この事件は一見、非常に複雑です。しかし正しい紐を手繰《たぐ》っていけば、結び目は簡単にほどけます」鷹野は謎めいたことを言った。「……話は変わりますが、九州に飛んだ捜査員から、今日連絡が入りました。親戚だった岡部と秀島海邦さんは、同じ九州の出身です。でももうひとり、三人目の九州出身者がいました。成瀬祐三さんです」

門脇はまばたきをしたあと、胸の前で小さく手を振った。

「それは違うぞ。どうやら鷹野も混乱しているようだな。秀島海邦と成瀬祐三は同じ人物じゃないか」

「いいえ、今の話でいいんです。岡部と秀島海邦さんと成瀬祐三さんは、三人とも九州の出身だったんですよ」

「何だって？　おまえの言う秀島海邦というのは、いったい誰のことなんだ」

鷹野は再び靖江を指し示した。

「美術家・秀島海邦の正体は、成瀬祐三さんではなく、戸田靖江さんだったんです」

「えっ？」

門脇と塔子は、同時に声を上げていた。

「九州で調べてもらって確認できました。成瀬祐三さんも戸田靖江さんも、時期は違いますが九州から東京に出てきた人です。岡部もそうです。そして岡部の遠い親戚に当たるのは、戸田靖江さんだということがわかりました」

話についていけなくなってきた。塔子は、なんとか頭の中を整理しようとした。それを察したのだろう、鷹野はゆっくり説明してくれた。

「インスタントカメラの持ち主は戸田さんだ。戸田さんは親の財産を継いで、国分寺の家を建てた。美術活動をする傍ら、子供のころの趣味を忘れず、驚異の部屋にコレクションを並べた。化石の発掘も好きで、奥多摩のコテージを買い、以前は成瀬さんと鳥巣石灰岩を掘りに出かけていた。壁裏の通路から、柱時計の部屋を観察していたのも戸田さんだ。古谷理恵子さんの写真を大事に保管していたのも、戸田さんだったんだ」

「いや、でも、それって……」塔子は動揺を隠せない。「女性である戸田さんが、理恵子さんのことを？」

鷹野は戸田靖江に視線を向ける。

「本当のことを教えてくれませんか、戸田さん」

靖江は咳払いをした。それから静かに話しだした。

「私は理恵子を愛していました。……最近はそういう人たちの団体も出来て、少しずつ世間に受け入れられるようになってきたと聞いています。でも、以前は特別な目で見られることが多かった。だから私は、そのことをずっと隠して生きてきました。結局、それが国分寺事件のきっかけになってしまったんです。すべて私の責任です」

「男性には関心がないということですね」鷹野が言った。「つまり成瀬祐三さんとは、本当に同居していただけだった」

「そうです。……いえ、誤解しないでほしいんですが、私は理恵子をどうにかしたいと思っていたわけではありません。ただ精神的なつながりがほしかっただけなんです。理恵子にそう説明したいという気持ちはありました。でも、拒絶されたらと思うと、怖くて話せませんでした。

そのことを知って、岡部は私を脅してきたんです。金をよこせ。出さなければ、あんたの好きな理恵子に全部ばらすぞ、と。数十万円単位で、私は何度も金をゆすり取られました。岡部は本当にひどい人間でした」

塔子は頭の中で、人間関係を整理しようとした。

戸田靖江は真の秀島海邦であり、マスクの女であり、近隣住民・菅沼でもあった。成瀬祐三は偽者の秀島海邦であり、その後、白骨遺体の頭部になったと考えられる。そして古谷理恵子は、今も行方不明のままだ。

これまで扱ってきた事件の中で、もっとも複雑なものだと言えそうだった。

七年前、国分寺の洋館でいったい何があったのだろう。成瀬祐三と靖江、外からやってきた理恵子と岡部。この四人の間にどのような確執があったのか。

黙ったまま、塔子は靖江の表情をそっとうかがっていた。

6

私が両親と一緒に九州から東京へ出てきたのは、小学生のころでした。三鷹に住むようになりましたが、親が相当な資産家でしたから家はかなり立派なものでした。

でも今から二十五年前、私が二十歳のとき、父と母は車の事故で亡くなってしまったんです。近くに親戚はいませんでした。ただ、都内に父の知り合いの弁護士がいたので、相続のことなどはすべて面倒を見てもらうことができました。

私は人と会ったり話したりするのがとても苦手でしたが、買い物のため、週に何回かは外出しなければなりませんでした。あるとき私は油断していて、ひったくりに遭ってしまいました。そのとき助けてくれたのが成瀬さんだったんです。当時私は二十二歳、成瀬さんは三十五歳でした。

私は驚いて、動揺して、ちょっと普通の状態ではありませんでした。つい九州の言葉が出てしまいましたが、驚いたことに成瀬さんも九州出身だと言うんです。なんだか、とてもなつかしいような気持ちになりました。

とにかくお礼がしたいからうちに来てくださいと、私にしては珍しく、はっきりした声で言いました。知らない人を、しかも男性を自分の家に呼ぶなんて、普段なら考えられないことです。でもそのときは、どうしても感謝の気持ちを伝えたいと思いました。同郷だということで、成瀬さんも親しみを感じてくれたようでした。

三鷹の家へ案内してコーヒーを出したとき、私ははっとしました。長めの髪で隠していたけれど、成瀬さんには、右目からこめかみにかけて目立つ傷痕があったんです。そして彼には、右の耳たぶがありませんでした。

刑事さんたちは十五年前の写真をご覧になっているようですが、耳のことには気がつかなかったんじゃありませんか？　そうだとしたら、うまくいったということです。

コーヒーを飲みながら、成瀬さんはこれまでのことを話してくれました。高校時代、ぐれたこともあったそうですが、二十歳のときに上京してプロのボクサーを目指したそうです。でもアルバイトをしていた工事現場で事故に巻き込まれ、右の耳たぶがちぎれて、右目の視力をほとんど失ったということでした。ボクサーになる夢は消えてしまって、今は清掃の仕事をしている、と成瀬さんは言いました。目は仕方ないけれど、耳はなんとかならないものかと気にしているようでした。

同じ九州の人だということもあって、成瀬さんとは普通に話すことができました。それで私は、思い切って「耳を見せてください」と言ってみました。私は短大卒業後、自宅で彫塑作品を制作していました。技術習得のためにマネキン人形を作ってみたり、それから、ご存じでしょうか、人工補正具という体のパーツを作った経験もあったんです。私は医療関係者ではありませんが、指や耳といったパーツを作る技術は、彫塑に通じるものがあるんです。私は道具を持ってきて、彼の耳を型取りしました。健常な左耳を参考にして、右の耳を作ることにしました。

次の週もう一度来てもらって、シリコーン製の右耳を成瀬さんに試してもらいました。何度か形の調整を行い、色も実際の肌に合わせて、出来上がったものを成瀬さんにプレゼントしました。彼は鏡を見て驚いていました。少し照れたような顔をしたあと、あなたの技術はすごい、と褒めてくれました。

成瀬さんは三鷹の家をよく訪れるようになりました。私は彼を観察しながら、この人を仕事のパートナーにできないだろうかと考えました。じつはそのころ、美術商の佐久間さんから、一緒に仕事をしないかという手紙をもらっていたんです。佐久間さんは展覧会で私の彫塑作品を見て、とても気に入ってくれたようでした。大変な幸運でしたが、私は他人と接するのが不安だったので、ずっと迷っていました。本名でなく秀島海邦という名前で活動していたのも、自分を表に出したくなかったからなんです。だから、もし成瀬さんが私の代役を務めてくれたら、すごく助かるなと思いました。

そのことを話すと、成瀬さんはすぐに了承してくれました。あのときは本当に嬉しかった。彼は私の作品を見て、こんな感想を聞かせてくれました。

「靖江さんの作品の魅力は細部にあります。目や耳や鼻、ひとつひとつがパーツとして完成されているから、全体に迫力が出てくる。これは、離れて見てはいけない作品です。近づいて、細かな部分を鑑賞するのが正しいと思います」

意外に美術鑑賞の素質がありますね、などと私は言いましたが、聞けば、成瀬さんのお祖父《じい》さんは博多人形を作る職人だったそうです。そんなことも多少は影響していたのかもしれません。

成瀬さんが頻繁に出入りしていると近所の噂になるかもしれない、という心配がありました。今後佐久間さんとの取引も始まりそうだったので、静かな環境で創作したいと考え、私は転居することにしました。資産を使って国分寺に土地を買い、知り合いの建築家に頼んで洋館を設計してもらったんです。古くからの知人だったので、臆することなく話ができたのは幸いでした。役所への届け出はすべて成瀬さんにお願いしました。だからあの家は成瀬祐三の名義になっているんです。

二十一年前、国分寺の家が完成したので、私は成瀬さんと一緒に暮らすようになりました。といっても、男女の関係はまったくありません。成瀬さんにもそのことはよく話してありました。

私は成瀬さんが美術家・秀島海邦として振る舞えるよう、いろいろなことをレクチャーしました。準備が整ったところで、佐久間さんとの打ち合わせに出かけました。他人の視線が苦手でしたから、私は黒縁の眼鏡をかけ、移動中にはマスクをつけるようにしました。成瀬さんの演技はなかなか堂に入ったものでしたが、創作の細かい部分になると答えられません。それで、助手役の私がときどき耳打ちをしました。話はまとまり、私たちは佐久間さんのギャラリーの専属作家になりました。

私は成瀬さんのことを、親しみを込めて「ユミさん」と呼ぶようになりました。名前が祐三だから、ユミさんです。子供のころ自分の名前を「ゆー三」と書いたせいで、家族が戯れに「ユミ」と呼ぶようになった。当時、色白で体が弱かったせいもあるのだろう、と本人が笑って話してくれました。

対外的には私が家政婦でしたが、実際にはほとんどの家事はユミさんがこなしていました。彼はじつに器用でした。調理師の見習いをしていた時期があったので料理は上手だったし、お祖父さん仕込みなのか手先が器用で、パッチワークが得意だったんです。とにかく、よく出来た二人三脚だと私は感じました。ユミさんは私にとって、なくてはならない大切な存在になりました。

私たちの仕事は順調でした。ところが十五年前、佐久間さんが体調を崩してギャラリーをやめると言ってきました。私の作品はかなり売れるようになっていたので、残念だという気持ちはありました。でも佐久間さん以外の人とあらたに関係を作るのは大変ですから、ユミさんとも相談した結果、我々も引退することにしました。もともと財産がありましたから、収入が途絶えても困ることはなかったんです。

ギャラリーとのつきあいはなくなりましたが、その後も私はひとりで創作を続けていました。お金には関係なく、何かを作っていることが好きだったからです。このまま誰にも知られることなく、歳をとっていくのもいいなと思っていました。……ところが七年前、美術商の古谷理恵子が訪ねてきました。

初めて会ったとき、私は彼女の顔に見入ってしまいました。彼女の容姿は、まさに私の理想像でした。いったい、あの感覚をどう表現すればいいのか……。美術家の目で見て、この人はいいモデルになりそうだと感じることはよくあります。それとは別に、自分の好みに合っていて、ずっと一緒にいたいと感じるような人も稀《まれ》にいます。理恵子は、そのふたつの要素を併せ持っていました。目や耳や鼻といったパーツの美しさ。優しさの感じられる唇。今まで見てきた女性の中で、もっとも私の好みに合う人でした。

少し緊張して挨拶する理恵子を見ながら、私はなんとかしてこの女性と一緒に過ごしたいと考えていました。彼女にとって秀島海邦とはユミさんのことです。でも理恵子がこの家に来てくれるのなら、それだけでよかった。私はユミさんの部屋に行って、新しい美術商に会ってほしいと頼みました。

すぐに取引できる状態ではないけれど、この家に来てくれるのはかまわない、空き部屋があるからそこを使ってくれていい、とユミさんは理恵子に話してくれました。あとで私は彼に頭を下げ、感謝の言葉を伝えました。ユミさんはちょっと困ったような顔をしていましたが、何も言いませんでした。彼は私の好みをよく知っていたからです。

それ以来、毎週土曜に理恵子はやってきました。食材や総菜を買ってきたり、美術の資料を持ってきてくれたり、とても親切でした。彼女が来ているときだけは、ユミさんには美術家の先生らしく振る舞ってもらい、私は家政婦の仕事をこなしました。理恵子は私の料理を手伝いながら、美術家・秀島海邦についてあれこれ尋ねてきました。秀島に関する情報収集をしたかったんでしょう。私たち三人は一緒に食事をし、お茶を飲み、世間話や美術の話をしました。理恵子が笑う姿を、私は穏やかな気持ちで見ていました。それが自分ではなく、ユミさんに向けられた笑顔だったとしても私は幸せでした。

ユミさんは彫塑の真似事はできましたが、本格的な創作活動は無理でした。正体がばれてはいけないので、食事やお茶のとき以外、彼には部屋にこもってもらうようにしました。理恵子には柱時計のある部屋を貸し与えて、そこで自由に過ごしてもらいました。彼女はギャラリーの仕事の残りを片づけたり、美術書を読んだりしていたようです。そんな彼女の姿を、私は壁裏の通路から観察しました。元はセーフルームとして設計したスペースでしたが、まさかこんなことに使うようになるとは自分でも思いませんでした。

おかしな気持ちはなかった、と言っても信じてもらえないでしょうね。でもこのときの私は、彼女を眺めているだけで満足でした。ユミさんに理恵子のインスタント写真をたくさん撮ってもらって、私はそれを大事にしていました。彼女のことを日記に書いて、記録をどんどん増やしていきました。本当に、あのころが人生で一番楽しい時期だったような気がします。

でもそんな中、あの男が——岡部祥一郎が現れたんです。

遠戚の岡部が東京にいることは、以前両親から聞いていました。訪ねてきた彼を、私はリビングルームに通しました。当時私は三十八歳、岡部は二十八歳だったと思います。彼は話がうまく、珍しく私は声を上げて笑ってしまいました。でも、じつはそれがあの男の作戦だったんです。またおいで、と私は言いましたが、まさか二日後にやってくるとは思いませんでした。それからも岡部は頻繁に現れて、雑談や食事の合間に、家の中を観察しているようでした。やがて私にもわかってきました。あの男の狙いは金だったんです。

岡部は私の弱みを握ろうとしていました。まず彼は、夫婦でもないのに私とユミさんが一緒に暮らしていることを、不審に思ったようでした。疚しいことは何もないので、これは弱みになりませんでしたが。……それより困ったのは、週末は来ないでくれと頼んでおいたのに、岡部が土曜にやってきたことです。そこであの男は、理恵子と会ってしまったんです。

岡部は理恵子から、美術家・秀島海邦のことをいろいろ聞いたようでした。そのとき何か、ぴんときたんでしょうね。岡部は黙って私の部屋に入り、理恵子の写真を見つけてしまいました。私が理恵子に思いを寄せていることを、彼は知ってしまった。そこから、あいつの脅しが始まりました。

黙っていてやるから金をよこせ、とあの男は言いました。週に二回、三回と訪ねてきて、金をせびっていきました。こんなことが続けばいずれ何百万、何千万という額をむしりとられてしまうかもしれません。ユミさんは、自分がなんとかすると言ってくれましたが、私は断りました。支払いを拒絶すれば、岡部は理恵子に事実を伝えるでしょう。そうなれば理恵子はもう、この家に来てくれなくなる。それは何よりもつらいことでした。

ある週末、いつものように理恵子がやってきました。私は雑用を済ませたあと壁裏に入りましたが、柱時計の部屋を覗き込んでびっくりしました。そこには理恵子だけでなく、岡部がいたんです。あの男はこっそり家に入ってきて、理恵子がいることに気がつき、何か話していたようでした。ちょうどその話が終わったところらしく、岡部は廊下に出ていきました。

理恵子は落ち着かない様子で、部屋の中を歩いていました。そのうち彼女も部屋を出ていきましたが、数分後ユミさん――秀島海邦とともに戻ってきました。

秀島先生は何か隠しているんですか、と理恵子は尋ねていました。たぶん岡部がよけいなことを吹き込んだんです。少しだけ秀島海邦の秘密をにおわせて、理恵子にこういう質問をさせる。そのことをユミさんから聞けば、私が窮地に追い込まれ、さらに金払いがよくなるだろう。そう考えたんだと思います。

ユミさんが硬い表情で部屋から出ていったあと、リビングのほうから大きな音が聞こえました。壁裏から出て駆けつけてみると、驚いたことにユミさんが岡部を殴っていました。もともと恐喝に腹を立てていたユミさんが、今日はもう我慢できないと、岡部に向かっていったんです。私と理恵子が見ている前で、ユミさんは何度も岡部を殴りました。ボクシングをやっていたユミさんにはとてもかなわず、岡部は捨て台詞を吐いて、家から出ていきました。私は胸がすくような気分を感じました。

でもこれが、あの恐ろしい事件のきっかけになってしまったんです。


事件が起こったのはそれから三日後、十月二十五日、火曜日の夜でした。その週、私はサンプル作品を完成させる約束になっていて、理恵子はギャラリーが終わったあと、毎日私の家に泊まりに来ていました。夕食をとったあと私たち三人は自分の部屋に入って、それぞれの時間を過ごしていました。私は作品を早く完成させようと、徹夜をするつもりでした。


午後十一時ごろだったでしょうか、家の外で物音が聞こえました。何だろうと思っているとドアがノックされて、ユミさんが険しい顔で現れました。誰かが庭を歩いていた。さっき玄関の錠がピッキングされ、ドアが開けられたようだ、というのです。

「もしかしたら岡部が来たのかもしれません」とユミさんはささやきました。

まさかそんな、と私は思いました。ところが、玄関のほうで物が落ちる音がしたんです。人がいることは間違いないと感じました。

「靖江さんはセーフルームに入っていてください」とユミさんは言いました。「今、理恵子さんもここに連れてきます」

私の部屋は納戸のすぐそばにあります。ユミさんは私を壁裏の通路に入らせ、外からドアを閉めました。私は薄暗い通路を歩いて、覗き穴に近づいていきました。そのとき、理恵子の悲鳴が聞こえました。

驚いて、私は柱時計の部屋を覗き込みました。カーペットの上に、彼女が血を流して倒れているのが見えて、思わず声を上げそうになりました。彼女のほか、部屋にはふたりの男がいました。眼鏡やマスクで顔を隠していて誰なのかはわかりませんが、体形からすると岡部ではありませんでした。岡部とは無関係な強盗なのか、それとも岡部の息のかかった人間なのか……。金目のものを探すためでしょうか、男たちは廊下へ出ていきました。私は壁の向こうにいる理恵子を見つめました。刃物で刺されたらしく、血溜まりが徐々に大きくなっていきます。目を閉じたまま、彼女は身動きもしませんでした。

やがて通路の向こう、納戸のほうで音がしました。もしかして、あの男たちが秘密のドアを見つけてしまったのか？　息をひそめていると、ユミさんの声が聞こえてきました。

「靖江さん、絶対に声を出しては駄目です。何があっても、奴らが引き揚げるまで音を立ててはいけない」

そのあと、ユミさんは納戸から出ていったようでした。黙っていろと言われても、理恵子のことが気になります。私は隠し通路のドアを開けて、外へ出ようとしました。でも、外に何か障害物があるようで、ドアは開きませんでした。

私は通路に戻ってもう一度、隣の部屋を覗き込みました。そこへ喚き声が聞こえてきたんです。腹から血を流したユミさんが、ふたりに引きずられてくるのが見えました。ぐったりしたユミさんを部屋に転がしたあと、男たちは金品の物色に戻ったようでした。ユミさんの体から、どんどん血が流れ出ているのがわかりました。彼は苦しげな息をして、こちらに顔を向けました。私の姿は見えないはずでしたが、彼は何度も首を横に振っています。「騒いではいけない」ということでしょう。私は理恵子とユミさんが衰弱していくのを目の当たりにしながら、どうすることもできませんでした。慌ててこの通路に入ったため、手元には携帯電話がなく、外に助けを求めることもできませんでした。薄闇の中、私は声を殺して泣きました。

それから二十分ぐらいで、強盗殺人犯たちは出ていったようでした。私は何度も体当たりをして、ようやく秘密のドアを開けることができました。ユミさんは納戸にあった段ボール箱を積み上げ、ドアが見えないよう隠してくれていたんです。

私は転がるように廊下へ出ると、柱時計のある部屋へ急ぎました。まず私は理恵子に駆け寄りました。彼女はもう死んでしまって、手足が冷たくなりかけていました。テーブルの上に置いてあったヘルマフロディトスの赤い仮面は、彼女のすぐそばに落ちていました。犯人たちにとってその真っ赤な仮面は、殺人の記憶を呼び覚ます品になったのではないでしょうか。

ユミさんは虫の息でした。弱々しい声で、彼はこう言いました。

「あいつらは、たぶん岡部の仲間です」

しっかりして、と私は言いました。

「靖江さん、私はもうあなたのお世話はできそうにありません。でも、あなたが生きていくのに役立つのなら、成瀬祐三という人間の死をうまく利用してください。あなたの助けとなることが、私の一番の望みなんです」

そう言ったあと、彼は息を引き取りました。私はまた泣きました。

どれぐらい時間がたったころか、外で犬の鳴き声がして、私ははっとしました。そのとき私の頭に浮かんだのは、遺体をこのまま放置しておいてはいけない、ということでした。とにかく、室内にふたりを寝かせておいたら誰に見られるかわからない、早く片づけなければ、と思いました。私は必死になって、ふたりの遺体を隠し部屋に引きずっていきました。そこなら見つかることはないはずです。

ユミさんの言ったとおり、この事件には岡部が関係しているだろう、と私は推測しました。タイミングから考えても、そうとしか思えなかった。だとすると、ふたりの犯罪者は結果を岡部に報告し、岡部は私を狙ってまた強盗を指図するかもしれません。それで私は、国分寺を離れて別の家に住むことにしました。以前ユミさんとよく出かけた奥多摩にコテージがあったので、移り住むことにしたんです。

他人と話すのは苦手でしたが、ユミさんがいなくなった以上、昔のようにひとりで行動するしかありませんでした。私は車を運転してコテージに移動しました。国分寺の家には壁裏の通路や隠し部屋があるので、一般の民家として売却することは難しいでしょう。固定資産税などを払い続け、国分寺の家はそのまま維持することにしました。

奥多摩と国分寺を、車で行き来する生活が始まりました。金はもともと私名義の口座にたくさんあったので、生活する上でまったく問題はありませんでした。以前、彫塑作品でお金を得ていたころはユミさん名義の口座に振り込みがありましたが、そこから私名義の口座に移し替えていたんです。ユミさんには自由にお金を使っていいと言ってありましたが、あの人は律儀で、ほとんど自分のために使うことはなかったようでした。

一年ほどで、隠し部屋の遺体は白骨になりました。密閉性の高い部屋だったことと、広い畑の中の一軒家だったことで、周囲には気づかれずに済みました。

この事件で私は、大事な人をふたりも失いました。

私は犯人が憎かった。絶対に許せない、と思いました。……指図をしたのは岡部だと推測し、調査会社を使っていろいろ調べ始めました。すると、岡部は暴力団の下請けとして違法な仕事をしていたことがわかりました。続いて、仲間である緑川という男の写真が入手できました。しばらく張り込ませて緑川の私服を撮影させたところ、あの夜強盗が着ていたものと同一だと判明しました。やはり岡部が強盗事件を起こすよう命じたんです。だとすると、もうひとり実行犯がいるはずでした。私は追加の調査を依頼し、関係者をリストアップさせました。

どうやって復讐してやろうかと考えながら、私は毎日を過ごしていました。どこに発表するわけでもありませんが、自分の気持ちを落ち着かせるために、美術品を制作する日々が続きました。私は遺体の様子の確認と、空気の入れ換えのため、月に何回か国分寺に通いました。あれは、無縁仏の墓参りをするような気分だったのかもしれません。

一度だけ様子を探るため、何も気づいていないふりをして、岡部に電話してみたことがあります。今どこにいるんだ、と訊かれましたが、それには答えませんでした。あの夜、自分が外出先から戻ったら成瀬さんと理恵子がいなかった。警察には極秘で調べてもらっているが、行方はわからない。また襲われるかもしれないので、今私は身を隠している、ということを岡部に伝えました。岡部はもう少し話を聞きたかったでしょうが、自分が強盗を指示したとばれてはまずい、という気持ちがあったんだと思います。もう私には関わらないことにしたようでした。この前の北浜の話では、事件後、岡部は国分寺の家に侵入したそうですが、それは一回だけだったはずです。もう邪魔者はいなくなった、と私は思いました。ところがその後しばらくして国分寺の家に行くと、郵便受けにメモが入っていました。自分は北浜洋次という者で、古谷理恵子を捜している。この家に出入りしていたことがわかったので、一度話を聞かせてほしい。そう書いてありました。

　もし岡部の仲間だったらまずいと思いましたが、放っておくのも落ち着きません。怪しい相手なら途中で電話を切ればいいと思って、メモされていた番号にかけてみました。北浜が理恵子の婚約者だったと聞いて、私はショックを受けました。まさかあの理恵子に、そんな相手がいたなんて……。他人との接触を極力避けてきた私ですが、理恵子の婚約者がどんな男性なのか興味があったし、彼女の思い出話なども聞きたかったので北浜と会うことにしました。国分寺の家には遺体があるのでまずい。奥多摩のコテージも知られたくない。それで、立川駅のそばにある喫茶店で会ったんです。

　北浜はこれまで理恵子を捜索してきた経緯を話してくれました。それを聞いて、私は思いました。この北浜という男は役に立ってくれそうだ、と。……私は、成瀬さんの知り合いの不動産業者だという偽の職業を伝えました。成瀬さんとは親しくしていたので、何度も家に招かれた。その際、古谷理恵子さんらしい女性を見かけたことがある、と私が言うと、北浜は身を乗り出してきました。岡部という男性も家に出入りしていたようだ、と話すと、彼は目の色を変えました。

その後私は何回か北浜と会って、情報交換をしました。北浜は粘り強く調査を続けていることがわかりました。理恵子が生きていることは期待できないと思っているはずですが、あきらめきれないようでした。もし理恵子を殺害した奴がいるなら、俺は絶対許さない、と彼は憤っていました。

うまく情報を与えれば、北浜は本当に復讐をするだろう、と私は思いました。それで、岡部の知人を調べたほうがいいと勧め、調査会社を紹介しました。その会社は以前私が関係者のリストを作らせたところで、じつは裏から話を通してありました。北浜という客が行くから、何日か調査したふりをして、私に報告したものと同じリストを渡してほしい、と。もちろん北浜から正規の調査料を受け取ってかまわない、としました。

計画実行のタイミングは、予想より早く訪れました。ある日北浜は、緑川達彦と親しくなったので、そろそろ締め上げて真相を吐かせる、と私に伝えてきました。これを聞いて、私は最後の準備に取りかかりました。

隠し部屋に行って、以前撮影してあった理恵子のインスタント写真を一枚残しておきました。さらに男性の頭骨と女性の体の骨を組み合わせ、わかりやすいように秘密のドアを開けておいた。その上で、漏電から失火したような細工をして、二月二日、洋館に火をつけました。警察が隠し部屋の存在に気づき、事件を捜査するように仕向けたんです。

北浜にだけ理恵子の死を知らせ、岡部たちを襲わせることも考えましたが、そうすると、なぜそんなに情報を知っているんだと、私が疑われてしまいます。それは避けたいので、警察を巻き込んで事を大きくしたほうがいいと考えたわけです。

私は、刑事が来て理恵子の写真を見せていった、などの作り話をしました。計画はうまくいって、北浜はその日の夜、早くも緑川を始末してくれました。実際には、転落死だったということでしたが……。続いて豊崎、そして最後は岡部。ただ、話によると岡部はまだ生きているそうですね。残念なことです。

一方、私のほうは菅沼と名乗って、二日ほど警察の聞き込みに応じました。庭木のある家は、二年ほど前に売りに出されたので買い取ったんです。いずれ役に立つだろうと考えて、用意していた家でした。あのへんは近所づきあいがあまりなくて、他人には無関心なんです。ただ、そうは言っても近隣住民に顔を見られるのはまずいと思いました。今までできるだけ顔を隠して生活してきましたが、洋館に住んでいた人間が近隣の家にいる、と気づかれては困ります。だから刑事さんたちが聞き込みにやってきたとき、私は足が悪いふりをして玄関の外には出なかったんです。

私が菅沼として警察の対応をした理由は四つありました。第一に、戸田靖江は髪が長かったのだと強調して、今の私とは違う人物像を植え付けること。第二に、戸田靖江がオレンジ色のカーディガンを着ていたと証言し、タオルの血痕を戸田のものとしてDNA鑑定させること。第三に、現在の警察の捜査状況を探ること。そして第四に、漏電に見せかけた火災の状況を見守ることです。うまく火がつかなくては意味がないし、燃えすぎて全焼してしまったらすべて台なしになりますから、どうしても近くで見ていたかったんです。

計画のほとんどはうまくいきました。でも、最後の詰めが甘かったようですね。北浜は私がお膳立てをしたことに気づいてしまったし、刑事さん、あなたたちも奥多摩のコテージにたどり着いてしまった。

もしかしたら、これは報いというものでしょうか。そうですね。私は自分の力を過信していたのかもしれません。

＊

天井の蛍光灯が、じじ、と小さな音を立てた。

昨日の供述メモから顔を上げ、塔子は目の前にいる女性を観察した。フレームがピンク色の、洒落た眼鏡。ショートカットに化粧っけのない顔。その表情にはいくらか疲労の色がうかがえる。

白い壁に囲まれた小金井署の取調室で、塔子は戸田靖江と向き合っていた。補助官として控えているのは鷹野だ。

「戸田さん、気分はどうですか」塔子は靖江に問いかけた。「夜は眠れていますか？」

「ホテルの食事って久しぶりです」靖江は答えた。「子供のころは両親に連れられて、あちこち旅行に出かけたんですよ。でも中学生になったころには、私は他人の目を気にするようになっていましたから、旅行なんてとても……」

靖江はまだ参考人という立場だったが、放っておけば逃亡したり、自殺を図ったりするおそれがある。だから女性警察官の付き添いのもと、ホテルに宿泊してもらっているのだった。

奥多摩での一件から二日が経過していた。昨日一日で、事件のあらましは聞き出すことができた。だが、まだいくつか解明されていない謎がある。

「戸田さん。もうひとつの遺体について話してもらえますか。古谷理恵子さんではない、女性の骨についてです。あなたはもともと、あの遺体を隠すために、驚異の部屋を利用していたんですよね？」

しばらくためらったあと、靖江は意を決した様子で口を開いた。

「隠し通せることではないでしょうね。……あれは三宅悦子さんの骨です。今から二十年前、国分寺の洋館が完成した翌年に、彼女は死亡しました」

「やはり、この人か……」鷹野が資料ファイルを開いた。

東京都西部の行方不明者リストの中に、その名前はあった。二十年前、三十三歳で失踪した人物で、三鷹市在住となっている。今、特命班が身元を洗っている女性だ。

「あなたとの関係は？」塔子は尋ねた。

「以前私が住んでいた三鷹の家のご近所さんです。私より八歳年上で、栄養士の仕事をしていました。高校生だったころから、私は悦子さんに憧れていたんです。……いえ、はっきり言ったほうがいいですね。恋愛の対象としてあの人を見ていました」

古谷理恵子と出会うよりずっと前に、そんなことがあったとは――。塔子は靖江の話に耳を傾けた。

「悦子さんは就職してから忙しくなってしまったようでしたが、私の両親が事故で亡くなったとき、お線香を上げに来てくれました。普段、私は他人を気にして感情を表に出さないんですが、このときは気持ちが高ぶっていて、悦子さんの前でずいぶん泣いてしまいました。そんな私を、あの人は優しく慰めてくれました。悦子さんの両親は離婚していて、一緒に住んでいた母親は何年か前に亡くなったということでした。

近しい親戚もいないということで、よく似た境遇になった私に同情してくれたんだと思います。

そのことがあってから、何度か悦子さんとふたりでお酒を飲みに行くようになりました。テレビドラマなどの趣味が合ったので、あれこれ楽しく話すことができました。……たぶんそれで、私は勘違いをしたんですね。あの人も私と同じ気持ちだろうと思い込んでしまったんです。

その後、私はユミさんと一緒に国分寺に引っ越しましたが、気持ちはずっと悦子さんのほうを向いていました。月に一度は彼女を家に招いて、お酒を飲みました。彼女が借金をしていると聞いたので、私は何度かお金を用立ててあげました。ありがとう、助かるわ、と彼女に感謝されると、なんとも誇らしい気持ちになったものです。でもそんな私を見て、ユミさんは何か言いたそうな顔をしていました」

「美術商の佐久間さんが、国分寺の家から女性が出てくるのを見た、と話していました。そのあと家に入ったら、戸田さんと成瀬さんの会話がぎくしゃくしていたとか」

悦子に思いを寄せる靖江を、成瀬はずっと気にかけていたのだろう。

「私のせいなんです」靖江は続けた。「二十年前のある日、いつものように悦子さんは私の家にやってきました。普段よりもお酒が進んで、彼女は上機嫌でした。チャンスかもしれない、という気がしました。私はアルコールの力を借りて、自分の気持ちを打ち明けてみたんです。すると、明らかに彼女の表情が変わりました。思い出すと今でもつらくなります。悦子さんはもう、私の目を見てはくれませんでした。きつい言葉をつかうわけではなかったけれど、強い拒絶の気配がありました。恥ずかしさの中で、私はどこかへ消えてしまいたくなりました」

当時を思い出したのだろう、靖江はうつむき、目を閉じた。

「そのあと、あなたは悦子さんを……」

「違うんです」靖江は顔を上げた。「席を外して私が洗面所で泣いていると、何か言い争うような声が聞こえました。そのあと悲鳴が響いて、何かが倒れるような音がしたんです。慌ててリビングに行くと、ユミさんが呆然《ぼうぜん》とした表情で立っていて、その足下に悦子さんが倒れていました。私は彼女に駆け寄りました。悦子さんは頭から出血していて、床にあった金属製のオブジェが真っ赤に濡れていました。頭を動かそうとして私は息を呑みました。オブジェには鋭利な細工がしてあって、運の悪いことに、その尖った部分が悦子さんの首を貫いてしまっていたんです。悦子さんは絶命していました」

その様子を想像して、塔子は眉をひそめた。

「ということは……彼女を殺害したのは成瀬さんだったんですね」

「なぜこんなことをしたのかと、私はユミさんを責めました。彼は動揺した様子でしたが、こう説明しました。さっき、悦子さんが電話でこそこそ話しているのを聞いてしまった。相手はたぶん男で、ふたりはどこかへ旅行に出かける約束をしていたようだ。そのために金が必要だったのだが、今日は、予定していた分が手に入らなくなったと、悦子さんは相手に話していた。当てが外れたわよ、と彼女は舌打ちをしていた――。

『悦子さんは男と遊ぶ金がほしかっただけなんです』とユミさんは言いました。『靖江さんの気持ちを踏みにじるようなことをして、しかも借金のことが嘘だとわかって、私は黙っていられなくなりました。ところがこの女は詫びるどころか、靖江さんを侮辱するような言葉を――薄汚い言葉をいくつも口にした。だから突き飛ばしてしまったんです』ユミさんはそう釈明しました。

私のせいで悦子さんが死んでしまった。しかも殺害したのはパートナーであるユミさんです。私はどうしていいのかわかりませんでした。警察を呼ぶべきかと思いましたが、秀島海邦を演じているユミさんが捕まったら、私は佐久間画廊との契約をすぐにも破棄しなければなりません。大事なユミさんが逮捕、収監されることにも耐えられそうにない。それで私たちは、悦子さんの遺体を隠すことにしたんです」

塔子は考え込んだ。洋館が完成した翌年にはもう、そのような事故が起こっていたのだ。靖江にとってあの家は、死の記憶そのものだったのではないだろうか。

「ひとしきり私が泣いて、ようやく落ち着いたころ、ユミさんは言いました。『骨になってしまえば、正体はわからなくなります』と。驚異の部屋のコレクションとして、私たちは小動物の遺骸を骨にした経験がありました。一年ほど放置すれば、人間も白骨になるでしょう。この家で悦子さんを骨にして安置してあげよう、と私は決めました。

庭に埋める方法もあったでしょうが、畑の中の一軒家とはいえ、誰かが道を通りかかるかもしれません。たまたま犬がやってきて掘り返さないとも限らない。だから家の中の、この隠されたセーフルームのほうが安全だと、私たちは考えました。……こうして私とユミさんは共犯者になりました」

靖江は唇を嚙み、体を細かく震わせていた。込み上げてくるものを懸命に抑えようとしているようだ。

「悦子さんの家族は、訪ねてこなかったんですか？」

「さっきも話したように、あの人にも近しい親戚はいませんでしたから……。一度だけ刑事さんが訪ねてきましたが、十分ほど質問を受けただけで終わりでした。失踪の当日、悦子さんが私の家に来ていたという証拠や証言がなかったんだと思います。悦子さんの彼氏も、私について詳しいことは聞かされていなかったんでしょう」

「その後、骨はずっと隠し部屋に？」

「そうです。私は悦子さんの骨を見ながら暮らしてきました。自分はもう、誰かを好きになってはいけないと思った。……しかしその事件から十三年後、今から七年前に、理恵子が私の前に現れたんです。私は自分の気持ちを欺くことができませんでした。理恵子の容姿は、まさに私の理想像でしたから。でも悦子さんを死なせてしまった記憶が頭をよぎって、理恵子に親しく話しかけるのは無理でした。仕方なく私は、壁の裏から彼女を観察することにしたんです。

ところが七年前のあの日、今度は理恵子が死んでしまった……。私は罰を受けたんだと思います。自分のことばかり考えてきた罰です。

今年になって私は、北浜を利用して岡部たちを始末する計画を立てました。警察を巻き込んで事を大きく見せたいと思いましたが、理恵子の遺体だけは自分で保存しておきたかった。彼女の遺体は……あの骨は、私にとってとても大事なものだったからです。骨にこれほどこだわるなんて、おかしいでしょうか？　でも私は、驚異の部屋を造った美術家です。考古学に興味を持ち、化石を発掘していた人間です。骨に関心があるというのも、わかってもらえますよね。……あれこれ考えた結果、私はこの事件の中で、遺体のすり替えをしようと思いつきました」

鷹野がコピー用紙を取り出し、靖江のほうに差し出した。

「それは、こういうことですね？」

図を指差しながら鷹野は言った。

「理恵子さんが死亡したという事実を知らせれば、北浜を復讐に走らせることができる。そのために女性の遺体がひとつ必要だった。でも頭骨を残すと、歯の治療痕や復顔の結果から、理恵子さんではないと判明するおそれがある。それで三宅悦子さんの体の骨と、成瀬さんの頭骨を組み合わせ、猟奇的な事件現場を演出することにした。近くに両性具有を暗示するヘルマフロディトスの赤い仮面を置いたのも、演出の一部でしょう。そうしておけば警察の捜査が攪乱《かくらん》できる、とあなたは思った。……これは、悦子さんの白骨遺体が保管されていたからこそ、成立したすり替えです。そして幸運なことに、悦子さんと理恵子さんの血液型は同じA型だった。そうですね？」

「そのとおりです。……私も、まさか悦子さんの骨を、こんな形で使うことになるとは思ってもみませんでした」

「DNA鑑定の結果、体の骨が理恵子さんでないことは、ばれてもいいと思っていたんですよね？　鑑定が行われるのを見越して、クローゼットにタオルなどを用意したわけでしょうから」

「そうです。北浜は一度計画をスタートさせれば後戻りはできなくなり、最後まで突っ走るだろう、と私は考えました。それに、骨になった女性があの洋館に住んでいたマスクの女――戸田靖江だと断定されれば、私の存在は捜査線上から消えます。これ

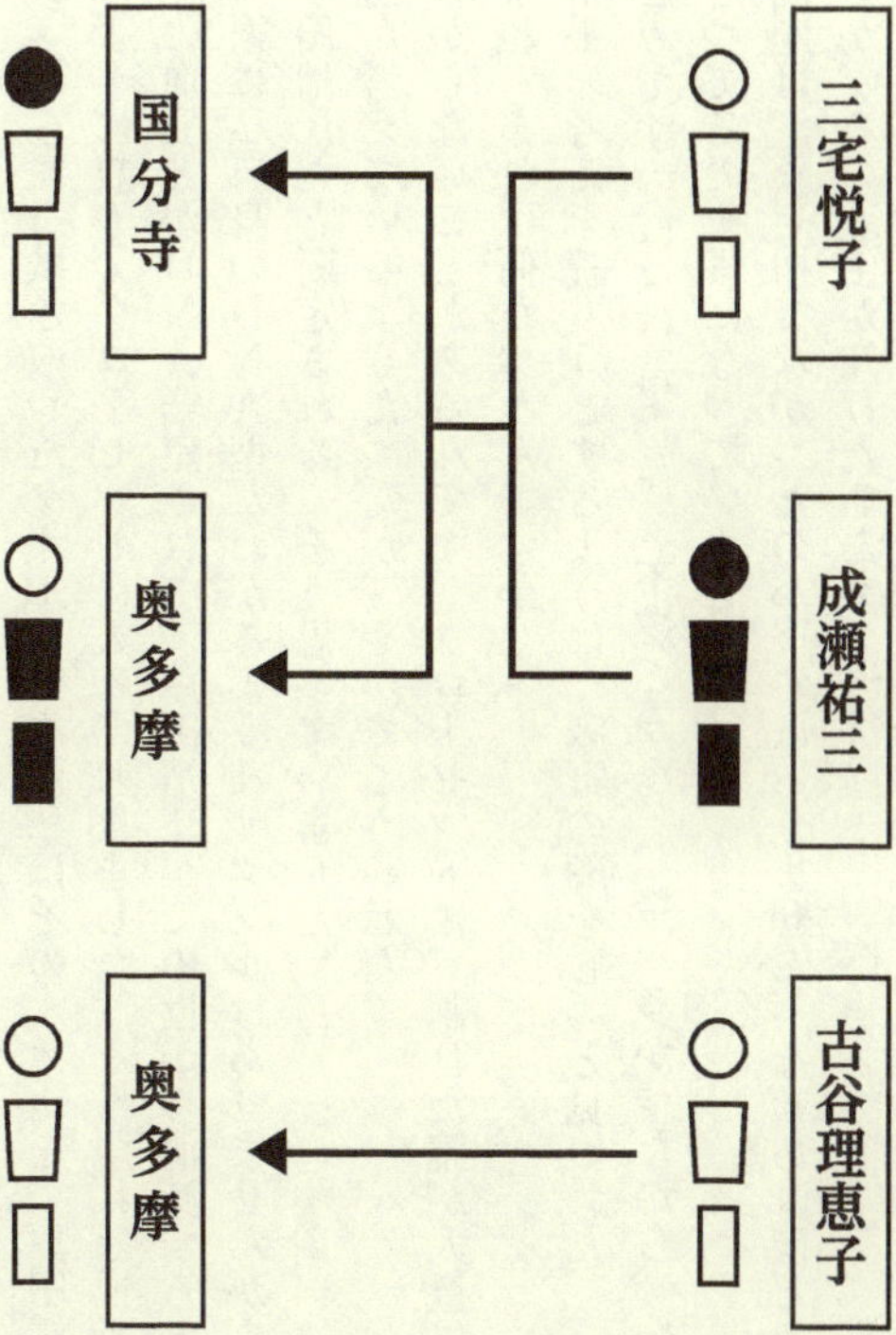
三宅悦子
成瀬祐三
古谷理恵子
国分寺
奥多摩
奥多摩

はとても都合のいいことでした。

二十年前、悦子さんが亡くなったときに保管した品はすべて残っていました。金属製のオブジェから血を拭き取ったタオルもです。私はそのタオルを、戸田靖江のものであるかのように装ってクローゼットに入れておきました。そうすれば悦子さんの体の骨と、その血痕とがＤＮＡ鑑定されて、戸田靖江がこの世から消滅すると考えたんです。あの家に私自身のＤＮＡ型がわかるようなサンプルはありませんから、体の骨はきっと戸田靖江だと断定される。そう思っていました」

鷹野は何か考えているようだったが、やがてこう尋ねた。

「一点、わからないことがあるんです。クローゼットに、割れた鏡が大量に残されていましたよね。あれは何だったんですか？」

靖江は相手の考えを読もうとするように、鷹野の顔をじっと見つめた。

「ただのごみです」彼女は言った。「不燃ごみだし、量が多かったから、いつか処分しようと思ってそのままになっていました」

「いや。問題は、なぜ捨てなかったのか、ではありません。なぜあれほど多くの鏡が割られたのか、その理由が知りたいんです」

「目が悪いんですよ。だから落としてしまって……」

靖江はピンク色の眼鏡のフレームに、指先を当てた。

ふたりのやりとりを聞いていて、何か変だ、と塔子は思った。

——戸田さんは、もともと他人と話すのが苦手だったはず。

本人が何度も言っていたことだ。それなのに、こうして話していてもほとんど違和感がない。むしろ饒舌だとさえ感じることがある。なぜだろう。

そのとき、唐突にある考えが浮かんだ。いや、感覚的には天から降ってきたと言ったほうがいいかもしれない。割れた鏡、以前靖江が使っていた黒縁の眼鏡とマスク、壁裏の通路。それらがひとつにつながる感覚があった。

塔子は靖江に話しかけた。

「女性は男性よりも、鏡を覗く機会が多いですよね。鏡に自分の顔を映して、ここが嫌だとか気に入らないとか、あれこれ思い悩むこともあると思います。私も、自分の顔が子供っぽいことを気にしています」

いったい何の話だ、という顔で鷹野がこちらを見ている。

「失礼かもしれませんが、私はこう考えました。もしかしたら戸田さんは、自分の顔を嫌って、何枚も鏡を割ってしまったんじゃないかと」

「容貌にコンプレックスを持っていた、ということか？」と鷹野。

「いえ、ただのコンプレックスというわけじゃなくて、もっと深刻な悩みです。『醜形恐怖』という言葉がありますよね。昔、友達から相談を受けて調べたことがあるんです。自分の顔の形が気になって仕方がない。だから鏡を見る。そこに映った顔を見て、嫌になって鏡を割ってしまう。でもまた確認したくなって鏡を覗き込む。そういうことを繰り返してしまう例があるそうです。写真に写ることも嫌います。それから、他人の視線が気になって仕方がないので、外出するときは顔を隠すことがあります。知らない人とコミュニケーションをとることが、次第に難しくなっていきます。

醜形恐怖があったと考えると、戸田さんの行動は納得できるんです。鏡をたくさん割ってしまったこと、マスクで顔を隠していたことは、自分の顔を嫌っていたからでしょう。壁裏の通路を造ったのは、自分の存在を隠して他人を観察すると、気持ちが落ち着くからだと思います。それから眼鏡。これには、フィルターを通して相手を見るような効果がありますよね。だから戸田さんは今、それほど抵抗なく私たちと会話をすることができるんじゃないですか？」

塔子は以前、鷹野と話したことを思い出していた。壁の覗き穴を通して他人を見ることと、サングラスや眼鏡をかけて他人を見ることの共通性。それは、他人の視線を直接浴びなくて済むということだ。

「よくご存じでしたね」靖江は小さくうなずいた。「『身体醜形障害』というんだそうです。如月さんの言うとおり、私は他人の視線を恐れていました。中学校に入ったぐらいのころから、人前に出るとうまく喋れないし、友達の目をまともに見ることができなくなったんです。でも眼鏡をかけていると少し落ち着くことがわかりました。実際視力が悪かったこともあって、ずっと眼鏡を作り直したんですが、あるとき新しい眼鏡を壊してしまいました。

　その後さらに目が悪くなって眼鏡を作り直したんですが、あるとき新しい眼鏡を壊してしまいました。それで古い眼鏡をかけてみたら、離れた場所にあるものは、ぼやけてしまってよく見えないことがわかったんです。じつはその状態が、私にとって都合がいいと気がつきました。一メートルも離れれば、相手の視線を気にする必要がなくなりますからね。それで私は、人と話をしなければいけないときは古い眼鏡をかけるようになったんです」

　そういうことか、と塔子は納得した。古い眼鏡のことまでは気がつかなかった。

「塑像を制作するときは、新しい眼鏡を使っていたわけですよね」

「ええ。ものを作るときは自分の目と、それから、この手が大事なんです」靖江は机の上に両手を出して、握ったり開いたりした。「ギャラリーと取引していたのはわずか五年ほどでしたが、私は一生、彫塑を続けるつもりでした。何かを集めることと同じぐらい、何かを作ることが好きだったからです。このふたつの欲求って、根っこの部分は同じだと思うんです」

「だから奥多摩に移ってからも、ひとりで創作を続けていたんですね。そして、あの作品を完成させた……」

二日前コテージで見た広いアトリエを、塔子は思い出していた。そこには数多くの塑像が並んでいた。靖江は誰に見せるわけでもなく、ただ自分のためだけに作品を生み出し続けていたのだ。

そうした作品群の中で、もっとも大切な存在。それが、リビングルームに置かれていた等身大の裸婦像だったという。その像の顔を間近で見たとき、塔子たちははっとした。写真で見た人物とは少し違っている。だが特徴をよく捉えていて、本人以上に本人らしく見えた。

モデルは古谷理恵子に間違いなかった。ドラマで主役になるようなタイプではないが、目や鼻のパーツがはっきりしていて、唇には厚みがある。多くの人に好かれそうな女性だった。

あの像を作った美術家が今、塔子の目の前にいる。粘土や油のにおいのするアトリエではなく、殺風景な取調室の中で、肩をすぼめて座っている。

「あなたが作ったあの像を、X線撮影してみました」塔子は言った。「中に人の骨が入っていることがわかりました。あれは理恵子さんの骨ですね？」

「そのとおりです。骨格標本に肉付けするような形で、私は塑像を作り上げました。骨が全部揃っていたから、完全な形で全身を再現することができました」

内部には人の骨が埋め込まれている。だが見た目にはごく普通の裸婦像だった。そ

う と知らされなければ、おそらく誰も気がつかないだろう。

アトリエからは女性の頭骨と、男性の体の骨一式も見つかった。三宅悦子の頭と、ユミさん——成瀬祐三の体の骨だという。どれもきれいに磨かれ、作業台の上に並べられていた。それから、前衛芸術的な金属製のオブジェ。土台の上に鋭く尖った金属片が突き立てられていて、よく見るとあちこちに赤黒い染みが付いていた。それこそが悦子の命を奪った作品だったのだろう。

「悦子さんとユミさんの骨は、いずれ驚異の部屋のコレクションに加えるつもりでした。でも理恵子像だけは、私の手元に残しておきたかった」

「それでよかったんでしょうか」咎《とが》める調子にならないよう気をつけながら、塔子は尋ねた。「理恵子さんが見つかるのを、ずっと待っている人もいますが……」

いいんです、と靖江は言った。思いがけず、厳しい口調だった。

「私にはもう何も残されていなかった。だから、せめて理恵子を自分のそばに置いておきたかったんです。それぐらいは許されますよね？」

「でも、理恵子さんのお父さんや弟さんは、彼女をずっと捜していました」

机の上に出した手を、靖江は強く握り締めた。

「あの人たちは理恵子と家族だったでしょう？　理恵子と一緒に過ごして、いろんなことを話して、いつも近くであの子の笑顔を見ていた。でも私には何の思い出もありません。ただ、薄暗い通路から彼女の部屋を覗いていただけです。理恵子にとって私は、秀島海邦の家に住み込んでいる、ただの家政婦に過ぎなかったんです」

鷹野が何か言おうとした。だが、彼はためらうような表情になって、言葉を呑み込んでしまった。

何かないか、と塔子は考えた。このまま放っておいたら、靖江は関わった人すべてを敵視してしまうかもしれない。一方的な被害者意識を抱いて、社会を憎み、恨んでしまうのではないか。そうあってほしくない、と塔子は思った。

――私が関わった人には、二度と罪を重ねさせたくない。

そういう気持ちで臨まなければ、報復の連鎖を断ち切ることはできないだろう。今ここで手を打たなければ、罪はずっと繰り返されていくだろう。

塔子は背筋を伸ばした。情に頼りすぎないよう注意しながら、こう言った。

「この前聞きましたが、戸田さんが料理をしていたとき、理恵子さんが手伝ってくれたんですよね。それは、あなたのことを気にかけていたからだと思うんです」

「そんなことはないわ」靖江は首を振る。「理恵子は秀島海邦の情報が知りたくて、家政婦の私に話しかけてきただけよ」

「もしそれだけが目的なら、料理とは別のタイミングで話しかければよかったんじゃないでしょうか。わざわざ料理を手伝ったことには意味があるはずです」

「自分が手伝った料理だと言って、秀島の気を引こうとしたんでしょう？」

「私はそうは思いません」一呼吸おいてから、塔子は続けた。「理恵子さんは、あなたが秀島海邦であることに気がついていたんじゃありませんか？」

「え……」

驚いたという顔で、靖江はこちらを見た。

「美術家であるあなたが包丁で指を切ったりしないよう、気をつかっていたんですよ。そしてもうひとつ。理恵子さんはあなたの気持ちにも、気がついていたんじゃないでしょうか」

「まさか」靖江の顔に、動揺の色が浮かんだ。「どうしてそんなことが言えるんです？」

「理恵子さんは国分寺の家に、ヘルマフロディトスの赤い仮面を持ってきましたよね。そもそもあれは、どういう経緯で持ち込まれたんですか？」

意外なことを質問されて、靖江は少し戸惑っているようだ。記憶をたどる様子で、彼女は答えた。

「この仮面の表情には味わいがあるから、きっと秀島先生も気に入ると思います。……理恵子はそんなふうに話していたはずです」

「あの仮面が使われた『ヘルマフロディトス』というお芝居は、両性具有というモチーフを扱った作品です。男性と女性、これは相反するものですよね。でもそれがひとつになって調和がとれている状態が、ふたつの性を持っているヘルマフロディトスなんです。

このお芝居の中で主人公はいろいろな人生経験を積んでいきます。男性と恋をすることもあるし、女性と恋をすることもあります。でも物語の最後、ヘルマフロディトスは同じ両性具有の仲間を選んで、楽園を作るため旅に出るんです。この、希望を感じさせるラストを、理恵子さんは伝えたかったんじゃないでしょうか。

性に関わる仮面を持ってきたことから、理恵子さんはあなたの気持ちを理解していたと想像できます。そうと知っていながら、あなたを嫌ったり離れていったりすることはありませんでした。それが理恵子さんの答えです。彼女は秀島作品が好きで、もう一度光の当たる場所に出てきてほしいと思ったから、新しい仕事を依頼してきたんですよね？　作者に伴走して優れた作品を誕生させることが、理恵子さんの一番の願いだったはずです。それが実現できる相手として、ほかの誰でもなく、秀島さんが選ばれたということです」

塔子は相手の表情をうかがった。今の話は靖江に伝わっただろうか。それとも、塔子の勝手な思い込みだと拒絶されてしまうだろうか。

靖江の口から、小さなため息が漏れた。

「あなたの言うことが本当かどうか、もうたしかめる方法はありません。でも、もしそうだったら……理恵子に私の気持ちがわずかでも伝わっていたとしたら、とても嬉しいし、悲しいことだと思います。私は自分のことばかり考えて、理恵子には何の配慮もしていなかった。彼女によけいな気をつかわせてしまったのなら、本当に申し訳ないことをしたと思います」

真相は誰にもわからない。だが、もしこうだったらと想像することで、人の気持ちは大きく変わる。結果として靖江の心が静まるのなら、今はそう信じてもらうのが最善だろう。

塔子は鷹野のほうをちらりと見た。

うん、とうなずくと、鷹野は資料のページに目を落とした。

7

二月九日、午後七時五十分。小金井署の特捜本部に、捜査員たちが集まりつつあった。

今日はインスタントコーヒーが大人気で、夕方から署内で資料をまとめていた塔子は、ポットのお湯を三回も補充することになった。鷹野などは混雑を嫌って、わざわざ自販機の缶コーヒーを買ってきたようだ。

夜八時、早瀬係長の号令で、捜査会議が始まった。

「府中事件で重体となっていた岡部祥一郎は本日午後、意識を取り戻しました。回復の様子を見て、いずれ事情聴取を行い、七年前の国分寺事件について追及することになると思います。

その他の進捗状況ですが、現在、平井事件、経堂事件、府中事件の被疑者・北浜洋次の取調べが進んでいます。ときどき精神的に不安定になることがありますが、供述のほうは順調だと言っていいと思います。一方、戸田靖江については注意が必要です。成瀬祐三、古谷理恵子の死体損壊・遺棄容疑がかかっていますが、七年前の事件ですので公訴時効の三年はもう過ぎています。二十年前の三宅悦子の死体損壊・遺棄についても同様です。となると、北浜への殺人教唆《きょうさ》が成立するかどうかが焦点でしょう。明日からは裏付け捜査が忙しくなると思いますので、各組、漏れのないよう行動してください。……では本日の活動結果の報告をお願いします」

早瀬の指名を受け、捜査員たちは活動報告を行っていった。やがて鷹野組が指名されると、塔子は立ち上がった。

「私たちの組は本日、ナシ割り班と協力し、奥多摩のコテージを詳しく調べてきました。今まで見つかっていなかった証拠品が何点か出てきましたが、もっとも重要なのはこのノートです」
塔子は手袋を嵌めた右手で、古びたノートを掲げてみせた。
「これは戸田靖江の日記帳です」
「何が書かれている？」幹部席から手代木管理官が尋ねた。
「七年前の日付を見ると、壁裏の通路から古谷理恵子を観察したことが記されていま
す。岡部祥一郎とのやりとりも書かれていました」
ノートが隠されていたのは、机の引き出しの裏だった。プラスチック製の薄いトレ
イが取り付けてあり、そこに差し込まれていたのだ。
署に戻ってきてから、塔子と鷹野はそのノートに目を通した。
最後のページにはこんな文章が記されていた。日付は今年の一月二十日で、平井事
件が発生する二週間ほど前だ。

幼いころから、自分の性的な嗜好《しこう》は変わっているのだと気がついていた。女性と
して生まれながら、男性に興味を感じることは一度もなく、目は女性ばかりを追っ
ていた。昔は情報も少なかったから、自分はきわめて特殊な人間なのだと思ってい
た。
この女性への興味と身体醜形障害は、何か関係があるのだろうか。一度調べてみ

たのだが、結局答えは出なかった。私は自分の顔かたちを嫌い、他人の視線を常に気にしていた。私は孤独だった。

ただひとり、ユミさんだけが信頼できるパートナーだった。あの人が表の顔になってくれたことは本当にありがたかった。私は今でもユミさんに感謝している。

美術家だった私は国分寺の洋館で、誰に邪魔されることもなく、静かに創作活動を行っていた。そこに古谷理恵子がやってきて、私は舞い上がってしまった。そして岡部祥一郎が現れ、私は絶望のどん底に突き落とされた。

後悔ばかりの人生だ。ごく普通に男性を愛することができれば、悦子さんに依存しすぎることもなく、彼女を死なせずに済んだかもしれない。ごく普通に他人と話すことができれば、秀島海邦役をユミさんに頼むこともなく、理恵子を死なせずに済んだかもしれない。ユミさんも命を落とすことはなかったはずだ。

私はこれまで何をしてきたのだろう。私はいったい何がしたかったのだろう。それを確認するため、行動を起こさなくてはならないのだと思う。だから私は
文章はそこで途切れていた。これを書いたあと、靖江は北浜に平井事件を起こさせるため、最後の準備を始めたのだと思われる。

捜査員たちの報告が済むと、手代木管理官が言った。

「あれだけの証拠品がありながら、今回はなかなか捜査が進まなかった。結果として死者ふたり、重傷者ひとりを出してしまったことは大きな反省点だ。事件発生から解決までは早かった。しかし昨今、犯罪者は我々の予想を超えるスピードで、事件を起こすようになっている。今までのような、待ちの捜査ではいけないのかもしれない。おそらくこれからは、殺人捜査といえども、どんどん攻めていくことが必要なんだと思う。どうすればそれが実現できるのか、ひとりひとりよく考えてもらいたい」

ほかに重大事件が起こっているせいで、今回、神谷捜査一課長は姿を見せなかった。代わりに手代木管理官が特捜本部を取り仕切ったわけだが、短期間に被害者を三人も出してしまったことには忸怩《じくじ》たる思いがあるようだ。

今、手代木は捜査指揮の難しさを実感しているに違いない。だから渋い表情を浮かべながらも、いつものように部下を叱りつけることだけは避けているのだろう。

「手代木さんも大変だな」

塔子に向かって、鷹野がささやいてきた。この状況を見て、中間管理職の苦労というものを想像したのかもしれない。

「……ということで、おまえたちには課題を出す」手代木は続けた。「レポートを提出してもらうぞ。タイトルは『事件捜査の効率化と迅速化に関する提言』だ」

手代木は課題の内容について説明し始めた。

「さっきのは取り消しだ」鷹野は顔をしかめ、小さな声でぼやいた。「他人に同情なんて、するもんじゃないな」

早瀬が明日の活動予定を確認して、捜査会議は終了となった。

午後十時過ぎ、塔子は先輩たちとともに、武蔵小金井駅そばの居酒屋に入った。

被疑者が逮捕され、取調べも順調に進んでいる今が、一番安心できる時期だ。当面、次の事件のことを考える必要はなく、被疑者の供述に従って裏付け捜査を進めればいい。

みなリラックスしていて、いつもよりビールが進んだ。ここ数日、ブツの確認に手こずっていた尾留川も、今日は余裕があるようだ。門脇を相手にこんな話をしている。

「巌流島《がんりゅうじま》の決闘ってあるじゃないですか。佐々木小次郎が先に着いて、待たされていたでしょう。あれ、なぜそうなったかわかりますか」

「相手をいらいらさせるっていう、宮本武蔵の作戦だろう?」

「武蔵が自分勝手で、船頭に協力しなかったからですよ。武蔵、こがねい。武蔵、漕《こ》がない。船を、漕がない」

「尾留川さん、今日は調子がいいじゃないですか」塔子は苦笑いする。

「……真面目に答えた俺が馬鹿みたいだな」

門脇は盛大に煙草のけむりを吐き出した。尾留川はげほげほと咳き込んだ。

「手代木管理官が話していましたけど、今回は本当に後手後手でしたね」肉じゃがをつまみながら、徳重が言った。「これから先、我々はどう動いていけばいいんでしょうか」

「いかにして、事件の構造を解明するかですよね」塔子はおしぼりで手を拭いた。「どんなに複雑な事件だとしても、人間が考える犯罪には必ず綻《ほころ》びがあるはずです。そこに気がつけば解決も早いと思うんです」

「その綻びというのはどうやって見つけるんだ？」カメラをいじりながら、鷹野が尋ねた。

「離れてみたとき、ちょっと浮いて見える部分とか、ちょっと凹んで見える部分とか、そういうものがあるでしょう。それを見つければいいんです。一言でいうと、違和感、でしょうか」

「なんだ、いつもの直感か」

「直感は馬鹿にできませんよ。偉大な発明や発見だって、最初は小さなひらめきから始まるんです」

ふうん、と言って鷹野はビールを飲んだ。

「……そういえば門脇さん、例の件は？」徳重が小声で問いかけた。

「ああ、如月のね」

先日門脇が言っていた捜査技能テストのことだろう。塔子は姿勢を正した。

「鷹野とトクさんと俺で、如月の捜査活動をチェックさせてもらった。早瀬さんにはもう報告済みだ。では、ただ今よりその結果を伝える」

神妙な顔をして、塔子は門脇を見つめた。こういうときは、厳しい指摘があると思っていたほうがいい。

だが、門脇は意外なことを言った。

「条件付きで合格とする」

「え？　どういうことですか」

「俺たちも準備不足だった。今まで、男性刑事を評価したことは何度もあるんだ。でも如月は女性だし、まだ若いし、小さいだろう」

「あの、『小さい』は関係ないのでは……」

「とにかくだ、おまえを男性刑事と同じようにチェックしたら、どうしても評価が低くなってしまうんだよ。体力や迫力や強引さを、如月に求めるのは難しい。だから如月には、女性刑事としての評価基準を適用する必要がある。それが『条件付き』となった理由だ」

「やっぱり、男性刑事には劣るということですか」

「いや、男と比べても意味がないんだよ。如月は、俺たちとは違うものを持っている。その特徴を伸ばせば、今までになかったタイプの刑事になれるだろう。上は、そのために女性捜査員を増やそうとしているわけだから、如月はこれでいいんだ」

「……で、私の処遇はどうなるんでしょうか」

「処遇？　いや、今までどおりだが……。何か別の仕事がしたいのか？」

「違います違います」塔子は慌てて首を振った。「私には、まだまだ勉強が必要ですから」

　話を聞いて、塔子はほっとしていた。もし低い評価を受けたら、刑事失格の烙印《らくいん》を押されてしまうかもしれないのだ。そうはなりたくなかった。

「でも実際、如月はよくやってると思うぞ」焼き鳥に手を伸ばしながら、門脇は言った。「最初の難関だった緑川の奥さんも、カメラの件でうまく誘導しただろう。……あ。そういえば緑川のカメラはどうなった？」

「北浜のバッグの中から出てきました。やはり緑川達彦を殺害したときに、奪っていたんです。鴨下主任に訊いたら、奥さんの写真データはきちんと残っているということでした」

「じゃあ、そのカメラは如月が届けてやってくれ。それが、今回のテストの最終項目だ」

「……わかりました」塔子は表情を引き締めた。「責任を持って、奥さんにお返ししてきます」

頼むぞ、と言って門脇はうなずいた。

料理の追加オーダーを相談していると、尾留川の携帯電話が鳴りだした。ぱっと顔を輝かせて、彼は通話ボタンを押す。

「あ、リョウコさん？　ちょっと待って。今、外に出るから」

尾留川は足早に個室から出ていった。

「リョウコさんですって」徳重が声をひそめた。「いったいどこのお嬢さんでしょうね」

「例の、総務課の職員ですよ」門脇は煙草を灰皿に押しつけた。「うまいこと、携帯の番号を交換したみたいでね。まったく、けしからん話です」

ひとしきり、その女性職員の噂話が続いた。門脇と徳重だけでなく、鷹野までがその女性を知っていたことには驚いた。顔を見たことがないのは塔子だけらしい。

「あ、帰ってきた」部屋に入ってきた尾留川に、徳重が声をかけた。「どうでした？　デートの約束でもしましたか」

尾留川は椅子に腰掛けると、みなを見回した。それから、がくりと肩を落とした。

「ふられました。俺は好みのタイプじゃないそうで」

「え……。でも電話番号を交換したんでしょう？」

「小金井署の刑事課に、気になる男がいるらしいんです。そいつが特捜本部に入っていたから、様子が知りたかっただけなんですって。まったく馬鹿みたいですよ」

「おう、それは残念だったな」門脇はなぜだか嬉しそうな顔をしている。「まあ飲め。一杯飲め」

「こういうの、初めてだったんですよ。俺、今回は何か、巡り合わせのようなものを感じていたんです。それなのに……」

「尾留川さんにしては珍しいですね」徳重は携帯電話を取り出した。「よし、こういうときどう慰めたらいいか、いつもの掲示板で訊いてみよう」

「やめてくださいよ、恥ずかしい」尾留川は口を尖らせる。

そんなやりとりを横目に、塔子は軽くため息をついた。気になったのか、鷹野が尋ねてきた。

「どうかしたのか」

「戸田さん――いえ、戸田靖江のことを思い出したんです。あの人にとって成瀬祐三さんは、ただ便利なだけの協力者だったんでしょうか……。どう考えても、成瀬さんは戸田に好意を抱いていましたよね。その気持ちはまったく通じなかったわけでしょう？　成瀬さんはそれでよかったんでしょうか」

急にしんみりした雰囲気になった。

「愛の形は複雑だからねえ」徳重がつぶやく。

「まあ、なんだ……」門脇は新しい煙草に火を点けた。「男の気持ちっていうのは、なかなか報われないものなんだよな」

尾留川は門脇をちらりと見たあと、残ったビールを一気に飲み干した。

珍しく尾留川が悪酔いして、足下がおぼつかなくなっていた。塔子が呼んだタクシーがやってきたのは、午前一時少し前のことだ。

「俺はねえ、みんなが思ってるほどでたらめな男じゃないんです」尾留川は、門脇に訴え続けている。「特徴がないですって？　いいじゃないですか。それが俺の特徴なんだ」

「おまえ、しっかりしろよ。こんなところ手代木さんに見られたら大変だぞ」

「いいですよ。来るなら来いってんですよ」

「面倒くさい奴だなあ」

門脇と徳重が、酔漢を両脇から抱えてタクシーに乗った。まだ腰が本調子でない徳重は、つらそうな顔をしている。

「鷹野、おまえたちはどうする？」門脇が訊いた。「もうひとり乗れるぞ」

「ひとりだけ残していくというのも何ですから、ふたりで歩きますよ」

そうか、悪いな、と門脇は言った。タクシーは小金井署に向かって走り去った。

深夜の道を、塔子と鷹野は並んで歩きだした。

風はないものの、かなり冷え込む夜だった。吐く息が白い霧のようになって、闇の中に消えていく。塔子は顔の前で、冷たくなった指先をこすり合わせた。

そのうち鷹野が鞄を開けて、何かごそごそやり始めた。ややあって、彼は包みを取り出した。

「如月にこれをやろう」

「また百円ショップで、アイデア商品でも見つけたんですか」

受け取ってよく見ると、リボンのかかったお洒落な袋だった。中から出てきたのは、名刺入れより一回り小さいプラスチック製品だ。表面に黒猫のイラストが描いてある。

「何です？　猫の絵がついてますけど」

「ちょっといいか。これはな、ここがスライド式になっていて……」

鷹野がつまみを引っ張ると、収納されていたルーペが出てきた。同時に、青白い照明が灯る。

「LEDライト付きのルーペだ。自動的に明かりが点くんだよ。どうだ、便利だろう」

そういえば、前にデパートで見たことがある。たしか三千円ぐらいしたはずだ。

「これを私に？　どういうことですか」

「もらって困るものじゃないだろう」

「でも、なんでこんな高いものを……」と言いかけて、塔子ははっとした。

すでに日付が変わってしまったが、昨日、二月九日は塔子の誕生日だったのだ。仕事でばたばたしているうちに、二十七歳になってしまった。

「もしかして、私の誕生……」

「違う」鷹野は即座に否定した。「そういう意味合いのものなら、昨日のうちに渡さなくてはおかしいだろう」

「……それはそうですね」

「知り合いが雑貨店をやっているから、つきあいで買ったんだ。まあこんなものでも、持っていれば少しは役に立つはずだ」

ほら、と言って彼はルーペを差し出した。

「ありがとうございます。私、この猫の絵が気に入りました」

「俺が選んだわけじゃないからな。たまたまイラスト付きの商品しかなかったんだ」

なぜだか鷹野は、釈明するような口調になっている。

メールの着信音が聞こえた。すみません、と言って塔子は携帯電話を確認する。朋絵からメールが届いていた。

「高校時代の友達です」塔子は言った。「この子、昔から宵っ張りの朝寝坊で……」

メールの本文にはこう記されていた。

《尚美の結婚祝いどうする？　何か決まった？　早く買いに行きたいんだけど！　今度いつ休めるの？》

せっかちだなあ、と塔子は苦笑する。それから、顔を上げて鷹野を見た。

「そうだ主任、今度友達が結婚するんですけど、何を贈ったら喜ばれますかね」

「結婚祝いか。普通に考えれば食器か、調理器具か、家電あたりだろうな」鷹野は腕組みをした。「一日くれないか。調べてレポートにまとめてくる」

えっ、と驚いて塔子はまばたきをした。

「そこまでしていただかなくても……」

「せっかく調べるんだから、まとめておいたほうがいいだろう。この先、自分がもらうときの参考にもなる」

塔子は顔をしかめてみせた。

「からかわないでくださいよ。私、そんな予定はないですから」

「ないのか。ふうん。そうなのか」つぶやきながら、鷹野はひとりうなずいている。
塔子はルーペをしまい込むと、コートの襟を立てた。
雪でも降りそうな、寒くて暗い夜だった。だが、行く手には明かりが灯っている。
そこには頼れる先輩たちがいる。
進むべき道は、もう決まっているのだ。心配することは何もないはずだった。

◆参考文献

『警視庁捜査一課殺人班』毛利文彦　角川文庫
『警視庁捜査一課特殊班』毛利文彦　角川文庫
『警視庁捜査一課刑事』飯田裕久　朝日文庫
『犯罪捜査大百科』長谷川公之　映人社

# 解説

山前　譲（推理小説研究家）

若き女性刑事の如月塔子を主人公として、好評のうちに作品を重ねてきた〈警視庁殺人分析班〉シリーズは、この『女神の骨格　警視庁殺人分析班』が第六作となる。前五作はすでに講談社文庫に収められているから、お馴染みのシリーズのはずだが、本作はちょっとひと区切りとなる作品だ。どういう区切りなのかは、作者自身に語ってもらおう。

二〇一四年十二月に講談社ノベルスより書き下ろし刊行したとき、麻見和史氏は以下のように記していた。

シリーズ第一作『石の繭《まゆ》』で最初の事件が発生したのは三月のことでした。このとき如月塔子は二十六歳、誕生日は二月九日と設定されています。その後五月、九月、十一月、十二月と大きな事件を捜査して、塔子は徐々に力をつけてきました。

第六作となる今回は、二月に起きた事件を描いています。二十七歳を迎える塔子がどのような捜査を行うのか、ぜひご注目ください。

季節の移ろいは作中でそこかしこに感じてきたが、ここまで設定に気を配っていたとは、作者のシリーズにかける意気込みが並々ならないことがよく分かる。だが、実を言えば、第一作を読み終えたときには、こうした展開を予想することはできなかった。

一八四一年、エドガー・アラン・ポー「モルグ街の殺人」によってミステリーが芽生え、これまで夥《おびただ》しい数の作品が書かれてきた。謎の設定や推理のプロセスなど、ミステリーには基本的な、そして不可欠の要素がある。その要素を意識しつつ、ミステリー作家はさまざまな試みを重ねてきた。

それだけに、今となっては新しい魅力を盛り込むのはなかなか難しい。どんなトリックにも、どんなに仕掛けの利いたプロットにも、何か先例がありそうな気がする。これまでに創り出されてきた名探偵のキャラクターは多士済々だ。ミステリーの一ジャンルとしての警察小説も例外ではない。フレンチ警部やメグレ警部のような警察官の探偵役は数えきれない。エド・マクベインの「87分署」シリーズのように、第二次世界大戦後は集団捜査を描いた警察小説も増えた。

日本においても、太平洋戦争直後には、島田一男氏が多くの作品で刑事をメイン・

キャラクターにした。のちには集団捜査にスポットライトを当ててもいる。名探偵としては鮎川哲也作品で鬼貫警部がいた。一九六三年刊の結城昌治『夜の終る時』では、ひとりの人間としての刑事の苦悩が描かれていた。

一九八〇年代に入ると、十津川警部が西村京太郎作品のメイン・キャラクターとして全国を駆け回りはじめる。三好徹『銀座警察』（一九八五～一九九三）では連作形式で集団捜査が描かれていた。大沢在昌『新宿鮫』（一九九〇）の鮫島、髙村薫『マークスの山』（一九九三）の合田雄一郎、柴田よしき『RIKO—女神の永遠—』（一九九五）の村上緑子と、強烈なキャラクターの警察官も登場している。さらに、横山秀夫、今野敏、佐々木譲といった諸氏が独自の視点から警察小説に新展開をもたらした。また、東野圭吾作品の加賀恭一郎などは、十作かけてその内面が明らかにされている。

つまり、刑事を主人公にするにしても、集団捜査としての警察を描くにしても、名探偵としての警官の推理を味わうにしても、あるいは組織としての警察に注目するにしても、もう書き尽くされた感があったのだ。そこに二〇一一年、警察小説としてシリーズ第一作の『石の繭　警視庁殺人分析班』が刊行されたのである。あまりインパクトを感じなかったと振り返っても、非難は受けないのではないだろうか。

ところが読了後、警察小説の仮面を被った本格ものとしての新鮮さに、まさにノックアウトされたのだ。警察という組織を背景にした軋轢《あつれき》など、警察小説としてのリアリティは十分だった。現代のミステリーにありがちな猟奇的犯罪には、連続殺人としての新しい趣向が織り込まれ、ひと癖もふた癖もある刑事たちの集団捜査のなかに大胆に伏線が張られていた。見逃されていた手掛かりから推理していく名探偵も登場していた。主たるメンバーによる独自の捜査会議で、何度か犯罪の謎が集約されているが、それは言わば読者への挑戦状である。『石の繭　警視庁殺人分析班』はフェアプレイのミステリーだった。

さらに、何かと背の低いことをからかわれる如月塔子と、彼女の指導役でトマトに異常なこだわりを見せる鷹野秀昭の凸凹コンビのやりとりによって、ユーモアさえそこかしこに漂っていた。夜食の買い出しや居酒屋での捜査会議でのメニュー選択など、細部への妙なこだわりもまた、ひとつの味となっていったのだ。

もちろんこんな魅力的な作品が簡単に創り出されたわけではない。「ジャンルの狭間から、その先へ」（「ジェイ・ノベル」二〇一五・一）と題したエッセイによれば、麻見氏はジェフリー・ディーヴァー『ボーン・コレクター』に刺激されて警察小説に興味を持ったそうだが、警察組織を勉強していくなかで、こんな疑問を抱いたという。

私見だが、謎解きを好む「ミステリー小説ファン」は警察小説を敬遠し、「警察小説ファン」は謎解きを敬遠しているような印象があった。

日本の警察小説ではミステリーの要素よりも、人間ドラマのほうが重視されるのかもしれない。だが、せっかく捜査権限を持つ刑事たちが登場するのだから、彼らが情報を集め、複雑な謎を解いてもいいはずだ。海外にはそういったミステリー小説がたくさんあるのに、日本ではあまり見かけないのはなぜだろう。


この疑問を自らの手で解いたのが、『石の繭　警視庁殺人分析班』だったのである。ただ、読了後、ひとつ不安も抱いた。十分に魅力的な作品だが、はたしてシリーズ化できるだろうか。というのも、『石の繭　警視庁殺人分析班』は如月塔子自身の事件だった。今は亡き塔子の父親が深く関わっていたし、塔子には危機が迫る。彼女の存在が事件の根幹にあった。

だが、つづく『蟻《あり》の階段　警視庁殺人分析班』によってその不安は完全に払拭される。第一作での魅力をさらにパワーアップして、見事にシリーズとしての流れを切り拓いていた。そしてさらに、『水晶の鼓動　警視庁殺人分析班』、『虚空の糸　警視庁殺人分析班』、『聖者の凶数　警視庁殺人分析班』とシリーズ作は重ねられていく。もちろん一作一作、趣向の違った犯罪が塔子たちを苦しめている。この展開を先のエッセイで麻見氏は、〝警察小説とミステリー小説の狭間、「ニッチ」のような部分で続けてきた努力〟と述べているが、もちろんニッチなどではない。現代の警察小説のメインルートだ。

そしてこのシリーズ第六作では、頭部が男性で胴体が女性という白骨死体を発端に、不思議な見立て殺人が描かれていく。一年で捜査官として確実に成長している塔子だが、大の猫好きというキャラクターも微笑《ほほえ》ましい。そして、二転三転の謎解きに翻弄されるのもまた心地好いだろう。

本書が刊行された二〇一四年以降、麻見氏の創作活動は飛躍を遂げている。『特捜7　銃弾』、『屑《くず》の刃《やいば》　重犯罪取材班・早乙女綾香』、『警視庁文書捜査官』、『深紅の断片　警防課救命チーム』と、新たなキャラクターが続々と活躍しはじめた。

しかし、麻見氏の創作活動のベースはもちろん、この〈警視庁殺人分析班〉シリーズだ。ちゃんと第七作も刊行されている。そこでは、これまでのシリーズの魅力をきっちり含有しつつ、予想だにしない新たな展開を見せていた。麻見和史氏の警察小説への挑戦に終わりはないのだ。

この作品は、二〇一四年十二月に小社より『女神の骨格　警視庁捜査一課十一係』として刊行された作品を改題したものです。

この作品はフィクションであり、実在する個人や団体などとは一切関係ありません。

|著者|麻見和史　1965年千葉県生まれ。2006年『ヴェサリウスの柩』で第16回鮎川哲也賞を受賞しデビュー。『石の繭《まゆ》』『蟻《あり》の階段』『水晶の鼓動』『虚空の糸』『聖者の凶数』『女神の骨格』（本書）『蝶の力学』『雨色の仔羊』『奈落の偶像』『鷹の砦』『凪《なぎ》の残響』『天空の鏡』『賢者の棘《とげ》』と続く「警視庁殺人分析班」シリーズはドラマ化されて人気を博し、累計80万部を超える大ヒットとなっている。また、『邪神の天秤』『偽神の審判』と続く「警視庁公安分析班」シリーズも2022年にドラマ化された。その他の著作に『警視庁文書捜査官』『永久囚人』『緋色のシグナル』『灰の轍《わだち》』『影の斜塔』『愚者の檻』『銀翼の死角』『茨の墓標』『琥珀の闇』と続く「警視庁文書捜査官」シリーズや、『水葬の迷宮』『死者の盟約』と続く「警視庁特捜７」シリーズ、『擬態の殻　刑事・一條聡士』『無垢の傷痕　本所署〈白と黒〉の事件簿』『凍結事案捜査班《コールドケース》　時の呪縛』などがある。

女神《めがみ》の骨格《こつかく》　警視庁殺人分析班《けいしちょうさつじんぶんせきはん》

麻見和史《あさみかずし》



2016年11月15日第１刷発行
2024年12月12日第13刷発行

発行者――篠木和久
発行所――株式会社　講談社
東京都文京区音羽2-12-21　〒112-8001
電話　出版（03）5395-3510
　　　販売（03）5395-5817
　　　業務（03）5395-3615

Printed in Japan

講談社文庫
定価はカバーに
表示してあります

KODANSHA

デザイン―菊地信義
本文データ制作―講談社デジタル製作
印刷―――株式会社KPSプロダクツ
製本―――株式会社KPSプロダクツ



ISBN978-4-06-293532-6

# 講談社文庫刊行の辞

二十一世紀の到来を目睫に望みながら、われわれはいま、人類史上かつて例を見ない巨大な転換期をむかえようとしている。

世界も、日本も、激動の予兆に対する期待とおののきを内に蔵して、未知の時代に歩み入ろうとしている。このときにあたり、創業の人野間清治の「ナショナル・エデュケイター」への志を現代に甦らせようと意図して、われわれはここに古今の文芸作品はいうまでもなく、ひろく人文・社会・自然の諸科学から東西の名著を網羅する、新しい綜合文庫の発刊を決意した。

激動の転換期はまた断絶の時代である。われわれは戦後二十五年間の出版文化のありかたへの深い反省をこめて、この断絶の時代にあえて人間的な持続を求めようとする。いたずらに浮薄な商業主義のあだ花を追い求めることなく、長期にわたって良書に生命をあたえようとつとめるところにしか、今後の出版文化の真の繁栄はあり得ないと信じるからである。

同時にわれわれはこの綜合文庫の刊行を通じて、人文・社会・自然の諸科学が、結局人間の学にほかならないことを立証しようと願っている。かつて知識とは、「汝自身を知る」ことにつきていた。現代社会の瑣末な情報の氾濫のなかから、力強い知識の源泉を掘り起し、技術文明のただなかに、生きた人間の姿を復活させること。それこそわれわれの切なる希求である。

われわれは権威に盲従せず、俗流に媚びることなく、渾然一体となって日本の「草の根」をかたちづくる若く新しい世代の人々に、心をこめてこの新しい綜合文庫をおくり届けたい。それは知識の泉であるとともに感受性のふるさとであり、もっとも有機的に組織され、社会に開かれた万人のための大学をめざしている。大方の支援と協力を衷心より切望してやまない。

一九七一年七月

野間省一

# 講談社文庫　目録

麻見和史　聖者の凶数〈警視庁殺人分析班〉
麻見和史　女神の骨格〈警視庁殺人分析班〉
麻見和史　蝶の力学〈警視庁殺人分析班〉
麻見和史　雨色の仔羊〈警視庁殺人分析班〉
麻見和史　奈落の偶像〈警視庁殺人分析班〉
麻見和史　鷹《たか》の砦《とりで》〈警視庁殺人分析班〉
麻見和史　凪《なぎ》の残響〈警視庁殺人分析班〉
麻見和史　天空の鏡〈警視庁殺人分析班〉
麻見和史　賢者の棘《とげ》〈警視庁殺人分析班〉
麻見和史　深紅の断片〈警防課救命チーム〉
麻見和史　邪神の天秤〈警視庁公安分析班〉
麻見和史　偽神の審判〈警視庁公安分析班〉
有川　浩　三匹のおっさん
有川　浩　三匹のおっさん　ふたたび
有川　浩　ヒア・カムズ・ザ・サン
有川　浩　旅猫リポート
有川ひろ　アンマーとぼくら
有川ひろ　みとりねこ
有川ひろほか　ニャンニャンにゃんそろじー

荒崎一海　門前仲町〈九頭竜覚山　浮世綴㈠〉
荒崎一海　蓬莱橋雨景〈九頭竜覚山　浮世綴㈡〉
荒崎一海　寺町哀感〈九頭竜覚山　浮世綴㈢〉
荒崎一海　小《お》名《な》木《き》川《がわ》〈九頭竜覚山　浮世綴㈣〉
荒崎一海　一色町雪花〈九頭竜覚山　浮世綴㈤〉
朱野帰《かえる》子《こ》　駅物語
朱野帰子　対岸の家事
東　浩紀　一般意志2・0〈ルソー、フロイト、グーグル〉
朝倉宏景　白球アフロ
朝倉宏景　野球部ひとり
朝倉宏景　つよく結べ、ポニーテール
朝倉宏景　あめつちのうた
朝倉宏景　エール〈夕暮れサウスポー〉
朝倉宏景　風が吹いたり、花が散ったり
朝井リョウ　スペードの3
朝井リョウ　世にも奇妙な君物語
有沢ゆう希　末次由紀　原作　〈小説〉ちはやふる　上の句
有沢ゆう希　末次由紀　原作　〈小説〉ちはやふる　下の句
有沢ゆう希　末次由紀　原作　〈小説〉ちはやふる　結び

有沢ゆう希　小説　パーフェクトワールド〈君といる奇跡〉
有沢ゆう希　原作：金田一蓮十郎　脚本：徳永友一　小説　ライアー×ライアー
秋川滝美　幸《こう》腹《ふく》な百貨店
秋川滝美　幸腹な百貨店〈デパ地下おにぎり騒動〉
秋川滝美　幸腹な百貨店〈催事場で蕎麦屋呑み〉
秋川滝美　マチのお気楽料理教室
秋川滝美　ヒソップ亭〈湯けむり食事処〉
秋川滝美　ヒソップ亭2〈湯けむり食事処〉
秋川滝美　ヒソップ亭3〈湯けむり食事処〉
赤神　諒　神遊の城
赤神　諒　大友二階崩れ
赤神　諒　大友落月記
赤神　諒　酔象の流儀　朝倉盛衰記
赤神　諒　空《うつせ》貝《がい》〈村上水軍の神姫《しんき》〉
赤神　諒　立花三将伝
彩瀬まる　やがて海へと届く
浅生　鴨　伴走者
天野純希　有楽斎の戦
天野純希　雑《さい》賀《か》のいくさ姫《ひめ》

## 講談社文庫　目録

# 講談社文庫　目録

## 講談社文庫　目録

内田康夫　華の下にて
内田康夫　黄金の石橋
内田康夫　靖国への帰還
内田康夫　不等辺三角形
内田康夫　ぼくが探偵だった夏
内田康夫　逃げろ光彦〈内田康夫と5人の女たち〉
内田康夫　悪魔の種子
内田康夫　戸隠伝説殺人事件
内田康夫　新装版　死者の木霊
内田康夫　新装版　漂泊の楽人
内田康夫　新装版　平城山《ならやま》を越えた女
内田康夫　秋田殺人事件
内田康夫　孤道
和久井清水　孤道　完結編〈金色の眠り〉
内田康夫　イーハトーブの幽霊
歌野晶午　死体を買う男
歌野晶午　安達ヶ原の鬼密室
歌野晶午　新装版　長い家の殺人
歌野晶午　新装版　白い家の殺人

歌野晶午　新装版　動く家の殺人
歌野晶午　密室殺人ゲーム王手飛車取り
歌野晶午　新装版　ROMMY　越境者の夢
歌野晶午　増補版　放浪探偵と七つの殺人
歌野晶午　新装版　正月十一日、鏡殺し
歌野晶午　密室殺人ゲーム2.0
歌野晶午　密室殺人ゲーム・マニアックス
歌野晶午　魔王城殺人事件
内館牧子　終わった人
内館牧子　別れてよかった〈新装版〉
内館牧子　すぐ死ぬんだから
内館牧子　今度生まれたら
内田洋子　皿の中に、イタリア
宇江佐真理　泣きの銀次
宇江佐真理　晩鐘〈続・泣きの銀次〉
宇江佐真理　虚ろ舟〈泣きの銀次参之章〉
宇江佐真理　室の梅〈おろく医者覚え帖〉
宇江佐真理　涙堂〈琴女《ことじょ》癸酉《きゆう》日記《にっき》〉
宇江佐真理　あやめ横丁の人々

宇江佐真理　卵のふわふわ　八丁堀喰い物草紙・江戸前でもなし
宇江佐真理　日本橋本石町やさぐれ長屋
浦賀和宏　眠りの牢獄
上野哲也　五五五文字の巡礼〈親志倭人伝トーク　地理篇〉
魚住昭　渡邉恒雄　メディアと権力
魚住昭　野中広務　差別と権力
魚住直子　非・バランス
魚住直子　未・フレンズ
魚住直子　ピンクの神様
上田秀人　密封〈奥右筆秘帳〉
上田秀人　国禁〈奥右筆秘帳〉
上田秀人　侵蝕〈奥右筆秘帳〉
上田秀人　継承〈奥右筆秘帳〉
上田秀人　篡《さん》奪《だつ》〈奥右筆秘帳〉
上田秀人　秘闘〈奥右筆秘帳〉
上田秀人　隠密〈奥右筆秘帳〉
上田秀人　刃傷〈奥右筆秘帳〉
上田秀人　召《めし》抱《かかえ》〈奥右筆秘帳〉
上田秀人　墨《ぼっ》痕《こん》〈奥右筆秘帳〉

# 講談社文庫 目録

上田秀人 天下〈奥右筆秘帳〉
上田秀人 決戦〈奥右筆秘帳〉
上田秀人 前夜〈奥右筆外伝〉
上田秀人 軍師の挑戦〈上田秀人初期作品集〉
上田秀人 天主信長〈表〉〈我こそ天下なり〉
上田秀人 天主信長〈裏〉〈天を望むなかれ〉
上田秀人 波乱〈百万石の留守居役(一)〉
上田秀人 思惑〈百万石の留守居役(二)〉
上田秀人 新参〈百万石の留守居役(三)〉
上田秀人 遺臣〈百万石の留守居役(四)〉
上田秀人 密約〈百万石の留守居役(五)〉
上田秀人 使者〈百万石の留守居役(六)〉
上田秀人 貸借〈百万石の留守居役(七)〉
上田秀人 参勤〈百万石の留守居役(八)〉
上田秀人 因果〈百万石の留守居役(九)〉
上田秀人 忖《そん》度《たく》〈百万石の留守居役(十)〉
上田秀人 騒動〈百万石の留守居役(十一)〉
上田秀人 分断〈百万石の留守居役(十二)〉
上田秀人 舌戦〈百万石の留守居役(十三)〉

上田秀人 愚劣〈百万石の留守居役(十四)〉
上田秀人 布石〈百万石の留守居役(十五)〉
上田秀人 乱麻〈百万石の留守居役(十六)〉
上田秀人 要《よう》訣《けつ》〈百万石の留守居役(十七)〉
上田秀人 梟《ふくろう》の系譜〈宇喜多四代〉
上田秀人 竜は動かず 奥羽越列藩同盟顛末 (上)万里波濤編 (下)帰郷奔走編
上田秀人 戦端〈武商繚乱記(一)〉
上田秀人 悪貨〈武商繚乱記(二)〉
上田秀人 流言〈武商繚乱記(三)〉
上田秀人ほか どうした、家康
内田樹 下流志向〈学ばない子どもたち 働かない若者たち〉
内田樹 釈徹宗 現代霊性論
上橋菜穂子 獣の奏者〈Ⅰ闘蛇編〉
上橋菜穂子 獣の奏者〈Ⅱ王獣編〉
上橋菜穂子 獣の奏者〈Ⅲ探求編〉
上橋菜穂子 獣の奏者〈Ⅳ完結編〉
上橋菜穂子 獣の奏者〈外伝 刹那〉
上橋菜穂子 物語ること、生きること
上橋菜穂子 明日は、いずこの空の下

上野誠 万葉学者、墓をしまい母を送る
海猫沢めろん 愛についての感じ
海猫沢めろん キッズファイヤー・ドットコム
冲方丁 戦の国
冲方丁 十一人の賊軍
上田岳弘 ニムロッド
上田岳弘 旅のない
上野歩 キリの理容室
内田英治 異動辞令は音楽隊！
遠藤周作 ぐうたら人間学
遠藤周作 聖書のなかの女性たち
遠藤周作 さらば、夏の光よ
遠藤周作 最後の殉教者
遠藤周作 反逆(上)(下)
遠藤周作 ひとりを愛し続ける本
遠藤周作 周作塾〈読んでもタメにならないエッセイ〉
遠藤周作 新装版 海と毒薬
遠藤周作 新装版 わたしが・棄てた・女
遠藤周作 深い河《ディープ・リバー》〈新装版〉

江波戸哲夫　新装版 銀行支店長
江波戸哲夫　集団左遷
江波戸哲夫　新装版 ジャパン・プライド
江波戸哲夫　起業の星
江波戸哲夫　ビジネスウォーズ〈カリスマと戦犯〉
江波戸哲夫　リストラ事変〈ビジネスウォーズ2〉
江上　剛　頭取無惨
江上　剛　企業戦士
江上　剛　リベンジ・ホテル
江上　剛　起死回生
江上　剛　瓦礫の中のレストラン
江上　剛　非情銀行
江上　剛　東京タワーが見えますか。
江上　剛　慟哭の家
江上　剛　家電の神様
江上　剛　ラストチャンス 再生請負人
江上　剛　ラストチャンス 参謀のホテル
江上　剛　一緒にお墓に入ろう
江國香織　真昼なのに昏《くら》い部屋

江國香織他　100万分の1回のねこ
円城　塔　道化師の蝶
江原啓之　スピリチュアルな人生に目覚めるために〈心に「人生の地図」を持つ〉
江原啓之　トラウマ
円堂豆子　杜《もり》ノ国の神隠し
円堂豆子　杜ノ国の囁《ささや》く神
円堂豆子　杜ノ国の滴《したた》る神
NHKメルトダウン取材班　福島第一原発事故の「真実」〈ドキュメント編〉
NHKメルトダウン取材班　福島第一原発事故の「真実」〈検証編〉
大江健三郎　新しい人よ眼ざめよ
大江健三郎　取り替《チェンジリング》え子
大江健三郎　晩年様式集《イン・レイト・スタイル》
小田　実　何でも見てやろう
沖　守弘　マザー・テレサ〈あふれる愛〉
岡嶋二人　解決まではあと6人〈5W1H殺人事件〉
岡嶋二人　99％の誘拐
岡嶋二人　クラインの壺
岡嶋二人　ダブル・プロット
岡嶋二人　新装版 焦茶色のパステル

岡嶋二人　チョコレートゲーム 新装版
岡嶋二人　そして扉が閉ざされた〈新装版〉
太田蘭三　殺《さつ》・風《ぷう》景《けい》〈警視庁北多摩署特捜本部〉
大前研一　企業参謀 正・続
大前研一　やりたいことは全部やれ！
大前研一　考える技術
大沢在昌　野獣駆けろ
大沢在昌　相続人TOMOKO
大沢在昌　ウォームハート コールドボディ
大沢在昌　アルバイト探偵《アイ》
大沢在昌　調毒師を捜せ アルバイト探偵《アイ》
大沢在昌　女王陛下のアルバイト探偵《アイ》
大沢在昌　不思議の国のアルバイト探偵《アイ》
大沢在昌　拷問遊園地 アルバイト探偵《アイ》
大沢在昌　帰ってきたアルバイト探偵《アイ》
大沢在昌　雪蛍
大沢在昌　夢の島
大沢在昌　新装版 氷の森
大沢在昌　暗黒旅人

## 講談社文庫 目録

笠井 潔 青銅の悲劇(上)(下)
笠井 潔 転生の魔〈私立探偵飛鳥井の事件簿〉
川田弥一郎 白く長い廊下
神崎京介 女薫の旅 放心とろり
神崎京介 女薫の旅 耽溺《たんでき》まみれ
神崎京介 女薫の旅 秘に触れ
神崎京介 女薫の旅 禁の園へ
神崎京介 女薫の旅 欲の極み
神崎京介 女薫の旅 青い乱れ
神崎京介 女薫の旅 奥に裏に
神崎京介 I LOVE
加納朋子 ガラスの麒麟〈新装版〉
角田光代 まどろむ夜のUFO
角田光代 恋するように旅をして
角田光代 人生ベストテン
角田光代 ロック 母
角田光代 彼女のこんだて帖
角田光代 ひそやかな花園
角田光代 石田衣良 ほか こどものころにみた夢

川端裕人 せちやん〈星を聴く人〉
川端裕人 星と半月の海
片川優子 ジョナさん
神山裕右 カタコンベ
神山裕右 炎の放浪者
加賀まりこ 純情ババアになりました。
門田隆将 甲子園への遺言〈伝説の打撃コーチ高畠導宏の生涯〉
門田隆将 甲子園の奇跡〈斎藤佑樹と早実百年物語〉
門田隆将 神宮の奇跡
鏑木 蓮 東京ダモイ
鏑木 蓮 屈折光
鏑木 蓮 時限
鏑木 蓮 真友
鏑木 蓮 甘い罠
鏑木 蓮 京都西陣シェアハウス〈憎まれ天使・有村志穂〉
鏑木 蓮 炎罪
鏑木 蓮 疑薬
鏑木 蓮 見習医《けんしゅうい》ワトソンの追究
川上未映子 そら頭はでかいです、世界がすこんと入ります

川上未映子 わたくし率 イン 歯ー、または世界
川上未映子 ヘヴン
川上未映子 すべて真夜中の恋人たち
川上未映子 愛の夢とか
川上弘美 ハヅキさんのこと
川上弘美 晴れたり曇ったり
川上弘美 大きな鳥にさらわれないよう
海堂 尊 新装版 ブラックペアン1988
海堂 尊 ブレイズメス1990
海堂 尊 スリジエセンター1991
海堂 尊 死因不明社会2018
海堂 尊 極北クレイマー2008
海堂 尊 極北ラプソディ2009
海堂 尊 黄金地球儀2013
海堂 尊 ひかりの剣1988
門井慶喜 パラドックス実践 雄弁学園の教師たち
門井慶喜 銀河鉄道の父
門井慶喜 ロミオとジュリエットと三人の魔女
梶 よう子 迷子石

2024年9月13日現在